# DEAD RECKONING

Dick Lehr

# アメリカが見た山本五十六 下

「撃墜計画」の秘められた真実

ディック・レイア
芝 瑞紀／三宅康雄／小金輝彦／飯塚久道 訳

原書房

# アメリカが見た山本五十六

「撃墜計画」の秘められた真実

下

下巻目次

# 第四部　報復（ヴェンジェンス）

上巻目次

# 第一〇章　ミッチェルの出動

ヘンリー・〝ヴィック〟・ヴィッチェェリオ少佐率いる飛行中隊所属のジョン・ミッチェル大尉と戦闘機パイロットたちは、アメリカ独立記念日を祝う特別な祝賀会を開催することに決めた。[1]そのため、一九四二年七月四日までの数日間は、プレパーティーの準備で大忙しとなった。パイロットたちには、盛大なパーティーを開く大きな理由――あるいは口実――があった。それは、フィジー西海岸にあるナディで訓練をしていたときに親しくしてくれた現地のイギリス人やニュージーランド人の好意に報いるというものだ。地元の彼らには、夕食や飲み会や気晴らしのための行事に何度も招いてもらっていたので、今度は自分たちが彼らを招く番だと思ったのだ。それには七月四日ほどふさわしいタイミングがあるだろうか？　ミッチの親友となったコーパス・クリスティ出身のウォレス・ディンをはじめテキサス出身者がたくさんいたので、テキサス・スタイルのバーベキューパーティーを開こうというアイデアに誰もが賛成した。誇り高きパイロットたちは、飛行技術だけでなく、パーティーを盛りあげる腕前も披露したくてうずうずしていた。

テキサス州（ローン・スター・ステイト）出身者たちとレックス・バーバー少尉が、率先して準備にあたった。オレゴン州出身ではあるが、大柄でがっしりとした勇敢なバーバーは、この役にうってつけだった。彼らは、ほかの隊員たちにパーティー費用のためのカンパを募り、少人数の楽団を手配した。そして、地元との連絡係を指名し、パーティーの締めくくりに近所の農場主の家で開催するダンスパーティーに来てくれる女の子たちを集めさせた。さらに、フィジー・パンチをつくるために、中隊の医師を口説いて、四〇リットル近くの医療用アルコールをせしめた。熱帯ではウイスキーが雪片と同じくらい希少だったので、アルコール度数九〇度のアルコールの確保は、なんとしても欠かせなかった。ときおり手に入るビールは冷えていたためしがなく、ミッチはこう宣言した。「この戦争が終わったら、巨大な冷蔵庫を買って、ビールでいっぱいにしてやる」。[2] 最後に、パーティーの主催者たちは近所の牧場主と交渉して、牛を二頭買い取ることにした。

盛大なパーティーを開くのには、もうひとつ大きな理由があった。空中での訓練や偵察飛行がないとき、パイロットたちは時間をもてあましていたのだ。フィジーに来てからの五カ月で、彼らはP－39エアラコブラによる訓練を数えきれないほどこなし、飛行時間はおよそ四〇〇時間にも達していた。六月には、ミッドウェーで戦った海軍のパイロットたちから直接指導を受ける機会にも恵まれた。このパイロットたちは、乗っていた空母が損壊したために、数週間フィジーで待機するはめになったのだ。ナディに立ち寄ったほかのミッドウェー経験者と同じように、彼らもまた、山本率いる日本海軍に対する予想を超えた勝利について多くを語った。「彼らは、本当にジャップの体をばらばらにして海一面にまき散らしたんだ」。[3]ミッチは、彼らの戦闘談を日記に熱狂的に書き記した。だが、海軍大将のチェスター・ニミッツや本国にいる軍首脳部は、もう少し控え目な表現をするようになり、調子に乗ってはならないと注意を促した。アメリカ本土の多くの新聞に掲載された記事には、「ジャップの海軍力は衰えた。だが、いまだに強大であることに変わりはない」という大見出しがついた。[4]記事にはこう書かれていた。「日本が中部太平洋の支配をめぐる戦いで大いなる敗北を喫したことは、海軍の専門家も認めている。だが、日本の攻撃力は大幅に低下したとはいえ、いまだに挽回を試みるだけの大きな力を残している」。ニミッツは公にはしなかったが、問題を複雑にしていたのは、諜報能力が劇的に低下したことだった。日本海軍は、五月下旬にJN－25のバージョンを変更してアメリカの暗号解読者たちを混乱させただけでなく、夏の初めにふたたび切り替えを行ったのだ。それは、ある歴史学者が語ったように「連合国の暗号解読チームを、ほとんど何もわからない状態に追い込んだ」。[5]七月になると、山本率いる日本海軍の次の動きについて、アメリカはもはや推測に頼るしかない状態となった。

数週間のあいだ、フィジーに滞在していた海軍のパイロットたちは、ミッチやバーバーたちがP－39を操縦するのを見て、日本の零戦と戦う際の戦術的なヒントを与えてくれた。ふたつのグループは合同で演習を行った。海軍のパイロットたちの乗るグラマンF4Fワイルドキャットは、速度の速い零戦といくつかの点で似ていた。「いままではP－39同士で空中戦の訓練をしてきたので、今回は、ほかの戦闘機との戦い方や、自分たちの戦闘機が劣っている点を学ぶいい機会となった」とレックス・バーバーは語った。[6] 海軍のパイロットたちは、二機一組となってもっとも効果的に零戦と戦う方法を伝授してくれた。「二機で零戦の前後を挟み撃ちにして、最後尾につかせない戦い方を教えてくれた」。気がかりだったのは、重装備のP－39が、機敏なワイルドキャットや零戦に比べて操縦が難しく速度が遅いとわかったことだ。そのため、本国でまだ開発中の、速度が速く性能の高いP－38ライトニングの完成を待ちわびる声があがっていた。

いまではミッチとヴィックは、指導するパイロットの多くが航空学校を出てわずか一〇カ月程度であるにもかかわらず、すでに戦闘に出る準備ができていると確信していた。だが、ミッドウェーやそのほかの戦闘の話は次々と入ってくるものの、ミッチたちの出番は一度も回ってこなかった。「ぼくたちの心を浮き立たせてくれるのは、アメリカから届く手紙くらいだ。ほかには何もない」。[7] 六月中旬に、ミッチはアニー・リーにそんな不満を漏らしている。数週間後には、壊れたレコードのように同じ不満を口にした。「ここでは、まったく何の変化もない。手紙だけが退屈を紛らわせてくれる。だから、時間の無駄だなんて思わずにこれからも手紙を送ってほしい」。ヴィックもまた、ミッチと同じように、ヨーロッパでもどこでもいいから戦場に行かせてほしいと、上官に詰め寄っていた。いまや訓練そのものよりも、準備が整った状態をいかに維持するかが課題になっていた。

お偉方たちにとっては、フィジーは平穏かつ快適な駐留地となっていた。[8] 海軍予備役少佐でテキサス州下院議員のリンドン・ベインズ・ジョンソンが、二カ月におよぶ太平洋の米軍基地視察の一環でフィジー部隊の視察にきたのは、政治的な思惑も絡んでいたようだ。ジョンソンは、その任務をルーズヴェルト大統領に自ら願い出ていた。多くの者の目には、視察に訪れたこの野心的な三四歳が、大統領のために現地の情報を収集することよりも、将来の自分の選挙運動のために経歴書を飾ることに関心があるように映った。実際ジョンソンは、この短期間の太平洋巡回でアメリカ軍の銀星章（シルバースター）を手に入れ、のちに物議を醸した。ジョンソンはニューギニアの爆撃でオブザーバーとしてB－26に同乗し、本人が言うには「日本の零戦から集中砲火を浴びた」。その爆撃機のパイロットを含むほかの者たちは、そんなことは一度もなかったとのちに語っている。いずれにせよ、ジョンソンは誇らしげにその勲章をつけて、大統領の地位へとのぼっていった。

フィジーにいた陸軍パイロットたちは、ジョンソンよりはるかに戦闘経験の豊富な軍人たちに会っていた。ひとりは、ジョージ・C・ケニーという名の陸軍航空軍大将だ。ケニーは、勲章を授与された第一次世界大戦の従軍経験者で、第五航空軍の指揮をとるためにポート・モレスビーに向かう途中だった。もうひとりは、ヘンリー・〝ハップ〟・アーノルド陸軍大将。実際にライト兄弟から複葉機飛行の指導を受けたことのある大御所で、長いあいだ航空戦力増強を提唱してきた人物だった。陸軍航空軍の司令官であるアーノルドは、前線のニーズを把握するために太平洋を巡回していた。ワシントンでは、統合参謀本部のおもな関心が、ヨーロッパと、ヒトラー率いるドイツとの戦いに向けられていた。それは、日本の侵略を阻止してオーストラリアとニュージーランドを防衛するためには、限られた軍事資源をより効率的に太平洋地域に配備することが重要であることを意味していた。その流れで次にフィジーを訪れたのは、ミラード・F・ハーモン陸軍少将が率いる高官の一団だった。一行は、ナディから約一三五〇キロ西にあるニューカレドニアへ向かう途中だった。ハーモンは、そこで真珠湾攻撃のあとの混乱に秩序をもたらし、陸軍航空軍部隊をその地域全体に急いで配備することになっていた。ニューカレドニアのヌメアに本部を置く南太平洋陸軍航空軍の司令官として、あちこちの島に分散していたさまざまな飛行中隊を単一の指揮下にまとめようとしていたのだ。[9]

ミッチとヴィック、それとレックス・バーバー、トム・ランフィア、ウォレス・ディン、ダグ・カニングといった、数カ月のあいだ一緒に訓練をしてきたパイロットたちは、自分たちがこの先どうなるのかを知りたがった。ミッチとヴィックは、サンフランシスコのハミルトン陸軍航空基地にいたころからハーモンを知っていた。それ以前にもハーモンは、一九四〇年にテキサスの航空学校の卒業式において、将校として壇上でミッチと握手をしていた。そうした個人的なつながりを通してなんとか前線に出ることができるかもしれない、とミッチたちは期待した。「ハーモンがなんとかしてくれるかもしれない」とミッチは日記に書いている。ヴィックもハーモンの側近のひとりであるD・C・〝ドック〟・ストローザーを知っていたので、彼に働きかけるようになった。ミッチとヴィックの売り込み文句は「いまやこの中隊は、アメリカのどこよりもしっかり訓練を積んでいるという自信がある」というものだった。ミッチはこう思っていた。「ぼくの能力は十分に活用されていない。自分が特別優秀だとは言わないけど、少なくともこの二年で八〇〇時間飛んできたし、イギリスにも行った。ここでできることはすべて学んできた。それにぼくは、若いパイロットの訓練ではもっとも重要な役割を果たしてる。空中射撃や実際の戦闘に出るまでは、彼らをいままでどおり鍛えるつもりだ」[10]

季節が春から夏に変わっても、中隊はあいかわらず単調な生活に耐えていた。一方で新たな発散方法を見つけた者もいた。夏が終わるころ、トム・ランフィアは、山本率いる連合艦隊の主要な前進基地であるトラック諸島への爆撃に参加するB－17に乗り込むことができた。そして戻ってくるなり、得意げに空襲について仲間に語り、射撃手の席に座って零戦も撃墜したと言い張った。ほかのパイロットたちの反応はさまざまだった。スタンフォード出身で、ワシントンで働いている受勲歴のある陸軍大将の息子であるランフィアを、勇敢だと思う者もいれば、頭がいかれていると思う者もいた。中隊のリーダーであるヴィックは怒っていた。その空爆が正式に認可されたものではなかっただけでなく、もっとも優秀なパイロットのひとりとして頭角を現していたランフィアが命を危険にさらしたからだ。ヴィックにとって、訓練を積んだ戦闘機パイロットの命は、二流の航空隊員の命よりもはるかに貴重なものだった。レッド・バーバーは、あとでランフィアに、なぜそんなことをしたのか尋ねた。ランフィアはこう答えた。「レックス、お前がここに来たのは愛国心が強いからだ。おれにも愛国心はあるが、ここにきた理由はそれだけじゃない」。ランフィアは政界における将来――大統領の地位までも――を見据えていて、その目的を達するには立派な戦歴が不可欠だと考えていたのだ。[11] 数年後ランフィアはその発言を否定し、自分の目標は「父がパイロットとして築いた基準に、同じ米軍パイロットとして少しでも近づくためにできることをしたかったから」だと述べた。だが、軍人には政治的な思惑がまったくないかというと、そんなことはない。実際、その年の春にリンドン・ジョンソンが太平洋で短期間過ごしたのには、ある程度政治的な動機があったと思われる。また州兵師団がフィジー島に姿を見せたとき、ミッチはこの予備軍を「これほど使いものにならない寄せ集め集団は見たことがない。ただの政治家連中だ」と見下した。[12]ナディに着いた日の晩、彼らは短波無線機に直行してオハイオ州知事に連絡をとっていた、とミッチは語った。「全員がオハイオ州の出身で、そろって政治的野心をもっていた」

ランフィアの冒険を別にすると、ナディのパイロットたちは、ほかのアメリカ軍兵士たちと同じように暇を潰した。あらゆる種類のスポーツをして、ポーカーを楽しみ、酒が手に入れば飲み、雑誌が届けば回覧した。よく読まれていたのは、『タイム』『サタデー・イブニング・ポスト』『ニューズ・ウィーク』『フライング』、そしてとくに男性誌の『エスクァイア』だった。ミッチは、アニー・リーから、一〇五と一〇六と番号が振られた手紙の入った小包を受け取った。小包のなかには、ミッチが最近吸いはじめたパイプ用の煙草と、『エスクァイア』の最新号が入っていた。この雑誌は、フルページのグラビアがついていたために、いつも人気が高かった。ミッチは、古い号から切りとったグラビアを何枚かベッド脇の壁に画鋲でとめていた。その隣には、サン・アントニオの家のポーチで、レースの帽子をかぶって誘いかけるような表情を浮かべたアニー・リーの写真が飾られていた。ミッチはそのポーズが気に入っていて、とてもすてきだと褒め、それに比べたら『エスクァイア』のモデルたちなんて目じゃないと言い張った。[13]ミッチのもとに届いた最新の六月号は、ナディでたちまち大人気となったが、どこの兵士のあいだでもそうだとわかった。その号はジプシー・ローズの特集で、折り込みページでは、ハリウッドの若手女優でセックスシンボルでもあるジェーン・ラッセルが干し草のうえに仰向けに横たわっていたからだ。だが、何より兵士たちの心をつかんだのは、きらめくガウンをまとったジーン・ディーンというモデルの官能的なポートレートだった。彼女は、右手に純潔と愛情の象徴である白い蘭をもっていた。「ジーン」と題されたこのピンナップは、有名なペルー人画家のアルベルト・ヴァルガスの作品だった。このポートレートには「ある兵士のための勝利」という短い詩が添えられていて、そこには「私の心は、地球上で現実に起こっている戦争に駆り出されて闘っている兵士とともにある」といった言葉が書かれていた。ポートレートと詩の組み合わせが、戦争によって恋人や妻と離れてヨーロッパや太平洋にいる兵士たちの琴線に触れたのだった。「誰もが『エスクァイア』を気に入っていた」と、ミッチはアニー・リーに伝えた。「詩とヴァルガスの作品の組み合わせはすばらしい。送ってくれてありがとう」[14]

　ミッチは、六月一六日に、二八歳の誕生日を祝ったところだった。その日はひどい天候で一日中雨が降っていたが、ウォレス・ディンと一緒になんとか近くのクラブへと繰り出し、夜はクラップス（サイコロを使ったギャンブル）に興じた。[15]　ミッチは最初こそ負けていたものの、帰るころには儲かっていたので、アニー・リーに七五ドルを送金した。次に予定されていた社交行事は独立記念日のパーティーで、発起人たちが数日前から大急ぎで準備を進めていた。牛の解体は、血みどろのホラー・ショーの様相を帯びていった。[16] レックス・バーバーが牛の喉を大きなナイフでかき切ると、血がすごい勢いで噴き出した。男たちは顔を背け、ひとりが失神した。二頭目の牛を解体したときは、さらにひどかった。テキサス出身者のひとりが、四五口径の軍用ピストルで牛の頭を何度か撃ったが、牛は狙撃者をにらみつけて大声で鳴くだけだった。次に斧を使ってみたが、牛はびくともしなかった。最終的に、誰かが二二口径ライフルを持ち出してきて、ようやく倒すことができた。バーバーは、そのようすをのちにこう語った。「若いやつが進みでると、二二口径ライフルで牛の目を撃ち抜いた。それでやっと牛が倒れた」。二頭の牛は、切り分けられ、味をつけてからじっくりと焼かれた。「一晩中、牛を焼いていた」と、ダグ・カニングは言った。次に、フィジー・パンチの準備にかかった。四〇リットル近くの医療用アルコールを桶にあけ、そこに新鮮なオレンジ、パイナップル、ライムのジュースや、缶詰のフルーツのジュースなど、アルコールの味を消して飲みやすくしてくれるものを片っ端から入れてかき混ぜた。

パーティーは大成功だった。ミッチの誕生日とは大違いで、七月四日は日差しの強い暑い一日となった。主要なホストを務めるふたりのテキサス人は、カウボーイブーツを履き、ガンマンのように太腿に四五口径ピストルをぶらさげて、これ見よがしに歩きまわっていた。パーティーの参加者たちは、野球やクリケットに興じ、焼いた牛肉にかぶりつき、午後中ずっと飲みつづけていた。夕暮れになると、第二部が始まった。男たちはシャワーを浴びて正装に着替え、楽団とたくさんの女性が待つ近くの農場主の家へと向かった。彼らは、独立記念日と、国家の自由を守る責務に乾杯した。そして楽団が演奏を始めると飲んで踊った。「朝まで盛りあがった」と、カニングは語った。[17] 果物のジュースは、期待した以上に度数九〇度のアルコールの恐ろしい味をごまかしてくれた。男たちの多くが酔いつぶれた。兵舎のベッドに担ぎ込まれた者もかなりいて、ゲストのニュージーランド人やイギリス人を街まで送る車の何台かが大変な目にあった。「一台の車は、出がけに木に衝突した」と、バーバーは言った。ミッチは、おもにバーの止まり木(バーチ)からダンスフロアの激しい動きを眺めながら、十分に楽しい時間を過ごしていた。「女の子たちをあんなにたくさん集められるとは思わなかったが、よく集めたものだよ」と、ミッチは語った。だが楽しい時間を過ごしていると、かえってアニー・リーのことや、彼女と離れているさみしさを思い出してしまい、感傷的な気分にさせられた。「ちょうど満月だから、きみのことや、カリフォルニアで一緒に過ごした日々を余計に思い出してしまう。あのころが懐かしい」と、ミッチは手紙に書いた。

一九四二年七月六日、ワシントンDCの統合参謀本部は、日本軍がガダルカナル島の北岸にある一画を整地して飛行場を建設しているという連絡を受けた。作業にあたっていたのは、四八〇〇キロ離れたところでミッドウェー海戦が戦われていた六月初旬に島に上陸した小部隊の一部だった。日本の計画は、ルンガ川の河口近くの海岸平野に砕いたサンゴを敷きつめて滑走路を一本つくり、山本艦隊の海軍戦闘機約六〇機の基地にするというものだ。八月までに基地を完成し、南方へのさらなる侵攻に活用する予定だった。

この情報は、日本の暗号が変わったことでしばらく暗雲のなかにあった、ハワイのハイポ支局にいた暗号解読者やそのほかの暗号解読機関ではなく、ガダルカナルに身を潜めていた沿岸監視人からもたらされたものだった。こうした監視人の多くは、日本に侵略されたあともソロモン諸島の島々に散らばって残っていた公務員や農場主や農民たちだった。彼らは丘に潜んで、地元の島民の助けを借りながら敵の航空機や船舶や軍隊の動きを監視していた。そのときも、彼らはガダルカナルでの滑走路建設について、オーストラリア東海岸に駐屯していた連合軍に無線で知らせた。[18] その情報が正しいことは、空中査察と写真偵察によって確認された。

日本軍はすでにソロモン諸島の大部分を侵略していた。五月に占領した、ガダルカナル島の北わずか四八キロにあるツラギという小さな島には、海軍基地を建設していた。ツラギ島の港は、ソロモン諸島南部で最高の停泊地だと見なされていたので、統合本部はすでにそこで日本軍との限定的な戦闘を行うことを検討していた。そこへ、ガダルカナルで日本が飛行場を建設しているという連絡が入ってきたことで、何らかの手を打たなければならないという思いがさらに強まった。ガダルカナルはオーストラリアから二〇〇〇キロ程度しか離れていなかったので、日本軍による占領を容認するわけにはいかなかったのだ。

四週間後の八月六日の晩、アメリカ海軍の砲撃と空爆によって、ガダルカナルにあった日本軍の兵舎や建造物が炎上した。それに続いて、一万一〇〇〇人近くの第一海兵師団の隊員がルンガ岬から上陸した。この上陸作戦は、より大規模な軍事作戦の一部だった。その作戦とは、「ウォッチタワー作戦」というコードネームをもつ、ガダルカナル、ツラギ、フロリダといった島にある日本の前進基地を標的としたものだった。攻める連合軍艦隊は、七五隻ほどの戦艦や輸送船で編成されていて、太平洋戦争にひとつの転機をもたらした。アメリカが初めて日本に対して自ら攻撃をしかけたのだ。

最初のうち海兵隊は、建設途中の飛行場を支配するのにほとんど抵抗を受けなかった。ガダルカナルには日本兵が約二八〇〇人いたが、軍人は数百人のみで、残りは作業要員だったからだ。数で劣る日本軍は、驚いて西へ逃走し、マタニカウ川やポイント・クルーズとして知られる半島へと向かった。大量の補給品や食糧、それに建設車両や軍事車両は、残されたままだった。初期の敵との遭遇は、海兵隊全体の記憶に永遠に焼きつけられることになった。日本軍が逃げていったマタニカウ川の近くで、偵察隊は降伏の意志を示す敵の白旗を目にした。捕虜の日本水兵を尋問してみると、日本軍は飢餓や熱帯病に苦しんでいて降伏したがっていると答えたので、この白旗は信じてよさそうだった。情報高官のフランク・B・ゲッテジ海兵隊中佐は、敵の大々的な降伏を監督するために、二四人の海兵隊員を従えてポイント・クルーズに偵察に向かった。だが戻ってきたのは、三人の海兵隊員だけだった。マタニカウ川のわずか西の地点に夜間上陸を果たした直後、サンゴの台地に陣取った日本兵たちが、一斉に銃撃してきたのだ。ゲッテジは頭を撃ち抜かれて即死した。夜が明けるまでに、ほかの二一人の海兵隊員が死んだか怪我を負った。無事だった三人はばらばらになり、夜のうちに命令どおりに海へと走り、数キロ離れた第一海兵師団の本部へ泳いで戻った。だが、援護を派遣するには、すでに遅すぎた。サメが出没する海域を夜通し泳いで最後に戻ってきた一等軍曹は、耳をふさぎたくなるような恐ろしい話をした。最後の攻勢に出た日本軍が、死傷した海兵隊員を浜に縛りつけ、その体に必要以上に銃を撃ち込むようすを目撃したというのだ。さらにひどいのは、遺体を傷つけていたことだ。両手を軍刀で斬り落とされたり、舌を切り取られたりした遺体もあった。日本軍による待ち伏せと残忍な虐殺に関する話はまたたく間に広まり、太平洋地区の戦闘に参加していたアメリカ兵士のあいだに激しい憎悪が生まれた。[19]「敵は狂っている」。ある海兵隊の古参兵はのちに語った。「見たことがないほど卑劣なくそ野郎たちだ」

「これはアメリカ軍からしかけた最初の攻撃だ」と、ミッチは日記に書いた。[20]「それを知ってとてもうれしい。これからも続けてほしいし、そうなると信じている」。ミッチは、海兵隊がガダルカナルに上陸した三日後に、何か大きなことが展開していて、ようやく自分の出番が回ってきそうだといった内容を書き込んでいる。「ソロモン諸島の戦いではアメリカが優勢のようだ。ぼくも参加したい」。数日後には、さらにそう書いた。

だがミッチの当初の見方は、結局のところ希望的な観測に過ぎなかった。ソロモン諸島はすぐに、交戦する二国間の血みどろの戦場と化した。ミッドウェーのときとは違い、今回は最終的にどちらが勝つか、はっきりとはわからない状態だった。不意をつかれた日本軍は、海兵隊に占領された数時間後には報復に出て、一式陸上攻撃機と零戦を送り込んで執拗な空爆を始めた。駆逐艦やそのほかの戦艦で編成された山本の第八艦隊は、輸送船が第一海兵師団を下ろしたあともその地域にとどまっていた連合軍の船舶を攻撃した。東京では、軍首脳部がラバウルに駐屯していた第一七軍に、山本の援護を受けて島を奪還するよう指示を出していた。そしてその作戦を指揮するために、山本は海軍本部を戦場に近いトラック諸島に移した。

激しい攻撃を受けながら、アメリカの戦艦はその地域を通り抜けて、海軍の機器と補給品を島に降ろした。アレクサンダー・ヴァンデグリフト少将の指揮のもと、海兵隊員たちは、ルンガ岬の浜辺から約五キロ延びた卵型の防衛線を飛行場のまわりに張りめぐらせる作業に没頭した。彼らが完成を目指して作業に取りかかった飛行場は、ミッドウェー海戦で戦死した海兵隊のパイロット、ロフトン・R・ヘンダーソンに敬意を表して「ヘンダーソン飛行場」と名づけられた。約一週間後に、最初の飛行機が着陸した。ふたりの負傷した海兵隊員を運ぶためにやってきた海軍の輸送機だった。

アメリカの司令官たちは、状況に応じてその場で作戦を立てることを余儀なくされた。「かなりあわただしい作戦だった」。ストローザー中佐は、海兵隊を上空から支援するために陸軍が行った緊急発進(スクランブル)をそう評した。[21] ストローザーの上官にあたるハーモン少将は、さまざまな戦闘機部隊をニューカレドニアの新しい陸軍基地に集結させていたが、そこには正式な陸軍航空軍の組織はなかった。実はハーモンとストローザーは、海兵隊が島の安全を確保するころ──早くても八月下旬──までは、自分たちの戦闘機パイロットをガダルカナルに送る気はなかったのだ。だが、日本軍の反撃によって状況がすっかり変わってしまった。ハーモンは急遽、第三三九戦闘機中隊から、二四機のP−39と整備員たちをガダルカナルへ送ることにした。「日本の空爆が熾烈だったため、予定よりずっと早く兵を送る必要があった」と、ストローザーは語った。「執拗な空爆を阻止して、海兵隊を援護するためだ」

上空では、双方の戦闘機がものすごい速さで激しく互いを追い回していた。[22] 「まったく頭にくる」と、山本の参謀長である宇垣纏(うがきまとめ)海軍中将はぼやいたという。「撃ち落としても撃ち落としても、ひたすら次から次へと送り込んでくる」。ガダルカナルは戦闘機がいくらあっても足りない状況だったが、ヘンダーソン飛行場に滑走路が一本しかなかったせいで、その需要を満たすことができなかった。[23]「課題となっていたのは、飛行場の設備が許容するペースで、いかに少しずつ戦闘機と整備員を送り込むかだった」と、ストローザーは語った。だが八月末までには、ミッチにも出番が回ってきた。ナディにいたパイロットの一グループに、ガダルカナルでの戦闘に参加する部隊の集結地であるニューカレドニアに向かうよう指令が下されたのだ。「もちろん、ぼくは真っ先に手をあげた」と、ミッチは八月三一日の晩に日記に書いている。「ぼくたちのなかから一四人が向かうことになる」。[24] ミッチは、自分の率いるBフライトが選ばれるよう働きかけた。このグループには、仲間のウォレス・ディン、ダグ・カニング、そしてサンディエゴ出身のジュリアス・〝ジャック〟・ジェイコブソンという若いパイロットがいた。肉屋の息子であるジェイコブソンは、のちにミッチの僚機のパイロットを務めることになる。ジェイコブソンは、ミッチのアピールにもまったく驚かなかった。ミッチを「かなり強引」だと評したが、彼もまた、Bフライトが三つの班のなかで最高だと思っていたからだ。[25] 結局、Bフライトが選ばれた。別の班のレックス・バーバーとトム・ランフィアは、残念ながら残ることになり、次の機会を待つしかなかった。

九月一四日の昼前に、ジョン・ミッチェル大尉と一四名のパイロットはB－17フライングフォートレスやB－24リベレーターといった大型爆撃機に分乗し、ニューカレドニアに到着した。数日も経たないうちに、一行は首都のヌメアから四八キロ北西にあるトントゥータの陸軍航空軍基地に連れていかれた。その基地は、湿気を多く含む雲のなかへとそびえる険しい山々に囲まれていた。トントゥータでの大きな問題は、パイロットの数に対して戦闘機の数が少なすぎたことだ。[26] ミッチの見たところ「約五八名のパイロットがいつでも出撃できる状態にあるというのに、戦闘機が五機しかなかった」。ミッチたちは、新たに届くP－39の組み立てが終わるまで、宙ぶらりんの状態に置かれることになった。彼らは、もっとも高い山のひとつのふもとに、パイロットと整備員のために設営されたピラミッド型のテントで暮らすことになった。ひとつの慰めとなったのは、椅子、テーブル、マガジンラック、卓球台、蓄音機、GIラジオの受信機などを備えた娯楽室だった。日本の零戦に匹敵する速さを誇るといわれる、大きな期待を担った双発単座戦闘機P－38ライトニングが、まもなく到着するという噂が流れていた。ミッチは複雑な気持ちでその話を聞いた。よりすぐれた戦闘機が必要なのは確かだった。「零戦はぼくたちをはるかに凌駕(りょうが)している」。[27] 夜にテントで独りになったとき、彼は日記にそう書いた。「上昇力も攻撃力も、ぼくらの二倍だ」。ところが、P－38は過去に問題を起こしていた。ミッチは、友人だったエラリー・グロスの恐ろしい死を忘れたことはない。陸軍がP－38の欠陥を解決していることをひたすら願った。「それが解決できないうちは、P－38に乗って戦いたいとは思わない」と、ミッチは懸念を語った。[28] だが一方で、P－38の速さと上昇力を駆使するのが楽しみでもあった。「ジャップの上に張りついて、上を飛ばれるのがどんな気分か、やつらに思い知らせてやりたい」

待機しているあいだ、ミッチたちは娯楽室のラジオで戦争に関するこまごましたニュースを聞いた。そして彼らがニューカレドニアに移動していたときに、ガダルカナルにいる海兵隊員たちが、次々と襲ってくる日本の歩兵隊の悪魔のような猛威に、四八時間もさらされていたことを知った。合計で三〇〇〇人もの日本兵が、ヘンダーソン飛行場の少し南を流れるルンガ川沿いの狭い尾根から襲ってきたのだ。のちに「血染めの丘の戦い」と呼ばれた戦闘で、日本軍は罵声をあびせながら海兵隊が張った境界線を突破し、あと少しで海軍指揮所に到達するという地点で撃退された。[29] 戦闘は接近戦となり、日本軍は全力を傾けてきた。「それでも海兵隊は、なんとか形勢を一変させた」と、ある従軍記者は書いている。「だが、日本軍は負けが明らかになっても攻撃をやめなかった。いまや真っ昼間に、勝ち目のない銃剣による攻撃を挑むまでになっていた」。死者数では、海兵隊一〇〇人に対して日本軍は八〇〇人以上と、八対一の割合で海兵隊が優勢だった。

ミッチと彼が率いるパイロットたちは、「シービー」と呼ばれる海軍建設工兵隊がヘンダーソン飛行場と平行して草地を整備しているのを知った。ファイター・ワンと呼ばれる第二滑走路で、これが完成すれば、ガダルカナルの戦闘機の数を急速に増やすことができる。[30] 九月中旬までには、陸軍航空軍のP－39、海軍のF4Fワイルドキャット、SBDドーントレス急降下爆撃機、TBFアヴェンジャー雷撃機が加わった。また毎日、アタブリンの錠剤摂取が本格的に実施されるようになった。八月初旬に部隊が到着してからマラリアが猛威を振るうようになり、健康上の大きな問題となっていたのだ。[31] 六週間で一五〇〇人以上が入院を余儀なくされていた。

もっとも狼狽したのは、帰還したパイロットたちから日本のパイロットたちの空中での卓越した能力について聞かされたときだ。「このパイロットたちはジャップに負けたんだ」と、ダグ・カニングは言った。[32]「それで怖気づいている」。ミッチは、配下のパイロットたち――まだ実戦をまったく知らない新人飛行士たちだった――が、日本軍は無敵だという話に聞き入っているようすを目にした。「強力な戦闘機も超人的なパイロットも、零戦に後ろにつかれたら終わりだなんてことも、真っ赤な嘘だ」と、ミッチは諭した。[33] パイロットたちが、そうした話を聞いて震え上がっているように見えたからだ。ミッチのリーダーシップが試されるときがきた。前線に出撃する間際になって士気をくじくような話には、徹底的に反駁（はんばく）しなくてはならなかった。パイロットたちは、当然ながらミッチに従った。ミッチがフライトのリーダーであるだけでなく、天性のリーダーだったからだ。野球の主砲やバスケットボールの得点王のように、ジョン・ミッチェルには人を引っ張る力があった。七カ月を一緒に過ごしてきたパイロットたちは、ミッチが無私無欲なのを知っていた。たとえばナディではこんなことがあった。ヨーロッパでヒトラーと戦ったアメリカとイギリスの「英雄たち」を紹介した『ライフ』誌の写真に向かって、ミッチが声を荒らげたのだ。ミッチは、やたらに褒めちぎったその記事を、くだらないと一蹴した。「とくに知られていなくても、もっと大きな貢献をした兵士は大勢いる」とミッチは熱く語った。「ぼくに言わせれば、こいつらはただ義務を果たしただけだ」。そして、こんな過大な称賛は不要だとこき下ろした。「負け惜しみかもしれないけど、運よくジャップを二、三人撃ち落としただけで『国民の英雄』としてアメリカに戻るよう言われたら、ぼくだったら絶対にお断りだ」。また前の月には、B－25爆撃機がナディに着陸する際に飛行場を見失ってしまい、どうすることもできずに空で旋回を続けるということがあった。ほかの者たちはただそれを見守っていたが、ミッチは違った。飛行機に飛びのって一気に上昇すると、三〇キロ離れたところにいた爆撃機を迎えにいった。そして、B－25のパイロットの目の前で飛行場へ向かって降下して見せて、無事に飛行場に着陸させたのだ。[34]

ミッチの上官のひとりだったドック・ストローザーは、ハミルトン基地で初めて会ったときから、ミッチの情熱や炯眼(けいがん)に一目を置いていた。[35] ミッチの部下たちは、フィジーにいたときも、ニューカレドニアに来てからも、ミッチの謙虚さを称賛していた。のちにミッチの僚機のパイロットを務めることになるジャック・ジェイコブソンは、「ミッチとは生活と飛行をずっともにしてきたが、彼には衒いがまったくなかった」と語った。[36] ミッチはこの仕事が気に入っていたので、ときおりもちかけられる管理職への誘いは辞退していた。「参謀になっておとなしく報告書を書いていろと言われたけど、『そんな仕事はまっぴらです。ぼくは責任のある仕事がしたい。みんなに頼りにしてもらいたいんです』と言って断ったよ」と、ミッチは言った。[37]

いまでは、ミッチの言う「打ち負かされた中隊のでまかせ」が出回っていたが、ミッチはまったく取り合わなかった。「ぼくはパイロットたちを集めてこう言った。『あんな話はすべてでまかせで、あいつらは実際に零戦と戦ったことはない。あいつらのつくり話を鵜呑みにしてジャップに敵わないと思う者は、ガダルカナルには行かずにここに残ればいい』」。ミッチは、敵の零戦に対して個人的に感じていた不安は口にせず、零戦に勝るとも劣らないP－39の射撃能力と装備を強調した。ここ数カ月の演習中、ミッチはパイロットたちが自分のやり方を見ているのも知っていた。そこで、果敢な飛行をしてみせることで自ら手本を示し、「優れた戦闘機パイロットは、けっして守りに入ろうとは思わない」と教え込んだ。[38] その教えは、地上にいるときや非番のときにももち込まれた。酒のうえの殴り合いのひとつやふたつは構わない、荒っぽい気性は偉大な戦闘機パイロットに必要な勇気をもっている証拠だと、ミッチはパイロットたちに言った。そうやって、帰還したパイロットたちが敵に対する恐怖を煽るのを抑え込んだのだ。ミッチの言いたいことは明確だった。「パイロットたちには、チームワークがあればジャップを倒すことができると話した。それをひっきりなしに彼らの頭に叩き込んで、自分は優秀なパイロットだと信じさせたんだ。彼らはすぐに戦闘に出るのを待ち遠しく思うようになった」

二週間の待機を経た一九四二年一〇月の最初の週、ミッチはニューカレドニアのトントゥータにある基地を飛び立ち、南へと向かった。P－39エアラコブラの編隊を率いた、一三七〇キロの飛行だった。向かった先は「カクタス」というコードネームをもつガダルカナル島だ。太平洋の島々にはすべてコードネームがつけられていて、あらゆる通信や家族への手紙にもそれが使われていた。フィジーは「ファンタン」。ニューカレドニアは「ポピー」。ツラギは「リングボルト」。そして、ガダルカナルは「カクタス」。

陸軍の南太平洋司令長官を務めるハーモン少将は、ガダルカナルのアメリカ軍には緊急支援が必要だと、何日間も上層部にかけ合っていた。日本軍がさらなる攻撃の準備をしていると訴えたのだ。「ジャップにはカクタスとリングボルトを奪還する力があり、アメリカが本腰を入れて強化を図らないと、近い将来それが現実となってしまうというのが私の意見だ」と、ハーモンは書いた。[39] ミッチの派遣は、その強化策の一部だった。

しかし、P－39の数は十分ではなかった。たとえばダグ・カニングなどは、C－47輸送機に乗せてもらって移動した。その際、ジョン・ハーシーという『タイム』誌の若手記者がすぐそばに座っていた。将来ピューリッツァー賞作家となるこの若者にとって、ガダルカナル行きは太平洋における最初の任務だった。そこで戦争に関する情報を得ようと躍起になったが、この陸軍パイロットからはほとんど何も得ることができなかった。カニングは、戦争に関する彼の質問に丁寧に耳を傾けはしたが、それにはまともに答えず、代わりに故郷の話をしたがった。「数分もしないうちに、会話はすぐに故郷の話に戻ってしまう」と、ハーシーは言った。[40] カニングは、急降下爆撃の話よりも、「下品な塗装を施した一九三六年型シェビー（シボレー）に女の子や男の子を乗せて、ネブラスカの町から町へと走り回り、三日間続く夏の見本市巡りをした楽しい思い出」を熱心に語るのだった。

そのころミッチと一一人のパイロットたちは、給油のためにソロモン諸島の別の島に立ち寄り、そこで一晩過ごすことになった。そして一〇月七日水曜日の朝、太平洋における戦火の坩堝（るつぼ）と化していたガダルカナルへ向けて、最後の飛行を始めた。空は晴れ渡っていた。陽光が降り注ぐ浜辺、ココナッツの果樹園、緑の牧草地、内陸の高原――熱帯の島ガダルカナルは、遠くから見ると一同を歓迎しているかのように思えた。ミッチは、マタニカウ川の西側にいると聞かされていた日本軍の銃撃を避けるため、海岸から離れるように大きく旋回した。そのとき、ヘンダーソン基地が目に飛び込んできた。ルンガ岬から内陸に約一・六キロ入った沿岸地帯にある飛行場だ。ミッチとパイロットたちには、この基地がジャングルの密林へとつながる草深い尾根に囲まれているのがわかった。近づくにつれて、海兵隊が築いた防衛線を見分けることができた。何百という蛸壺壕が掘られていて、銃座にはブローニングM2重機関銃「キャリバー50」、三七ミリ対戦車砲、M2前装式迫撃砲、四・五メートルの砲身をもつ九〇ミリ高射砲が装備されている。防御線の内側に目を向けると、一帯が農園だった時代を彷彿とさせるココナッツの木の切り株が見えた。さらに近づいてみると、爆撃でできた穴や、散らばった戦闘機の残骸があるのがわかった。海岸には、日本軍の輸送船の残骸とならんで錆びついた海兵隊の水陸両用機が見えた。海兵隊の侵攻と、その後の激しい戦闘の名残だった。

海兵隊の基地は、幅約〇・八キロ、長さ二・四キロしかなかった。アメリカの占有地は、それがすべてだ。空中から見ていたミッチたちには、海兵隊の領土がいかに小さいか、さらに悪いことに、敵があたり一面にどれだけ多くいるかがわかった。[41] パイロットたちは、立ちのぼる煙を突っ切って、最終降下を始めた。海兵隊基地の調理場から立ちのぼる煙は一筋だったが、防衛線の外のジャングルにある日本軍の野営地からは、たくさんの煙が上がっていた。すべてが一目瞭然で、不気味な眺めだった。「味方の陣地と、敵の陣地が一目でわかった」と、ミッチのフライトのひとりが述べた。

最初に着陸したのはミッチだった。P－39の車輪が、飛行場のぎらぎら光るマーストン・マット（滑走路敷設用鋼板）に触れてキーキーと音を立てた。砕いたサンゴでつくった土台の上に、鉄板を敷いた滑走路だった。ミッチは、ガダルカナル奪回に向けて山本が次の大きな攻撃に出る直前に、首尾よく到着することができたのだ。

# 第三部　ガダルカナル島

第二章

# 初めての撃墜

彼らの多くは、カリフォルニア州南部からアーカンソー州東部のミシシッピ川手前にある目的地まで、およそ二九〇〇キロにおよぶ長い距離を三日間かけて列車で移送されてきた。ぎゅうぎゅう詰めの車両がアリゾナ、ニューメキシコ、テキサス、ルイジアナ各州をガタゴトと通過するあいだ、彼らはその雄大な景観を興味深げに眺めていた。列車はアメリカ南西部の砂漠地帯を経由し、色鮮やかな山岳地帯と台地を越え、リオ・グランデ川やコロラド川を渡った。ロサンゼルス郊外の農園から来たある一六歳の少女は「どの州にも本当に美しい風景が広がっていた」と書き残している。また別の一〇代の少年は「アリゾナ州ユマで停車中にネイティヴ・インディアンの女性から手づくりの土産物を買った」乗客たちの姿を覚えていた。対照的に、「埃にまみれ、暑さにやられ、疲れ果てて」次々と目的地に到着した数百、数千にのぼる日系アメリカ人たちは、誰もが憂鬱な気分に陥っていた。そこはローワー戦争移住センター。[1] 強制収容所の婉曲的な別称だった。

一九四二年一〇月初旬。ノア・ミッチェルは、そこからさらにミシシッピ川を隔てて一三〇キロ離れた場所にいた。イーニッドの小さな村落でナシの収穫に追われながら(「一〇〇ブッシェル以上をまとめてお安くしますよ!」[2])南太平洋のどこかにパイロットとして着任したはずの息子を気にかけていたころ、何千キロも離れたその島に、ジョン・ミッチェル大尉がP−39を着陸させていた。そこは、アメリカ軍が山本五十六提督率いる日本軍の新たな攻撃に備えを固めつつある「カクタス」——ガダルカナル島だった。そして同じころ、アーカンソー州の片田舎ローワーでは、森深い沼沢地にいまも建設途中の施設に、日系アメリカ人の集団が続々と到着していた。抑留者はあらゆる世代にまたがっていた。移民第一世代を意味する「イッセイ」や、その子ども世代でアメリカ生まれのため国籍を有する「ニセイ」も含まれていた。別の一〇代の少年はこう記している。「列車の窓から外を眺めていると、整然と建ち並ぶ収容施設が目に入ってきた。有刺鉄線で囲まれ、外周に沿って一定の間隔ごとに建つ監視塔にはサーチライトが据えられていた」。[3] ルーズヴェルト大統領が日系アメリカ人を西海岸から強制排除する目的で設立した戦時移住局は、急ごしらえの収容施設を一〇カ所設営したが、ローワーはそのうち最東部に位置していた。全米では一二万人にのぼる日系人が抑留されることとなり、そのうちローワーはもっとも多いときで八四〇〇名を収容した。

一二月七日の日本軍による真珠湾攻撃ですべてが変わってしまってから一〇カ月が過ぎていた。一六歳のメアリー・コバヤシは、ローワーに設けられた学校の英語クラスで「私の自伝」という題のエッセイを書き、「あのとき、あの場所で、世界が足元から崩れ落ちるように思われた」と回想した。[4] ノブコ・ハンザワは、カリフォルニア州ヘイワード近郊の小さな農場から家族が連行された日について、次のような感想を綴っている。「私の人生で、あの朝ほど無力さ、みじめさ、恐怖を感じたことはなかった」。[5] ローワーに収容された二〇〇〇名を超える若者のなかに、メアリーもノブコもいた。さらに別のクラスメイトはその苦しみをこう訴えた。「この恐ろしい事態が収まるまでは、ここが私の住まいになる」。だが別の生徒、タケオ・シバタは、人生を激変させたこの出来事について、誰よりも遠慮のない表現でこう書いている。「あのとき、ぼくはちょうど八年生(日本の中学二年生に相当)を終えたばかりだった。学校では、憲法が国民のあらゆる権利を守ってくれると教えられていた。ぼくは、ぼくたちの民主国家について学んだことのすべてを、いったん忘れるしかなかった」。[6] タケオはロサンゼルス西部で、姉と弟、そして犬のブラッキーとチコと暮らし、ベルヴェデーレ中学校に通っていた。父親は保険を販売していた。退去通告を受けたとき、家族は持っていた家具や日用品をすべて売り払った。ローワーに収容されたタケオは、いつかもっといい日が来てほしいと願うことしかできなかった。

「近い将来、外へ出て以前のようにロサンゼルスで生活したい。どこにでもいる、元気いっぱいのアメリカ人たちと同じように」

ジョン・ミッチェルがガダルカナル島に到着した一〇月七日の夜、山本提督はトラック諸島に停泊中の旗艦〈大和〉で、楽しみというよりも仕事の色合いが濃い夕食会を主宰していた。幹部将校たちを集め、間近に迫っていた山本率いる海軍連合艦隊と陸軍第一七軍によるガダルカナル島総攻撃に際して、海軍が担うべき役割を確認する会議を兼ねていたのだ。[7] そのころ日本の輸送船団は、夜の闇に乗じてソロモン諸島を構成するふたつの列島の「隙間（スロット）」を、特段の妨害を受けることなく航行していた。目的は、ガダルカナル島北岸に増援部隊と軍需物資を揚陸すること。陸軍兵たちは、アメリカ海兵隊の侵攻を許して以来、日本軍が追い詰められている島内のマタニカウ川西岸に集結する予定だった。海軍の駆逐艦が近隣のルンガ岬とヘンダーソン基地を爆撃して上陸を援護することになっている。ガダルカナルにいる日本軍の地上部隊は、これまでで最大規模の二万人を超えようとしていた。そして山本の役目は、海軍力を駆使して彼らの進軍を助けることだった。そのためにミッドウェー海戦以降では最強となる海上部隊を集結させていたのだ。作戦が決まってからの準備期間が短かったにもかかわらず、日本の軍事指導者たちは反攻態勢を整えていた。ただし、そこにはひとつの――しかも大きな

――過ちが潜んでいた。陸軍第一七軍がアメリカ側の勢力を読み違えていたのだ。[8] 九月末時点で、七五〇〇名という日本の想定からかけ離れた総員一万九〇〇〇名もの米軍兵士がガダルカナル島に上陸しており、これが一〇月初旬には二万三〇〇〇名に達していた。

夕食会議中、山本のようすは普段と違っていた。その年の夏の終わりに旧友に宛てた私信には、独自の敗北がいまだに尾を引いていたのだ。その年の夏の終わりに旧友に宛てた私信には、独自の冷徹な運命論をこう書き送っている。「あと百日の間に、自分の余命はすべて使い果たす覚悟でいます」。[9] はた目には泰然たる態度を崩していないように見えても、同席した参謀たちはその変化を感じ取っていた。ここ数カ月で、敬愛する提督の白髪は増えていた。以前なら軍事関連の会議が終わればすぐに他愛もない雑談を始めていた山本が、このときは楽しみなど何もないかのように寡黙だった。みなで山本の部屋に移動して食後のウイスキーを嗜んでいたときに、その変化は自らを揶揄するかのようなブラックユーモアとなって表れた。[10] 何気なく終戦後の予定を尋ねた側近に、山本は「おれなんか、どうせギロチンか、セント・ヘレナ送りだよ」と、ナポレオンが流刑中の一八二一年に死亡したアフリカ西岸沖の島名を挙げて答えたのだった。

ガダルカナル島に着任したミッチがまず訪ねたのは、第一海兵師団を率いて島へ侵攻したあと、現在は駐屯地を守備するアメリカ軍海兵隊、海軍、陸軍、それに若干名のニュージーランド軍パイロットらで構成される混成部隊の指揮官、ヴァンデグリフト少将だった。飛行場に隣接する地下壕の司令部で、ミッチは少将からファイター・ワン滑走路へ行き、ほかの陸軍航空軍パイロットたちと合流するよう命じられた。のちに第三三九戦闘機中隊として編成されるメンバーたちだ。ミッチはそのうち数名とは顔見知りだった。新たに紹介されたパイロットのなかにはベスビー・ホームズ中尉もいた。サンフランシスコ生まれの二四歳、やせ型。運動能力と知性とを併せもち、短大（ジュニア・カレッジ）では水泳とボクシングの選手だったほか、州のチェス選手権で王座に輝いたこともある。彼もまた、何度聞いても色あせない、真珠湾攻撃時のエピソードの持ち主だった。日曜日の朝、教会で二日酔いをさましていたときに急襲は始まった。四五口径の拳銃を敵機に向けて発射し、滑走路に無傷で残っていた使い古しのP－36に乗り込んで敵を追いかけたのだ。この年、ホームズは夏の終わりまでハワイに駐在したのち、ニューカレドニア島経由でガダルカナルに到着したばかりだった。ウォレス・ディン、レックス・バーバー、トム・ランフィアらと同様、ホームズもミッチのような、つまり大胆かつ恐れ知らずのパイロットで、ふたりはこの後、新たな第三三九戦闘機中隊でコンビを組むこととなる。

　わずか三〇平方キロにも満たない小島の沿岸部に位置するアメリカ軍基地は、木々が鬱蒼と生い茂ったジャングルに囲まれている。いつも雨に濡れているそのジャングルを、何百万匹ものハエや蚊（か）が飛び回っていた。[11]　ミッチの部隊のひとりはこう言った。「陽が落ちたらすぐに蚊帳のなかに逃げ込まないとだめだ。やつらはしっかり皮膚に止まって、針を刺す。吸った血であれの腹がふくれていくのが見える」。それまで何週間にも及んでいた日本軍との戦闘の傷跡が、そこら中に見てとれた。[12] 地表が爆弾でえぐられた穴の数はミッチが上空から眺めていたよりも多く、そのうちのいくつかは空になったブリキ缶やほかのゴミが投げ込まれる集積所と化していた。ココナッツの切り株や熱帯植物には銃弾の痕があった。滑走路の周囲には焼け焦げた日本軍機の残骸が散乱し、アメリカ軍の侵攻と同時に逃げ出した日本兵が使っていたシャベルや敷物、スチームローラーなど各種機材も残されていた。日本軍が滑走路脇に設営した建て付けの悪い小屋は、そのままアメリカ軍が管制塔として利用した。ミッチはすぐにここの流儀を覚えた。日本の軍用機が飛来したことを知らせるために、地上勤務員が警笛を鳴らし、以前奪い取った日章旗が塔の旗竿に掲げられるのだ。

戦闘の傷跡は兵士たちにも見られた。ガダルカナル島駐留の海兵隊員たちは神経が高ぶり、うんざりしていた。日々の戦いで疲れ果て、睡眠をさまたげられ、病にかかり、マラリアを運ぶ蚊を追い払うため足首や眉や肘を狂ったようにひっぱたいた。当初の彼らの任務は日本軍から飛行場を奪い取ることで、目的を達した後は持ち場を陸軍部隊に引き継ぐはずだった。「だが、二カ月近くにわたって日本軍が陸、海、空から執拗に攻撃してきたので、上陸部隊は戦いを続けざるをえなかった」と、ジョン・ハーシーは記している。[13] ミッチの部下のパイロット、ダグ・カニングと同じ輸送機でガダルカナル入りした男だ。ミッチが島に着いた翌日、ハーシーは哨戒兵とともに宿舎を出発し、ヘンダーソン基地から八キロほど西のジャングルにある渓谷へ向かった。これはマタニカウ川に日本軍を迎え撃ち、彼らがそれ以上基地に近づくことを阻止するための軍事作戦の一環だった。その後三日間で双方に甚大な損害をもたらした攻防を報じる記事は、翌月の一九四二年一一月に発売された『ライフ』誌に「マタニカウ第三の戦い」と題して掲載された。日本側が七〇〇名以上の戦死者を出した一方で、海兵隊もガダルカナル島侵攻以降では最多となる六〇名の犠牲を出す結果となった。血に染まった接近戦は「アメリカ人もけっして無敵ではない」ことの縮図だったと、ジョン・ハーシーは母国の読者たちに解説した。[14] ハーシーが目撃したのは、「敗北とパニックと逃走だった。目前に迫る死への恐怖が男たちを圧倒した。みな誇り高き兵士であり、高度に訓練され、数々の悲惨な戦いをくぐり抜けてきた強者（つわもの）だったのに」

戦争ジャーナリストとしては駆け出しのハーシーは、海兵隊員たちがどれほどアジアの敵軍を憎み、「ニップ」どもと戦うくらいならナチスのほうがまだましだと考えているのかを思い知った。[15] ある隊員はハーシーにこう語っている。「ドイツ人たちは過ちを犯しているが、少なくともやつらは人間らしく向かってくる」。ドイツ人との戦いは、まだ人間同士の抗争で、いわば「アスリート同士が互いにパフォーマンスの高さを競い合うようなもの」だと彼は言う。

一方で日本兵のことは「まるでけだものだ」と表現した。隊員はこう説明した。「やつらと向き合うには、まったく異なる身体的な反応が要求される。あの動物的な頑固さ、執拗さに慣れることが必要だ。やつらは、まるでそこで育てられたかのようにジャングルに馴染んでいる。そして獣のように、死ぬまで戦いを止めようとしないんだ」

ミッチ自身が日本人相手の戦闘とドイツ人相手のそれとの違いを経験することはないだろう――彼の戦場は太平洋上空だけなのだから。彼にわかっていたのは、マタニカウ第三の戦いが始まった以上、その真っただ中に、彼にできる唯一の方法で――つまり「空中戦」で――かかわっていくということだった。島に到着してから四八時間も経っていない一〇月九日の早朝、彼はヘンダーソン基地を出発するP－39八機編隊の指揮を任された。駆逐艦五隻と巡洋艦一隻からなる山本の海軍艦隊が、ソロモン諸島の「隙間(スロット)」を通ってガダルカナルに戻りつつあり、現在は島の北方約二四〇キロのニュージョージア島沿岸を航行中との報告が届いていた。敵艦隊が昼間のうちに隙間を通り抜けることは不可能なので、アメリカ軍はいまが彼らを叩くチャンスと考えたのだ。ミッチ率いる戦闘機編隊は、ダグラス社製偵察爆撃機(Scout Bomber Douglas)の頭文字を取った「SBD」の名で知られる、高い操縦性能を誇り大型爆弾の搭載が可能な海軍の急降下爆撃機を護衛していた。ミッドウェー海戦で日本の空母を沈めた際に中心的な役割を果たしたのが、このＳＢＤドーントレスだった。

護衛のため、ミッチは編隊をＳＢＤよりもやや上方の高度約三七〇〇メートルに配置した。この高さから彼らは日本の艦隊を容易に捕捉し、ＳＢＤが急降下を始めた。だがミッチは同時に、着水用フロートが装着された水上戦闘機が少なくとも五機、敵艦隊に帯同しているのを発見した。高度約二四〇〇メートルを飛ぶ彼らは、ミッチの編隊にとっては上から攻撃できるので好都合だ。彼は迎撃命令を出し、パイロットたちは一斉に任務を開始した。

いよいよそのときがきた。実戦だ。彼らはそれまで、空中戦を想定した厳しい訓練を積んできた。ハミルトン基地ではのめりこみ過ぎて演習中止の合図にすら気づかないこともあったミッチだが、目前にしているのは現実の敵なのだ。舞い上がっている意識はなかったが、いざ標的の戦闘機を定めると自分が「ただの若造」でしかないという思いも頭をかすめた。Ｐ－39の先端には三七ミリ機関砲が装備されているが、フィジーでの訓練を通じてミッチはその性能に落胆させられていた。発射のスピードは遅く、演習中に聞こえてくるのは、間延びした「チュン、チュン、チュン」といった音。本当にその程度の遅さだったのだ。しかし、武器といえるのはそれだけだったので、敵水上機の後方わずか九〇メートルに迫ったところで、彼は攻撃を開始した。

三発目が、フロートと胴体の接続部に命中した。「敵を木っ端みじんにしてやった」。飛行機の破片が、コックピットに座るミッチの脇を通り過ぎていき、ミッチは熱狂した。「こいつはすごい」。そしてすぐに周囲を見渡し、二機目の標的を探した。もっと撃ち落としたい――そう思った瞬間、彼は真正面から自分に向かってくる敵機に気づいた。落ち着け、と彼は自分に言い聞かせた。大丈夫、緊張はしていない、考えてるだけだ。かかってこい。まるでチキンレースのように、両機は互いにぎりぎりまで相手を引き寄せた。ミッチは待った。そして相手が射程内に入ったと感じたとき、ふたたび引き金を引いた。何も起きなかった。ブルルル。機関砲から出たのは音だけだった。どうやら中が詰まったらしい。幸い日本の戦闘機も彼を撃ち損じ、両機はそのまますれ違った。だが、さらに別の二機が向かってくるのを見たミッチは、もうここは自分のいるべきところじゃないと思った。撃てない機関砲ではどうしようもない。どのみち――爆弾がどの程度の損害を相手に与えたのかははっきり分からなかったが――ＳＢＤは仕事をしてくれたはずだ。ミッチの部下たちも機関砲が詰まるトラブルに見舞われたようだったので、全員がその場を離れた。

　正午前、編隊はヘンダーソン基地に帰還した。全員が敵機の撃墜に成功していた。だが、ミッチには余韻に浸る暇などなかった。彼とディン、そしてほかのパイロットたちは、午後ふたたび出撃した。別の爆撃任務を負ったＳＢＤを護衛するためだ。それでも、あの朝の飛行を、彼は一生忘れないだろう。初めての撃墜。[16]「初めてのガールフレンドほどには覚えていないけど」と、彼はのちに語っている。「でも似たような感じだ。なにしろ、人生で初めて飛行機を撃ち落としたんだから」

頻繁に続く出撃の合間を縫って、ミッチと彼がニューカレドニアから連れてきたパイロットたちは、新たな野営地に所持品を運び込んだ。[17] 彼らの部屋は、ジャングルの端にある丘陵地に壕を掘って天幕で覆ったテントだ。ここからは、設営部隊がヘンダーソン基地の西方数キロ地点に築いたファイター・ツーを見下ろせる。新たな滑走路は海岸線と並行につくられ、海辺からはわずか一四〇メートルほどしか離れていない。滑走路の両端は半円形の走行路で結ばれ、風よけ用の防護壁で三方を囲んだ駐機場もある。四人用のテントには簡易ベッドと蚊帳が備わっており、テントの下方には食堂と当座の作戦本部があった。各パイロット用の小さな蛸壺壕も、テントの内部かすぐ脇に掘られていた。近くには、ココヤシの丸太と薄い鋼板でつくられた、もう少し大きな塹壕もあった。

陸軍パイロットたちはすぐに蛸壺壕の必要性を理解する。[18] 野営を始めてわずか数日後、日本軍の榴弾砲、通称「ピストル・ピート」が、やかましいデビューを飾った。榴弾砲は近くを流れるマタニカウ川の上方、尾根のあたりに据えられ、発見されないよう頻繁に場所を変えながら、アメリカ軍基地に対して散発的に攻撃をしかけていた。砲弾は丘陵地にある彼らのテントを超えていった。まず発射音が聞こえ、砲弾が飛んできて、どこかに着弾する。爆発音が聞こえてから蛸壺壕に飛び込むまで、彼らに与えられた猶予は約一〇秒だった。

さらに兵士たちは別の脅威にもさらされた。「ウォッシングマシン・チャーリー」（日本軍の飛行機による夜間単独飛行）が夜間の爆撃を開始したのだ。[19]「ガタンゴトン、ガタンゴトン。そう聞こえたよ」とミッチは言う。「洗濯機のモーターが甲高い騒音をまき散らしているようだった」。日本軍は、飛行機の双発エンジンからわざと大きな音を出して騒ぎ立てるのだ。夜になって、日中の飛行任務で疲れた男たちが簡易ベッドに横たわり、わずかな睡眠を取ろうとするたびに、いまいましい日本軍の飛行機がやってきて爆弾を落としていく。それらはレカタ湾から飛来していた。アメリカ軍攻撃作戦に使う目的で、大日本帝国海軍がガダルカナルから二七〇キロ離れたサンタイザベル島の北西沿岸に建設した基地だ。夜ごとの急襲はミッチが到着してまもなく始まり、一九四二年秋の終わりまで延々と続いた。彼らには米軍施設を徹底的に破壊するといった意図は毛頭なかった。実際、日本軍からすれば、チャーリーが落としていった爆弾のせいぜいひとつかふたつでも何かに当たればもうけものだった。この襲撃は、アメリカ軍を精神的に追い詰め、休息を奪い、動揺させるために計画されていたのだ。

戦略としては悪くなかった。テントに身を潜めている男たちの耳に、はるか彼方からゴーッというエンジン音が聞こえてくる。ミッチはベッドに横たわったまま心のなかでつぶやく。

「ぼくは起きないからな。寝なけりゃ体がもたないんだ」。そして寝返りを打ち、無理やり眠ろうとするが、「あのいまいましい爆撃機がかなり近づいて来ると、最後は起き上がって露天の蛸壺壕に飛び込むんだ。[20] 転がり込んで一分かそこらしゃがんでいるうちに、やつは通り過ぎる」。夜の休息が台無しになるだけではない。ウォッシングマシン・チャーリーは、首尾よくアメリカ兵たちを蚊帳の外へ引きずり出し、マラリアを運ぶ蚊にさらすのだ。[21] 「下着一枚で蛸壺壕に入ると、蚊が刺してきた」。海兵隊員たちが飛行機に応戦すると、事態はなお悪化した。高射砲はミッチとパイロットたちのテントからあまり離れていない丘陵部に据え付けられていたので、一斉射撃のたびにテントは振動した。さらに、サーチライトが暗い空を照らし、ときには七六〇〇メートル上空のチャーリーを捉えることすらあったのだが、やかましい高射砲が標的に命中することはなかった。[22] ピストル・ピートとウォッシングマシン・チャーリーと高射砲のおかげで、朝食時には男たちの顔が明らかにやつれていた。パイロットのダグ・カニングは、ベッドから蛸壺壕に飛び込むことにうんざりしていた。「あれ以来、ガダルカナルを離れるまで、折り畳みベッドを蛸壺壕に持ち込んで寝てたよ。[23] 丘の斜面の蛸壺壕がおれの家だった」

眠れなかった時間に、ミッチは初めての撃墜についてあれこれ考えた。あのときアドレナリンが猛烈に出たのはたしかだ。そしてそれ以降、空中で相手と対峙するたびにそれが繰り返されてほしいと願った。彼は敵について「向こうは武装した航空機で、ぼくを殺す能力をもっている。ぼくが向こうを殺せるのと同じだ」[24]と語った。ただしそれは、血で血を洗う殺戮があたりまえの地上戦とは異なるものだとも認識していた。壕に潜み防御線を死守する海兵隊に、日本兵が次々と襲いかかる。ヘンダーソン基地を取り囲む一帯に死体が散らばる。手足がねじれ、顔はずたずたにされ、体は機関銃で真っ二つになった。殺し合いに疲れ果て、海兵隊員たちは呆然とし、放心状態に陥り、のちに「ガダルカナルの、あるいは一〇〇〇ヤードの凝視」と称される暗くうつろな表情を帯びるようになった。[25] マタニカウ川近くでは多数の死体処理が困難になり、工兵が突き出した崖を爆破してその下に散らばった死体を埋葬しようとしたほどだ。[26] 数週間後のある夜、いつものように海兵隊と攻め入ろうとする敵軍との銃撃戦が果てしなく続き、ミッチはいつまでも眠れずにベッドで寝返りを打っていた。翌朝、食堂のテントで朝食をとっていると、顔見知りの海兵隊員が外から彼を手招きした。「ミッチ、いいものを見せてやるよ」。兵士は、前夜激闘が展開された現場に彼を案内し、バンザイ突撃（玉砕前提の突撃）の挙句に折り重なった日本兵の死体を見せた。[27] ミッチは顔をしかめた。陽は昇り、日本兵の死体は腐敗が始まっていた。彼はその場を離れた。

「もう朝食は食べられなかったよ」

地上戦はもはや「個人的な行為」と化していた。視界に入った相手に狙いを定め、頭部を打ち抜く。空中ではそうはならない。パイロットが「飛行する機体」を銃撃するときに敵兵を見ることはなかった。狙撃手は炎に包まれる機体を見るか、翼がもげるのを見るか、あるいは敵機がきりもみしながら地上に激突するのを見るかだ。だがその場合も、狙撃手はコックピットに座ったまま崩れ落ちた敵兵を見ているわけではない。もしそんなことをしていたら今度は自分がやられてしまう。どちらにしても、狙撃手はそのころには大抵その標的を通り過ぎて、次に攻撃できそうな相手を探しているものだ。ミッチにすれば、航空機の撃墜は地上戦で人を殺すのとはかけ離れた行為であり、もっとビジネスライクなものに思えた。そこにはある種の「匿名性（アノニミティ）」が存在するのだ。だが、たとえそうした客観的距離があったとしても、ミッチは敵を粉砕することに一切のためらいもなかった。もし敵兵が銃撃された航空機から脱出しても、躊躇せず仕事を完遂しようとするだろう。「そいつも撃つ。時間さえあれば」。殺（や）るか殺（や）られるか、単純な話だ。[28] 情け（ノー・マーシー）は無用。

「戦争は道徳的なものじゃない」と彼は言った。「恐ろしいものなんだ」

## 第二章

# 忘れじの夜

日本軍によるガダルカナル島奪還のための軍事行動が本格化したのは一九四二年一〇月一三日火曜日だった。二波にわたる行動の第一波は、より大規模な第二波に向けた土台づくりを主眼としていた。まず火曜日に、主要な輸送船団が地上部隊の再集結地となるヘンダーソン基地西方の海岸に到着した。来たる総攻撃までに兵力を二万五〇〇〇名まで増員すべく、今回の任務はおもに数千名の歩兵を揚陸することだった。これまで何度も試みられてきた輸送だが、今回は山本の海軍が援護する点が異なっていた。ガダルカナル島から二〇〇〇キロ離れたトラック諸島にある海軍司令部は、二隻の強力な戦艦、〈金剛（こんごう）〉と〈榛名（はるな）〉、さらに九隻の駆逐艦で構成された部隊をヘンダーソン基地攻撃のために派遣した。アメリカ軍を基地に釘付けにする目的で行われた爆撃は、八月にアメリカ海兵隊によって飛行場を奪われたあとではもっとも激しく、かつ集中的に行われた。

一〇月一三日の午前零時少し前、標的を浮かび上がらせるための照明弾を友軍機から放ってもらったうえで、海軍機動部隊が艦砲射撃を開始した。二時間近くにわたり、ヘンダーソン基地には数百発の徹甲爆弾が浴びせられた。さらに、零戦に護衛された二二機の日本軍爆撃機が砲撃を加えた。作戦行動には長射程の「ピストル・ピート」(九六式一五糎榴弾砲)も参加して、マタニカウ川近郊の尾根からファイター・ツー滑走路に向けて砲弾を放った。地上部隊からの攻撃も同じ日に始まり、翌日、翌々日と続いた。

一〇月一三日からの三日間は、のちに「忘れじの三夜」として知られるようになる。[1] 山本の戦艦が放った砲弾で基地の滑走路は完全に破壊され、爆破された航空ガソリン貯蔵槽から立ち上る炎が夜空を焦がした。日本軍の標的は滑走路からヤシの木立に隠れた野営地、そして周囲の丘陵地帯へと移っていった。照明弾と砲弾とガソリン槽の炎とで一帯は何度も真昼のように明るくなった。第六建設大隊の設営隊員たちは、滑走路の運用を途切れさせまいと必死で駆け回った。爆弾で開いた穴にダンプカーから土を流し込み、マーストン・マットをその上に敷いた。爆弾で地面がえぐられるたびに、彼らは攻撃をよけながら走り寄り、入れた土を突き固め、マットを敷き、頭上で別の爆弾がうなりを上げるとまた散り散りになった。しかし、ひとつ埋めるあいだに別の穴が開き、とうとう追いつくことができなくなった。日本軍機による爆撃は、山本の艦隊が海上からの砲撃を終えるまでのあいだ、容赦なく繰り返された。

アメリカ兵たちは走り、飛び跳ねながら、これまでも危険を避けるために何夜も過ごしてきた蛸壺壕に飛び込んだ。[2] ミッチもほかのメンバーとともに穴へ逃げた。「なかは本当に蒸し暑かった。おかげで多くの仲間が吐いてたよ」。翌朝穴から出た男たちは、戦艦の大砲から発射されて不発のまま地面に転がるいくつもの砲弾を目にした。[3] ギザギザの先端部は直径三五センチほどもあるだろうか。テントは爆弾の破片で切り裂かれているか、くしゃくしゃに潰れていたかのどちらかだった。四一名が死亡した。攻撃前日のヘンダーソン基地には、海軍のSBD急降下爆撃機、同じくF4Fワイルドキャット戦闘機、陸軍航空軍のP－39とP－40戦闘機など、計九〇機が整備のため駐機していた。ミッチたちが確認したところ、多くが損壊しており、みなでそれらを脇へと押し出した。四二機はまだ飛べるようだったが、ヘンダーソン基地の滑走路は爆弾で穴だらけとなり、重爆撃機が離陸するには長さが足りなくなっていた。近くにはファイター・ワンと名づけられている草むした滑走路があり、走路が約六〇〇メートルと短くて路面も荒れてはいるものの、被害を免れた軽量機に限れば使用は可能だった。アメリカ軍が直面した問題は、燃料不足。近海にはまだ日本の軍艦や戦闘機がいるため、燃料運搬船を島に着岸させることが当分望めないからだ。ある海軍大佐は「飛行場をこのまま維持できるかどうかわかりません」と報告した。[4]

戦況の見通しはその後も悪化した。一〇月一四日午後、日本の爆撃機と戦闘機が二度にわたり攻撃をしかけてきたのだ。彼らは事実上なんの反撃も受けずに降下し、好き放題に銃撃して設備をさらに破壊し、犠牲者の数を増やしていった。夜間には軍艦からの砲撃が続いた。[5] そして一〇月一五日の夜明け、日本の輸送船団がルンガ岬沖に到達した。機能不全に陥っているヘンダーソン基地のアメリカ軍からはまる見えの状態で、軍艦に護衛された輸送船五隻が補給物資と兵士たちを降ろした。その意味するところは明らかだった。敵は地上戦の準備を整えつつあるのだ。日本陸軍第一七軍の指揮官たちは気が大きくなっていた。爆撃によりアメリカ兵の士気はくじかれたと確信し、増強された歩兵師団が複数の方向からヘンダーソン飛行場を包囲する計画をこのまま実行に移せば、勝機はわが方にありという強烈な自信をもっていた。

海兵隊員たちにできるのは、予想される地上攻撃に備えて壕を掘り、そのなかで敵を待ち受けることだけだった。それまでのあいだは航空資源をできるかぎり効率的に使用し、日本の増強部隊に空から立ち向かうことになる。[6] 燃料の備蓄がほとんどない状況で、基地勤務者は滑走路周辺のジャングルを走り回り、被害を免れたガソリン缶を探した。また別の者は動けなくなった機体から燃料を漏斗（ろうと）で抜き出した。パラシュートを括りつけたパイロットは、日本軍の爆撃が止む合間を縫って蛸壺壕を抜け出し、一〇〇ポンド爆弾や五〇〇ポンド爆弾を搭載した航空機まで滑走路をジグザグに走った。エンジンを始動し、設営部隊が穴を土とマットで埋める応急処置を施した滑走路を、酔っ払いさながら、縫うように滑走した。「設営部隊のやつらは最高だったよ」とパイロットのダグ・カニングは言った。[7]「爆撃が終わると穴埋めに走っていき、すばやく土地をならして、マーストン・マットを上に敷くんだ。見事な働きだった」。出撃できたうちの数機は、近づいてくる輸送船にかろうじて一〇〇ポンド爆弾を打ち込めたが、艦隊の速度を落とすほどのダメージは与えられなかった。また別の数機は「ピストル・ピート」を探していた。ほとんどひっきりなしに続く砲撃を止めたいからだ。だが、深い密林に覆い隠された大砲を見つけることができないままに燃料が底をつき、断念せざるをえなかった。日本軍の突撃も三日目となる一〇月一五日、燃料危機は少しやわらいだ。約一〇〇〇キロ南方にあるエスピリトゥサント島のアメリカ軍基地から、C－47輸送機が一定の間隔をおいて到着するようになったのだ。一機あたりドラム缶でわずか一二缶ぶんしか運べなかった。一二機が一時間飛んでいられるだけの量だ。だがいまやパイロットも、整備士も、地上スタッフも、みなが戦闘機を飛ばすために全力を傾けていた。[8]修理し、燃料を入れ、爆弾を手で取りつけ、機関砲に弾薬帯を装着した。

一〇月一五日の昼から夜にかけて、ミッチとウォレス・ディンは陸軍飛行部隊の一員として敵軍兵士と補給物資の揚陸を妨害する行動に従事していた。[9]そのうちの一度は、P－39で輸送船に銃撃を加えるあいだに、護衛したSBD爆撃機が五〇〇ポンド爆弾を命中させてその船を沈めた。攻撃中、P－39が一機撃ち落とされたものの、パイロットはすぐに無傷で救出された。次の攻撃はさらに激しく、目まぐるしいものとなる。飛行部隊が相当数の零戦と鉢合わせしたのだ。高速で知られた敵戦闘機は、艦船や兵士を運ぶ艀（バージ）を護衛するために飛んでいたが、陸軍機はなんとかその追撃をしのぎきった。ディンは輸送船の中央部に一発命中させた。爆弾が船を吹き飛ばし、敵兵たちの傷ついた体や死体が海中に放り出された。水は血で赤く染まり、ミッチには餌をわが物にしようと突進してくるサメの姿が見えた。恐怖に目を見張った彼は、のちにこう語った。「サメたちにとっては最高の時間だっただろう」。翌朝、ミッチとディンとほかのパイロットたちはふたたび上空にいた。今度は海岸に乗り上げた輸送船から兵士たちが降りているところを発見した。「海水に入った部隊へ機銃掃射を見舞ってやった」とミッチは回想した。

一日半にわたり、パイロットたちは可能なかぎり何度も飛び、基地への帰還が夕暮れどきやもっと遅い時間になることもあった。夜間の着陸は難しかった。間に合わせの照明がほんの少しあるだけで、薄暗く照らし出された滑走路は、しばしばスコールで水浸しになった。この間、彼らは二隻を撃沈し、ほかの数隻を炎上させ、機銃掃射で幾度となく上陸をさまたげ、その過程で自軍の航空機と兵士もいくらか失った。だが、彼らの努力はせいぜい妨害行為にしかならず、日本軍の船団は一〇月一六日にガダルカナルを離れた時点で、数千名の兵士と貨物や弾薬の大半を揚陸することに成功していた。[10]

その後、散発的な小競り合いを除けば一時的な小康状態が訪れた。山本の主要部隊はガダルカナルの海域を離れ、トラック諸島の海軍基地へ向けて航行を開始した。日本陸軍の第一七軍第二師団は、ヘンダーソン基地西側のコカンボナ村に拠点を残し、ジャングルに道を切り開く作業を始めた。今度の総攻撃では、第二師団長丸山政男（まるやままさお）中将が総勢五六〇〇名からなる九個の歩兵大隊を率いてジャングルの新たな迂回路を進み、基地の南側から奇襲をしかける計画になっている。また、第一七軍砲兵部隊はヘンダーソン基地を見下ろす尾根へ向かった。そこから飛行場を砲撃して海兵隊の注意を分散し、マタニカウ川を越えて西方から攻め込むもうひとつの部隊と、南方から攻める丸山中将の部隊を援護するためだ。三方向からの攻撃陣形をさらに補強するため、二九〇〇名の兵士、戦車、そして九六式一五糎榴弾砲、野砲その他の銃器を含む重砲類で海側から攻撃をしかける部隊が海岸伝いに移動を開始した。[11] 飛行場を南側、西側、海側から攻める日本軍の各指揮官は、敵を殲滅し、ヴァンデグリフト少将自身と彼の部下がアメリカ国旗と白旗を持って姿を現すまで攻撃を止めてはならないと命じられていた。そしてひとたびヘンダーソン基地を奪還したら「バンザイ」という暗号で大本営に勝利を報告する手はずになっていた。

そのころ、アメリカ軍では指導部の交代が進められていた。太平洋艦隊司令官のチェスター・ニミッツ提督は、危険性の高いガダルカナル島の戦況打開に向けて、より強硬な前線指揮官を置く必要があると判断したのだ。彼が選んだのはウィリアム・F・〝ブル〟・ハルゼー・ジュニア提督だった。[12] 命令は、ハルゼーがニューカレドニア島に到着したときに言い渡された。「貴官は、これよりすみやかに南太平洋方面を担当し、南太平洋軍の指揮を執るものとする」。気難しく、押しの強いハルゼーは、「とにかくやつらを殺ってこい」という攻撃的な姿勢で知られていた。真珠湾攻撃のあと、彼はメディアに「われわれがやつらを敗北に追い込む前に、日本語を話す者は地獄にしか存在しなくなっているだろう」と話している。ハルゼー任命のニュースはすぐに南太平洋中を駆け巡り、ガダルカナル駐留兵の士気は一気に跳ね上がった。[13]

一〇月一六日、アメリカ兵たちはようやく蛸壺壕から這い出し、数日ぶりの温かい食事にありついた。それまでは地下で、冷えたハッシュ（肉や野菜を細かく刻んで混ぜた料理）や乾パン、味気ないビスケットしか食べられなかったのだ。ミッチいわく、何人かは「悪臭を少しでも抑えるために」湿ってすえた臭いのするシャツを洗っていたという。[14] ミッチはひとときの猶予を利用してアニー・リーに手紙を書いた。「ぼくがあちこち移動することが、これでわかっただろう？　いまはガダルカナルにいる」と、一〇月二二日付けの手紙で、彼は島名を隠語に置き換える慣習を無視して書いている。二週間前にヘンダーソン基地に到着してから、これが初めて書く手紙だった。内容はおもに雑事で、アニー・リーに故郷の近況を知らせてくれるよう頼んだ。また、父親のノアからはあまり便りがなく、きみの手紙の束を読むのが何よりの楽しみだと書いた。もらった手紙の何通かは前任地のフィジーから転送されており、なかには「五月」と書かれたものもあった。「とても楽しく読んだよ」とミッチは記した。「ここでは夜間は真っ暗になるし、昼間は激しい任務であっという間に過ぎてしまうから、なかなか全部を読む時間がなかった。だから読める時間が取れるのを励みにがんばっていたんだ。本当さ!」。そして彼も、自分の手紙が彼女の誕生日までに届くことを願っていた。一一月一一日で二六歳になる彼女に、ミッチは愛情のこもったメッセージを送った。「ぼくには世界で一番優しくて美しい、最高の妻がいる。きみと離れている時間が長いほど、きみを愛する気持ちが強くなるし、ぼくの人生はきみがそばにいて初めて完結するんだとわかってくる」

ミッチは戦争のことにも少しだけ触れた。自分たちの戦闘のようすを派手な調子で描写し、「ジャップと一緒に街へ繰り出すんだ。ぼくにとってはなんとも楽しい時間だよ」[15]と自慢した。人生で初めて敵機を撃墜したと語り、戦いはまだ始まったばかりだからこれからどんどん撃ち落とすさ、と余裕をみせた。つい数日前に止んだ日本軍の猛攻撃については、ごく控えめに伝えた。「爆弾は毎日落ちるし、ときには銃撃もされる。でも、それほどひどくはならないんだ。たいていは完全に防御された場所に入っているからね」。全体として、夜間の扇動者さえいなければこのうえなく順調なんだけど、と彼はウォッシングマシン・チャーリーについて遠回しに説明した。「人生でいまほど気分がいいことはないよ。ぼくたちは懸命に働いてるし、軍の規則を破れるような場所じゃないから、もう何週間も酒を飲んでない。夜、あの黄色い悪魔たちがほっといてくれさえすれば、よく眠れて完璧だろうな」

真実はバラ色というにはほど遠かった。手紙からは何の懸念も読み取れず、再編された日本軍の「ヘンダーソン奪還」を待ちながら高まっていた緊張感も伝わってこなかった。しかし、首都ワシントンDCで報道陣から「ガダルカナルは守り切れるのか」と聞かれたフランク・ノックス海軍長官がかろうじて答えたのは「もちろんそれを願っている」の一言だった。論説委員たちは誰も納得しなかった。「ノックス長官はつとめて楽観的であろうとしていたが、兵士たちの勝利を願っているとしか言えなかった」と書いたのは『ロサンゼルス・タイムズ』だった。[16]「敵軍が相当量の補給を行い、兵士のみならず機甲類や野砲なども揚陸できたことはほぼ疑いない」

アニー・リー・ミッチェルは、アメリカ軍によるヘンダーソン基地の運用が危機に瀕しているという情報を確かめるために、夫よりも新聞報道に頼るしかなかった。ミッチの手紙を読むだけでは気持ちが落ち着かない。「ジョニーはソロモン諸島にいるのよ」と、アニー・リーは心配しておばのルドマに言った。[17]「『大丈夫だ』なんて、信じられない」

日本軍の進撃はミッチが手紙を書いた翌日から始まった。新たに編成された数千名の部隊と戦車が、ヘンダーソン基地に向けてマタニカウ川を越えて東方へ進んだ。南太平洋軍司令官に任命されたばかりのハルゼー提督はニューカレドニアから戦況を注視していた。ガダルカナルから戻った従軍牧師が、迎え撃つアメリカ軍の守備部隊が不安を抱いている、あるいは絶望的になっていると伝えた。だが、ハルゼーの頭にあるのはそのどちらでもなかった。「われわれは勝つ。あなたも私も、地獄に堕ちた山本を見ることになる」[18]

その金曜日は、夜から翌朝にかけて計四度、日本兵が戦車とともにジャングルから姿を現し、川を越え、塹壕に潜む海兵隊員たちの方へ突撃してきた。その都度、海兵隊はなんとか進軍を押しとどめ、それにともなって敵兵の死体が砂州に積み上がっていった。首尾よく撃退できた理由のひとつは、注意を分散させずにすんだことにあった。丸山中将率いる第二師団が、その時点でまだヘンダーソン基地の南方に到達していなかったのだ。ジャングルの迂回路では節くれだった木や枝に行く手を阻まれ、暑さに加えて豪雨にも見舞われ、予想外に過酷な道程となってスピードが落ちたため、各方向から同時に総攻撃をかけるという当初のもくろみが崩れていた。それから二日が経過して、ようやく丸山の大軍勢が複数回にわたる正面攻撃を開始した。夜間の攻撃が二日続いた。日本の歩兵が鬨の声を上げながら手榴弾を投げ、銃撃してくる。対する海兵隊員と陸軍兵は、小銃、機関銃、対戦車砲、迫撃砲、その他あらゆる火砲類で応戦し、突破を図る日本兵を何度も蹴散らした。砲手のなかには、撃ちつづける機関銃が過熱しないように、砲身を覆う冷却被筒に自分の小便をかける者までいた。アメリカ軍の守備隊はときに苦戦を強いられたが、防御線を破られることはなかった。日本兵が飛行場まで数百メートルにまで迫った瞬間も何度かあったものの、アメリカ軍の反撃により彼らは倒され、排除された。戦場は震撼すべき修羅場と化した。総攻撃の全体を通して、アメリカ側の犠牲者約六〇名に対して、日本側の死者数は一五〇〇を超えた。[19] 日本軍はアメリカ軍部隊の兵力をあまりにも過小評価していた。日本軍が相対したアメリカ兵は総勢で約二万三〇〇〇名にものぼった。それでもぎりぎりの攻防戦になったとはいえ、この数は日本が見積もっていた数の三倍以上だった。

パイロットたちは空から援護した。[20] ミッチ、ウォレス・ディン、ダグ・カニング、ミッチの僚機に乗るジャック・ジェイコブソン、その他陸軍航空軍、海兵隊、海軍の精鋭たち。ミッチが率いる編隊は、ガダルカナルから約二七〇キロ離れたサンタイザベル島のレカタ湾にある日本軍基地を数度にわたって爆撃した。そのうち一度は彼とディン、ジェイコブソンとで五〇〇ポンド爆弾を落としたあと、海兵隊の戦闘機と合流して急降下爆撃を行い、八機の水上飛行機を破壊した。ミッチはガソリン槽を機銃掃射し、約四八〇〇リットル分を炎上させた。その日の午後に再度出撃したミッチとジェイコブソンは、海岸に駐機中の二機を燃やしたが、現場を離れようとした瞬間、ミッチが突如P－39に衝撃を感じた。対空砲が機体をとらえたのだ。彼自身は傷を負わなかったものの、弾が右の主翼に命中した。翼の先端で上下動して機体を傾ける二枚の補助翼につながるケーブルが破損した。ミッチは機体の安定をなんとか保ちながらガダルカナルに帰還した。補助翼は二枚とも数センチずつ欠け、彼はコックピットで操縦桿を右側いっぱいに固定したままの飛行を余儀なくされた。

ミッチとパイロットたちは、海兵隊の指揮官から地上部隊の支援も委ねられた。ヘンダーソン基地の周辺に集まってくる敵兵に向けて急降下爆撃を行うのだ。特定の場所を爆撃したら、その後地上の海兵隊員による掃討を見届ける。ミッチは言った。「地上の海兵隊員が死んだと思しき日本兵を見つける。吹っ飛んだ衝撃で靴はどこかへいったようだが、目立った外傷はない。即死か死にかけているかのどちらかだ。海兵隊が仕事を終わらせるというわけだ」。[21] あるときは、飛行場近くの丘陵地で壕を掘った敵兵を攻撃するよう指令を受けた。ミッチは焼夷弾を打ち込み、あたりの草を焼き払った。数名の日本兵が穴から走り出て、近くの森へ逃げ込んだ。パイロットたちは急降下爆撃を行い、海兵隊員の目前で彼らを一掃した。またあるときは、ジャングルに爆雷を投下し、敵兵を外へ追い出した。海兵隊は待ち受け、これを狙い撃ちする。

のちにミッチは、敵が身につけていた日本刀などを彼らが漁っていたことを知った。現金や戦地では貴重なウイスキーなどと引き換えにそうした戦利品を売りさばこうとする行為はミッチを苛立たせた。[22]「あれには腹が立ったよ。ぼくらが数多くの敵兵を殺したのは、海兵隊を援護するためだったのに」。太平洋上で憎しみに満ちた戦闘が続き、そのさなかに戦利品の強奪まで横行するうちに、双方が互いに身の毛もよだつような残虐行為を重ね合うようになった。日本兵は死んだ海兵隊員の首をはね、手足を切断した。一方の海兵隊員は、敵兵の死体を背嚢からポケットまで徹底的に攫った。「折りたたんだ日章旗を見つけようとヘルメットを脱がせ、背嚢やポケットの中身も全部奪い取り、健康な歯を見つけたら引き抜いた」と、ある海兵隊員はのちに記している。[23]「軍刀、拳銃、切腹用のナイフは特に貴重品だった」。歩兵のなかには、日本兵の歯でつくったネックレスを首からかけ、削ぎ落とした耳をベルトに貼り付けた者までいた。[24] 陰惨な戦利品の獲得合戦に衝撃を受けたニミッツ提督が「敵兵の体の一部を戦利品に使うことを禁じる」と通達を出したものの、残虐行為が止むことはなかった。

ミッチが仕留めた二機目は、日本軍が総攻撃を開始した一〇月二三日、ヘンダーソン基地の上空で展開された空中戦の相手だった。彼とグラマンF4F戦闘機を操る海軍パイロットたちは、日本の爆撃機一六機および護衛の零戦二〇機と渡り合っていた。彼は当日の戦闘報告書に「グラマン機が零戦を一九機撃ち落とし、私は一機落とした」とこともなげに記している。わずか三週間ほどの激戦を通じて、ミッチはみるみる腕を上げていった。敵軍から銃撃の洗礼を受け、ゾッとするような接近戦を生き延び、そこから得た学びを日記や戦闘報告書や手紙に書きつづった。「あらゆることを学ぶ必要がある。実体験からしか得られないことばかりだ」。[25] その内容は、P－39の強みと弱み（彼によれば「機銃掃射と急降下爆撃には強い」が「高高度での戦闘には不向き」）から作戦行動において運命の果たす役割まで、あらゆる領域に及んでいた。[26]「ぼくたちはティドリー・ウィンクス（おはじきのような円盤を手ではじくイギリスの伝統的遊び）で遊んでいるわけじゃない」と彼は書いた。「殺すか殺されるかの世界では、運はひとつの要因にすぎない。それでも、運は自分でつかむものだ。ぼくはそう信じている。しっかりと準備を整え、心構えができていれば、いざというときに目の前の状況に対応できるはずだ」。[27] 戦況の転換点ともなった一〇月のガダルカナル戦線において、彼には別の発見もあった。それまでは考えていなかったことだ。「ぼくは空中戦が大好きになった」。[28] 厳しい環境で毎日を過ごし、「アメリカでの楽しい日々」が懐かしく思えることもあったが、それでも彼は次のように述べた。「前線に出て、敵機を撃ち落とし、叩きのめすために、ぼくは最善を尽くしている」。そしてこう続けた。「その満足感は何物にも代えがたい。自分にどれほどの度胸があるのかを実感できるのは、このうえない喜びなんだ」

ミッチは、五機以上撃墜すると与えられる称号である「戦闘機エースパイロット」に近づいていた。三機目は「ダッグアウト・サンデー」に撃墜した。[29] アメリカ兵やマスコミが、日本軍による執拗なまでの爆撃が続いた一〇月二五日をそう名付けたのだ。「厳しい戦況下のガダルカナルだが、一日で行われた空爆としては今日のそれが一番長く続いた。軍艦や海岸からの銃撃と爆撃は言うにおよばずだ」と書いたのは、『シカゴ・トリビューン』の従軍記者、ロバート・クローミーだった。午前零時過ぎに集中砲火が始まると、兵士たちはあわてて蛸壺壕に飛び込んだ。クローミーは翌朝の朝食メニューを、嫌味を込めて「バターと卵と零戦」と書いている。延々と続く空爆に、昼間はルンガ岬沖に停泊している山本の戦艦からの攻撃が加わり、さらに敵軍の榴弾砲「ピストル・ピート」からも定期的な砲撃を受けた。日本軍のパイロットは、当初ヘンダーソン基地の一端に整列している航空機を狙い、破壊した。しかしこれらは、実際は故障して動かなくなった機体を設営部隊が並べたおとりで、使える飛行機は滑走路に沿って隠していたのだった。澄み切った青空だったが、前夜に降った大雨でファイター・ワンは湿原と化しており、アメリカ軍機は飛び立てず、すぐに応戦することはできなかった。「地面はぬかるんでいたし、上空には一日中零戦が飛んでいた」とミッチは愚痴をこぼした。「五機の急降下爆撃機が攻撃してきた。日本の駆逐艦も近づいてきて、ガダルカナルからツラギ島に向かうぼくらの艦船三隻を破壊した」

照り付ける太陽のおかげでようやく昼過ぎに滑走路が乾くと、飛行可能でかつ五〇〇ポンド爆弾を搭載ずみのP－39全機に出撃命令が下された。とはいえ、実際に飛び立てたのは四機にすぎない。ミッチがそのうち一機に乗り込み、ディン、ジェイコブソン、そしてもうひとりのテキサス州出身者、フレッド・パーネルとともに出撃した。ミッチの飛行機はエンジンが不調をきたし、速度が鈍ったために帰投を余儀なくされた。ほかの三機は爆弾を投下したが、いずれも命中はしなかった。腹立たしいことではあるが、必ずしも想定外というわけでもない。前進し方向を変え、右往左往する艦船をめがけての急降下は困難だからだ。「いったん急降下を始めたら、敵船に合わせてくねくねと曲がることはできない。だからうまくいかなかった」[30]と、ミッチの僚機に乗ったジェイコブソンは語った。四人は同じ日に再度爆撃を試み、今度はジェイコブソンの一発が戦艦の艦首部を直撃した。[31] B－17フライングフォートレス数機がさらに攻撃を加え、ミッチは沈む戦艦をコックピットの特等席から眺めることができた。そして夕方、今度はミッチの番だった。彼と仲間のパイロットたちは、巡洋艦一隻と駆逐艦一四隻からなる山本の海軍護衛艦隊を叩くため、ガダルカナル島の北方に派遣された。だがその途中で、海上に複数の零式水上機を発見し、進路を変更した。空を覆う雲にまぎれながら、彼らは敵に気づかれる前に攻撃を開始した。[32]「最初の攻撃で一機仕留めた。パーネル中尉も最初の攻撃で一機。ジェイコブソン中尉も一機」とミッチはのちに報告している。爆弾をほぼ使い切ったので、海軍艦隊を追う前に作戦は終了した。

海、空、地上で、日本側の損失は増えつづけた。[33] 日没までに、アメリカ軍の飛行機が敵を二二機撃墜し、対空砲はさらに五機狙い撃った。同様に、地上でもアメリカ軍歩兵部隊が前夜の応戦パターンを踏襲した。敵に包囲されながらも断固として持ちこたえ、減少が続く丸山中将の第二師団兵に追い討ちをかけた。ふたつの前線、ヘンダーソン基地の南側とマタニカウ川沿いの西側には数千の死体が積み上がった。従軍記者のクローミーはこう書いた。「ジャップの死体がさまざまな姿勢で横たわり、埋葬を待っていた。ある者は手足を広げて有刺鉄線にからまったまま、もはや無用の長物と化した武器を握りしめていた」[34]

翌一〇月二六日、日本軍の司令部はこれ以上の総攻撃継続を断念した。[35] 加えて、彼らの海上からの再起の望みも潰えることとなる。その日の朝、戦況打開を図るために山本がガダルカナル島東側に派遣した空母と戦艦の艦隊が、ハルゼー提督の編成した小規模のアメリカ軍部隊に行く手を阻まれたのだ。厳密に評価するならば、日本軍は二日間に及んだこのサンタクルーズ諸島海戦（南太平洋海戦）で、戦術的には勝利を収めた。アメリカの空母一隻を撃沈し、別の空母にも被害を与えた一方で、自軍の艦艇は失わなかったからだ。しかし、戦力で勝るアメリカ軍の猛攻撃を受け、日本側も空母二隻が大きな損傷を受けた。一〇〇機近くの航空機が破壊され、同様に能力の高い兵士たちを多数失った。山本は艦隊の撤退を命じた。確信をもって始められたヘンダーソン基地奪還作戦は、失敗に終わった。

アメリカ軍は、ガダルカナル島の戦況が著しく好転したと判断し、滑走路二本の修理ともうひとつのファイター・ツー完成に向けて作業を行うのはいまだと判断した。燃料、弾薬、食料の補給が再開され、マタニカウ川の向こうにあるコカンボナ村に設けられた日本軍司令部への攻撃を敢行する余裕も生まれた。陸軍航空軍、海軍、海兵隊の各パイロットたちによる飛行は日課となり、一〇月二八日早朝、ミッチはサンタイザベル島のレカタ湾にある日本の水上飛行機基地を再度攻撃する作戦に加わって、P－39エアラコブラで出発した。ジャック・ジェイコブソンとウォレス・ディンもそれぞれP－39で帯同した。彼らの任務は、四機のSBDドーントレス偵察爆撃機を空中で護衛し、SBDが爆撃を行うあいだは敵に機銃掃射と急降下爆撃を行い、最後はSBDをガダルカナル島まで無事に送り届けることだった。作戦は予定どおりに始まった。SBDは自分たちの仕事をして現場を離れ、その間はミッチとふたりのパイロットが湾内に駐機している敵の水上機を銃撃しつつ地上設備のいくつかに爆撃を加えた。数次にわたった攻撃中、敵からの反撃はなかった。

その後、ちょうど帰還しかけたときに、新たな攻撃の機会が訪れた。偽装を施したガソリン槽を海岸に見つけたと、ウォレス・ディンがミッチに知らせてきたのだ。ミッチは銃撃の合図を送ったが、数秒後にはそのことを後悔する。ディンがターゲットめがけて急降下し、三〇口径の翼内銃を発射した。弾は命中し、タンクの一端が爆発した。だが、ディンの機体が二度目の攻撃に向けて旋回したときに地上からの砲撃を受けたのだ。一瞬、彼は気を失った。コックピットに煙が充満し、足元の消火器から不凍液が漏れ出した。その後、ディンはなんとか左方向に向きを変え、日本軍基地から離れた。

ミッチはディンを無線で呼んだが応答はなかった。機体は揺れ、煙が尾を引いた。ディンにはもはや緊急脱出以外に術（すべ）がなかった。[36] P－39は海中へ墜落し、ミッチの大切な仲間はパラシュート姿で眼下のジャングルへと消えていった。気に病み、動揺しながら、ミッチとジェイコブソンはヘンダーソン飛行場に急ぎ帰投した。同じ日の午後、彼らはふたたびレカタ湾まで出撃し、新たな空爆任務を遂行しつつ、友の行方を追った。海岸沿いを何度も往復しながらディンを探したものの、彼とパラシュートの痕跡はなかった。それから数日が経過し、そのあいだも幾度となく出撃したが、ディンの生死に関してはやはり何の情報もつかめなかった。そして八日後の一一月四日、どっちつかずの状態がようやく終わりを告げる。ヘンダーソン基地近くに着岸した小型船から、ウォレス・ディンが数名の軍人とともに上陸したのだ。しかも、日本兵の捕虜をひとり連れて。衰弱してはいたものの、ディンは生還した。[37] ジャングルでは、先住民たちが敵からかくまってくれたうえに、カヌーでサンタイザベル島の反対側にいるイギリスの船舶まで送り届けてくれたという。ディンと先住民たちとで捕虜まで連れてきたと知り、パイロットたちは感心して頭を振った。見事としか言いようがなかった。だが、そうした成果以上に、ミッチはなにより一番の相棒が無事帰還したことに安堵し、喜んだ。

その時点で、ミッチと編隊のパイロットたちは休暇を取る資格を得ていた。「少し休んでこいと言われたんだ」と、彼はアニー・リーに書き送っている。[38]「個人的には、なるべくここに留まってあの〝黄色い連中〟と戦いたいと思ってる」。でも命令は命令だから、と彼は続けた。「お偉方から、ぼくらは休暇取得に足る仕事をしたと言われたよ」。ミッチ、ディン、ジェイコブソン、カニング、その他数名は一一月一〇日にガダルカナルを離れ、最初に「ポピー」、すなわちニューカレドニア島に立ち寄り、その三日後にオーストラリアへ到着した。休暇は一週間の予定だったが、ミッチは結局ひと月をそこで過ごすはめになった。[39] ヘンダーソン基地に向けて出発するはずの日に、彼はひどい悪寒に襲われて震えていたのだ。休暇中、彼はごく一般的に使われていたアタブリンを服用していなかった。ミッチ以外にも、抗マラリア薬を嫌う兵士は多かった。発汗、手の震え、さらには時間とともに皮膚が黄変するといった副作用があったからだ。また、アタブリンを飲むと性的不能になるという誤った噂まであった。ミッチは仲間と一緒の出立(しゅったつ)を許可されず、前線へ帰還する代わりに病院に入れられ、血液検査の結果マラリアと判定された。

ミッチの入院は、戦況が着実にアメリカ軍優勢へと傾いてきたガダルカナル島でいまも続く激戦に、彼が当面参加できないことを意味していた。日本軍の司令部は、ヘンダーソン基地からアメリカ軍を撤退させるべく最後の反撃に出ようと必死の準備を進めていた。山本は航空基地を爆撃するために再度戦闘機の出撃を命じ、そのあいだに輸送船がラバウルからトーキョー・エクスプレス（日本が行ったガダルカナルへの物資補給のアメリカでの俗称）で資材や糧秣を届けようとした。この月の戦況は、中旬に発生した別の海戦も含めて混沌としており、双方ともに大きな犠牲を出した。だが日本側の損失はより大きく、全体の士気が著しく低下したのみならず、島に残る歩兵部隊の多くは極度の疲労、熱帯病、栄養失調で猛烈に苦しんでいた。ある歴史家は、「ぼろ切れ同然の軍服が、痩せさらばえた手足からぶら下がって見えた。長く伸びた髪には虱が湧いていた」。[40]と書いている。月末までに、アメリカ軍は日本軍による物資補給のルートを潜水艦のみに限定することに成功した。もはや食糧、弾薬、燃料のいずれも深刻な不足状態に陥り、日本陸軍はガダルカナル島を餓島と呼ぶようになった。[41]

ミッチは戦線離脱をよしとしなかったが、入院生活が長引いたおかげでアニー・リーを驚かせることができた。シドニーの病院から、感謝祭前日の早い時間にポスタル・テレグラフ・ケーブル社を通じて電信を送ったのだ。サン・アントニオのイースト・ウッドランド通り一四七一／二番地にあるアニー・リーの小さなアパートにそれが届いたのは、日が暮れてからだった。長椅子でまどろんでいた彼女は、午後一〇時半に電話の音で起こされた。相手はウエスタン・ユニオン（アメリカの通信会社）で、ジョン・ミッチェル大尉から電報が届いています、と告げた。アニー・リーは背筋を伸ばして座り直した。ミッチがガダルカナルにいると聞いて以降、ずっと心配していたのだ。親戚のなかには、ご丁寧にも「ソロモン諸島にいるのなら、もう二度とミッチと会えないかもしれないね」などと言う者までいた。ある従兄弟の夫は、アニー・リーが必死で祈りつづければ救えるかもしれないと言ったが、下手なぐさめは聞きたくもなかった。彼女は言い返した。「もう少しましなことを言えないのなら、黙ってて」。[42] 彼女は受話器を握り、相手が電信を読み上げるのを待った。「一シュウカンノキュウカチュウ　スベテジュンチョウ　アイヲコメテ　ジョニー・ミッチェル」。[43] 簡潔なメッセージのなかで、ミッチは自分の病状には触れなかった。後日、別の手紙で明かすつもりだったからだ。しかし、アニー・リーにとってはこれこそがまさに求めていた内容だった。もう眠る気になどなれず、彼女はおばのルドマに宛てて手紙を書き、電信のこと、そのなかでもミッチが無事だと言っていることを記した。「もちろんこの電信は、一四日と一五日にソロモン諸島で発生した大規模な海戦よりもあとに送られてきたの。だから、本当に安心した。私がどれほど彼からの言葉を待っていたか、おばさんならわかってくれるでしょう？」[44]

ミッチは結局一二月五日にガダルカナルへ戻った。彼は「仕事に戻りたくてうずうずしていた」と書いた妻への手紙で、ようやく病気について明かした。[45]「マラリアはもう完治したよ」。

そしてこう続けた。「いまは三（撃墜数）だけど、これから一〇にまで増やすつもりだ。自分へのクリスマスプレゼントに、黄色い死体を積み上げてやる」。彼は、日本軍が物資補給の頼みの綱と考えていた「ドラム缶輸送」を狙う空爆部隊に加わった。[46] この補給作戦では、消毒ずみの空のドラム缶に食糧や弾薬を詰めてから、複数をロープで連ねて船に積み込み、ヘンダーソン基地西方のコカンボナ村沿岸に投下する。近くで野営する日本軍が舟艇と兵士を出してこれを海岸まで引っ張ってくるという仕組みだ。相手への発覚を避けるために輸送作戦は夜間に実施されたが、夜明けになってもまだ数百缶が海上を漂ったままで、ミッチやほかのパイロットたちは毎日この無防備な標的に機銃掃射を加え、破壊した。「午前三時半から夜の一〇時くらいまで続けた」とミッチは語っている。[47]

　ふたつの記念日が立てつづけにやってきた。ひとつは国際的な意義をもつもの、もうひとつは個人的なものだ。一二月七日は、山本の手による真珠湾攻撃から一年となる。その記念として、日本政府の統制下にあるメディアや宣伝機関は、今回のすばらしい戦争の経過を総括し、アメリカが敗戦を重ねていると虚偽の情報を並べ、日本の最終的な勝利は決まっていると勝ち誇った。ミッドウェーにおける敗北で日本側の見通しは崩れ、ガダルカナルで戦況がさらに悪化しているという真実は、政府と軍部により厳重に秘匿されていた。そのなかで状況を正確に認識していた山本は、友人への手紙で「とうとう開戦から一年が経過したが、あれほど優位な条件を与えてもらいながら、少しずつそぎ落とされているようで心細いかぎりだ」と書いている。[48] また別の友人への手紙には短い詩がつづられていた。「この一年を 振り返れば 亡くした同志の多さに 気持ちが高ぶるばかり」。一方アメリカでは、国民の士気は明らかに上がっていた。ソロモン諸島の新司令官、ブル・ハルゼー海軍少将のインタビュー記事が国中の新聞で一面を飾った。「われわれは、いまやはっきりと攻勢に転じた。[49] 戦いはまだ始まったばかりだ！」と語ったこの提督は、わずか六週間前、南太平洋の戦況が予断を許さないと言っていたのだ。ハルゼーは、真珠湾における憎むべき相手の名をもち出しながら日本に向けてこう言い放った。「山本に伝えておけ。ホワイトハウスが平和宣言を出すことになるが、やつが思い描いたような内容ではないと」。また、戦時国債の購入を勧める広告キャンペーンが、日本海軍の英雄に対するアメリカ人の憎しみを増幅させた。一二月七日の『ワシントン・ポスト』に掲載されたある広告は、「リメンバー・パール・ハーバー」と説いた。「ちょうど一年前、山本提督と彼の兵士たちは、その残忍な本性をあらわにしたのです」という文言に続き、広告は人々に「債券を買いましょう」と呼びかけた。[50]

もうひとつの節目は個人的なものだ。ミッチとアニー・リーは一二月一三日で結婚一周年を迎えた。ふたりは、ミッチが配属先のカリフォルニアに向かう直前、短時間立ち寄ったサン・アントニオで、市役所に駆け込んで結婚の手続きをすませた。ミッチは、あえてこの特別な日に送った妻あてのラブレターで、自分が少佐に昇進する予定だと報告した。この一二月は、以前上司のヴィック・ヴィッチェリオから第三三九戦闘機中隊長を引き継ぐつもりだと告げられていた月でもある。第七〇戦闘機中隊を含む複数の部隊で活躍していたパイロットたちで構成される、新生集団の誕生だ。ウォレス・ディン、ダグ・カニング、ジャック・ジェイコブソンとは現在すでに行動をともにしているが、年末までにはさらにフィジー島で一緒に訓練した第七〇中隊のメンバーたちもようやくこちらに合流するという。「あのヴィックや、若手のみんなに会えるのが楽しみだよ」とミッチは書いた。[51]「もちろん、あいつらには手柄話も大げさに話してやるつもりだし、雑談もたくさんするだろうね」

メンバー全員が一堂に会するのは、七月四日にフィジー島西岸の町ナンディでテキサス・スタイルのバーベキューを催して以来だ。[52]ジョー・ムーア、ロバート・ペティ、ジョージ・トポル、A・J・バック、ロジャー・エイムス、デルトン・ゲールケらとともに、レックス・バーバーとトム・ランフィアの腕利きふたりも転属してきた。着任早々、彼らは前回の独立記念日とは少々異なる花火を見ることになる。ヘンダーソン基地に着いたとき、日本軍による頻繁な爆撃のひとつに遭遇したのだ。また、以前からヘンダーソンに駐留していたものの、今回正式にミッチの配下となるパイロットがもうひとりいた。ベスビー・ホームズはこの基地をめぐる激戦に参加するため、一〇月に到着していた。まだ飛行機を撃ち落としたことはないが、係留中だった日本の弾薬船を一隻爆破した実績がある。

ミッチと彼の部隊は、新たに着任したパイロットたちを、ファイター・ツー滑走路を見下ろす丘陵地に掘られた塹壕へと案内した。これからここでともに生活し、仕事をするのだ。彼らは飛行機を共有し、順番に飛ぶことになっている。「食べて、寝て、飛ぶ。それがぼくたちのルーティンのほとんどだった」とA・J・バックは語った。[53] 食事はKレーション（アメリカ軍が第二次大戦中に製造、配給した戦闘糧食）と虫のような日本米だけだったが、その後かろうじてスパムの缶詰も増えた。「昨日もスパム、今日もスパム、明日もスパム。いつまでたってもスパムだ」とバックは言った。「日付もだいぶ古いが、Kレーションよりはまだいい」。メンバーのなかでも、とくにレックス・バーバーはミッチとの再会を喜び、戦いに加われることに興奮していた。「戦闘に参加するときの気分は、アメフトでサイドラインからフィールドに入るときと同じなんだ。おれは、戦うために参加した」[54] と語った。そしてほんの数日後、彼は一機目を撃墜する機会を得た。[55] 日本軍がニュージョージア島南端のムンダに飛行場を建設中との情報が入り、バーバーが偵察を命じられたのだ。攻撃は無用との命令だったが、ちょうど着陸態勢に入っていた日本海軍の双発爆撃機、九六式陸上攻撃機を発見すると、彼は我慢できなかった。「見逃すにはあまりに惜しい」と考え、高度約二一〇〇メートルから相手の後方へ急降下した。銃撃すると弾は敵の右エンジンに命中し、炎が上がった。海中に突っ込んだ爆撃機を見届けたところで、今度は左側に敵の零戦が複数いることに気づいた。彼はそのまま飛びつづけ、幸運にも雲に隠れながら逃げ戻ることができた。このときの功績で、彼はのちに銀星章（シルバースター）を授与された。

ほどなくトム・ランフィアも頭角を現した。場所もバーバーのときと同様、ムンダ飛行場の上空だった。ランフィアは、日本軍がジャングルを切り開いて建設中の滑走路を攻撃目標とする九機の爆撃機を護衛する任務でP－39を操縦していた。爆撃開始直後、日本の零戦が視界を横切った。友軍のB－17を追っているようだ。爆撃機の方へ旋回する高速の零戦をランフィアは追いかけた。二キロ近く前を行く敵機はこちらに気づいていない。下を飛ぶ標的の航跡をたどることに気を取られているのだ。零戦は爆撃機の後方で射撃位置についた。ランフィアは、興奮しながらも集中を切らさなかった。零戦の後ろで、発射装置のスイッチを入れた。「おれは零戦にかなり近い後方位置にいた。致命的なポジションを取られているのに、相手は気づかなかったらしい。照準器いっぱいに敵の姿が捉えられていた」。彼はP－39の操縦桿上部にある発射ボタンを押した。五〇口径の銃が発射され、コックピットが震えた。ランフィアは標的を外した。曳光弾が敵機より少し遅れて下を通っていくのが見えた。彼は弾道を修正すべく機首を上げた。今度は少し上げ過ぎたように感じた。零戦の上を撃ったように思えたのだ。だが敵機は、自分の視界から消える直前、爆発した。彼の目前でバラバラになり、破片があらゆる方向へ飛び散っていった。ランフィアは「零戦に高い機動性を与えている軽量アルミの骨組みが、それゆえに一瞬で爆竹と化した」ことを実感した。彼にとって初めての撃墜だったが、驚いたことに、間を置かず二機目が現れた。[56] 彼とほかのP－39のパイロットたちとで、B－17フライングフォートレスを追いかける零戦二機を相手にしたのだ。後日、ランフィアはムンダでの活躍が認められて表彰を受けた。

バーバーとランフィアはともにミッチがパイロットに求める資質、すなわち自信、献身、責任感を兼ね備えていた。「ミッチが重視したのはたったひとつ。必要とされたときにそこにいたかってことだ」[57] とバーバーは語った。ただし、ふたりには異なる側面もあった。バーバーは社交的でチームプレーを好む。敵機の撃墜についても、以前やっていたアメフトになぞらえて説明した。「試合でタックルするときと同じだ」と彼は言った。[58]「味方の守備が手薄なときにタックルを試みても、足の速いランナーが相手だとなかなか難しい。それでも食らいついて、芝生に叩きつける。飛行機に乗っている相手を撃ち落としたときと同じで、気持ちが高ぶるんだ」。一方ランフィアは、仲間と陽気に盛り上がるタイプではなかった。もっと超然としていて、それでもバーバー並みに野心をもっており、一部のパイロットからは自己中心的とも見られていた。あるとき、こんなことがあった。前年の夏、ナンディで行われたB－17による爆撃作戦のメンバーに、当初ランフィアは含まれていなかった。ところが誰と取引をしたのか、いつの間にか参加を決めており、ヴィッチェリオ大尉を苛立たせたのだ。その身勝手な振る舞いにほかのパイロットたちも戸惑いを隠そうとしなかったが、ランフィアはバーバーに、終戦後に政治家としてのキャリアを築くうえで戦歴をつくっておきたかったと弁解した。それが傲慢さからくるものであれ、褒章を受けた大佐の息子として軍上層部に知己を得ているからであれ、パイロットのなかには彼を警戒する者も現れた。「彼には自分勝手な動機が見え隠れしていた」と、第三三九中隊のひとり、A・J・バック中尉は語った。[59]「やっかむ声もあった」。だがバックによれば、陰では「称賛ばかり追い求める」トム・ランフィアを批判する声もあったものの、幸いそうした空気が部隊のパフォーマンスに影響することはなかった。

混成の戦闘機中隊は一九四二年のクリスマスをともに過ごした。[60] ヘンダーソン基地で、ほかの海兵隊員や海軍などの兵士に交じって、船で運ばれてきた祝日用の特別メニューを楽しんだ。数キロ離れたコカンボナでは米とココナッツの糧食も尽きた日本兵が飢えに苦しんでいたころ、アメリカ兵は七面鳥の丸焼き、ジャガイモ、クランベリーソース、ミンスパイ（ドライフルーツが入ったクリスマスの菓子）に舌鼓を打っていた。食堂には赤と緑のひも、クリスマスツリーのボールやスパンコールが飾られ、熱帯の灼熱の太陽の下でさまざまな宗派のための礼拝が行われた。赤いコートと短パンを身につけてサンタクロースに扮する兵士もいた。その兵士は、楽隊と一緒にトラックに乗り込み、クリスマスキャロルやほかの曲を演奏しながら基地内を回った。

軍事的な視点でいえば、彼らにとって少々時期の早いクリスマスプレゼントは、大きな話題となっていたロッキード製P－38ライトニング戦闘機の配備が一一月に始まったことだ。[61] これは、とくにミッチやほかのパイロットたちにとって有用で、南太平洋におけるアメリカ軍の目的にもかなっていた。数百人の兵士が滑走路の両脇に立ち、激しく手を振りながら最初に到着した一二機を出迎えた。後続のP－38はニューカレドニアからフェリーで輸送されてくる。高速の双発戦闘機が初めて姿を見せたとき、ミッチは不在だった。まだマラリアが完治しておらず、シドニーで入院中だったからだ。この新型飛行機は、零戦よりも高く上昇でき、速く飛べるという謳い文句を掲げていたにもかかわらず、ファイター・ツーのパイロットにはその性能に懐疑的な者もいた。カリフォルニアでの試験飛行中、パラシュート脱出に問題が生じたために「人殺し（マンキラー）」などと揶揄する者が出てきたことも警戒心を煽った理由のひとつだった。高い高度を飛行できるぶん、コックピットにはヒーターが不可欠であり、急降下の際には機体に激しい振動が起きた。そして訓練――仮にそう呼べるとすればだが――も急いで行われたので、もはや実戦を通じて慣れていくしかなかった。「P－38への移行は大変な作業だった」と海兵隊のジョン・P・コンドン少将は語った。「ツインエンジン、操縦桿ではなくハンドル。新たな要素ばかりだった」。[62] それまで海兵隊のパイロットは、P－39に乗る陸軍パイロットたちの援護を受けながら爆撃を行うことには慣れていた。だがP－38の配備当初、コンドンは自分の部下たちが新型機をしばしば見失っていることに気づいた。コンドンは、P－38があまりにも高空に行ってしまうために「眼下で何が起きているのかわからなくなっていたのではないか。一万メートルに到達してしまえば、零戦も見えなければ戦況も見えない」と説明した。海兵隊員たちは、陸軍パイロットが戦闘から逃げるために雲隠れしたのだと嫌味を言い、P－38を「高空の蛸壺壕」と揶揄した。

一二月初旬、ミッチがガダルカナルに復帰してバーバー、ランフィア、ベスビー・ホームズらと合流したことで、コンドン少将はP－38についての懸念点が近々「一気に解消されるはずだ」と記している。[63] コンドンは、ミッチたちが「どんな高度でも、ある種の積極性をもって機体を操っていた。戦闘中でも上空の一万メートルでも彼らには関係ない。ほかのパイロットたちとは違う競技を見ているようだった」と記した。不満は消えた。コンドンは、いまや自分の部下たちが事実上「最良の航空機と最良のパイロットたち」に援護されているのだと意を強くした。

友人のエラリー・グロス中尉がP－38の訓練飛行中に事故死したことで、ミッチに新型機搭乗へのためらいが生じていたのもたしかだが、いったん実機が支給されればもはや迷いはなかった。乗った瞬間から、彼はこのP－38が大好きになった。[64] コックピットの両側でうなりを上げる、アリソン製大型双発エンジンのすばらしい音色。「なんともスムーズ。まるでキャデラックだ」と彼は言った。多くの戦闘機では銃が主翼に付いているため、目標に命中させる角度を確保するためには二七〇メートル以上離れている必要があった。P－38の機首には四門の五〇口径機関銃と二〇ミリ機関砲が正面を向いて装備されているので、パイロットは視界をさまたげられずに激しい集中砲火を浴びせることができる。加えて、高度七六〇〇メートルで時速六三〇キロという最高速度と急上昇を可能にするツインエンジンにより、ライトニングは太平洋上で最速の飛行機呼ばれた。

「これでやつらを叩きのめす」とミッチは言った。

一〇月の戦闘ではP－39が敵の爆撃機ほど高く飛べないことに苛立ちも感じていたが、もうそれも終わりだ。能力を実証すべく、彼は一二月の終わりにウォッシングマシン・チャーリーの具体名を挙げて出撃の許可を願い出た。敵爆撃機が相変わらず基地の上空をうるさく飛び回り、夜の睡眠をさまたげていたのだ。「P－38で行かせてください」と彼は強く求めた。[65]「こいつを使って撃ち落とすところを見てください。地上からサーチライトで照らしてくれれば、必ずやり遂げます」。だが陸軍の上司は、チャーリーを追い払うには対空砲のほうがよいとしてこれを冷たく拒絶した。ミッチは、「地上の幹部連中は空のことをわかっちゃいない」と愚痴をこぼした。

しかし、彼とディン、バーバー、ランフィア、そしてほかのパイロットたちによる太平洋初の双発戦闘機中隊は、その後さまざまな戦いでP－38の力を証明していく。日本の零戦や一式陸上攻撃機は、ヘンダーソン基地上空の高い高度を飛び回るために対空砲では届かなかったが、ミッチたちは新たな防空作戦を考案した。新しいP－38は高度九〇〇〇ないし一万メートルで敵機と対峙できた。「ぼくたちが待ち受ける」とミッチは言った。[66]「そうすれば向こうの戦術は成り立たなくなる」。彼らは敵の爆撃機や戦闘機を探してガダルカナル北方の列島をパトロールし、単独で飛ぶ零戦を発見した場合の封じ込め方を身につけた。[67]「編隊のひとりが敵機のどちらかの側面につけば、もう仕留めたも同然だ。どちらの方向へ逃げようが撃ち落とせる」とミッチは言った。彼らはまた、軽量の零戦は「燃えやすく、ろくに防弾も施されていない」ことを知った。P－38のほうがずっと頑丈につくられており、敵からの攻撃にも耐えられる。[68]仮に日本の零戦が後方から追尾してきても、高速で上昇すれば撒くことができる。新たな自信を胸に、彼らはB－17フライングフォートレスの作戦行動に帯同するようになった。一九四三年一月四日の出撃では、ミッチ、ウォレス・ディン、ベスビー・ホームズらパイロットたちが、日本軍が拠点を置くソロモン諸島北方の島、ブーゲンヴィルまで無事にB－17を護衛していった。

「ぼくらは図に乗っていた」とミッチは言った。任務は順調に思えたのだ——あのときまでは。翌一月五日、ミッチ、ウォレス・ディン、ベスビー・ホームズほか三名がふたたびP－38

を操縦して、B−17五機をブーゲンヴィルまで護衛した。爆撃もうまくいった。だがガダルカナルへの帰還途中に零戦二五機の大群と遭遇してしまった。ミッチたち一機につき相手は四機と、数では負けていた。そのまま逃げ帰ることもできたが、彼らはそうしなかった。ミッチは編隊長として交戦か否かの判断を迫られた。「敵を追うことに決めた」と彼は言った。「必ずしもそうする必要はなかったのに」。戦闘自体はすぐに終わった。ミッチのパイロットたちはなんとかもちこたえた。零戦を三機、あるいはそれ以上撃ち落とし、うち一機はミッチの戦果だった。だが、軍歴で四機目となったその撃墜は、喜ばしい思い出にはならなかった。戦闘中にウォレス・ディン中尉がやられたのだ。[69] 左エンジンが炎上しながら落下し、飛行機はそのまま海へと突っ込んだ。今度は、ディンは生還できなかった。

地上に戻ったミッチの体は震えていた。彼はD・C・〝ドック〟・ストローサー中佐に呼ばれた。ミッチがカリフォルニア州ハミルトン飛行場で訓練を受けていた時代から知っているストローサーは、いまはアメリカ陸軍の南太平洋地域における飛行担当将校として、ガダルカナル島の陸軍パイロット全員を指揮する立場にあった。ストローサーがパイロット一名を失った件に触れると、ミッチは激昂した。疲れ切っていたし、一日中何も食べていなかった。なによりウォレス・ディンが死んだのだ。彼はストローサーに向かって「引っ込んでいろ」と喚(わめ)き立てた。自分たちの戦果にはひと言も触れられず、ディンを失ったことだけを責められて、我慢がならなかった。もう嫌というほど落ち込んでいるのに。ガダルカナルの戦いが始まって六カ月が過ぎていた。連合国軍ではこれまでにパイロットや乗組員四〇〇名ほどが死亡している。だが今回は個人的な損失だった。翌日彼はアニー・リーに手紙を書いた。「ぼくは最高の親友を亡くした。[70] ウォレス・ディンという名で、コーパス・クリスティ出身だ。彼を狙ったやつは撃ち落とした。でも、そんなことは何の慰めにもならない」

ミッチは、自分があのような反応をしてしまったことを、後日ストローサーに謝罪した。ストローサーは理解を示してくれた。大丈夫だ、ミッチが動揺していたのはわかっていた。それにたぶん、ディンの死についてすぐにもち出すべきではなかったのだ、と。個人的にストローサーは、ミッチが自分に立ち向かってきたことに感心さえしていた。だがミッチにしてみれば、感情を爆発させるのは自制が足りず、気持ちに流されてしまう証拠であり、あってはならない行為だった。これを契機に、彼はパイロットとして、編隊長として、これまで以上に自己を律し、怒りは向けるべき相手に、つまり敵に向けると決意した。

彼はそれを――怒りを敵へ向けることを――数週間後に実行した。ある日の早朝、一式陸上攻撃機、あの「ウォッシングマシン・チャーリー」がヘンダーソン基地の上空から猛烈な機銃掃射を浴びせてきた。ミッチはうんざりしていた。警戒警報が鳴り響くなか、彼はテントを飛び出し、丘を駆け下りて滑走路まで走った。誰の許可も取らずに、彼はP－38に乗り込み、そのまま離陸した。管制塔を呼び出してこう言った。「こちらミッチェル、現在上昇中」。彼はまた、対空砲を自分に向けて撃つなと注意を促すよう頼んだが、それからひと呼吸おいてこんな軽口をたたいた。「まあ、ぼくを狙っても当たりゃしないよ」。ミッチは高度九一〇〇メートルに急上昇し、夜明け直前の暗闇にサーチライトが敵機を浮かびあがらせることを願いながらチャーリーを探し回った。管制塔から連絡があり、いましがた爆撃機がファイター・ツーを低空で横切り、一五メートルほどの高度から機銃掃射していったと告げた。ミッチは急降下し、数分後に滑走路の一五メートル上空を「そいつを探しながら飛んだが、もういなくなっていた」。だが、管制塔は飛行場北方の海域を「ふらついている」チャーリーを捉えた。ミッチはその方角へ機首を回した。目を凝らすと、案の定そこには夜明けの空に浮かぶチャーリーの姿があった。不愉快な敵と対峙するため、ミッチは海上へと飛行機を進めた。

そのころまでには、多くの兵士がこのショーを見物するためにテントや蛸壺壕の外に立ち、あるいは食堂テントの近くに集まっていた。陸軍機関誌『ヤンク』の従軍記者であるマック・モリスもそのひとりだった。ハンターと獲物を見つけ出そうと上空に目を凝らした。誰かが叫び、沖合いを指さした。「最初は遠くにいるP－38だけが見えた。しかしそれから、その向こうにもう一機いるのがわかった」と、後日モリスは書いている。チャーリーを追跡するミッチは、全開にしたツインエンジンの推進力を実感した。その間、地上の観客たちは二機の動きに見とれていた。「先を行く飛行機は猛スピードで逃げていた」とモリスは書いた。それでもP−38は距離を詰めていった。モリスは、チャーリーが突然爆発するのを目撃した。「一瞬にして炎が上がった。ちょうどマッチを擦ったのと同じように。色も同じオレンジだった。火の玉はそのまま進みつづけ、海中に落ちていった」

ミッチは、相手のすぐ後ろにつけていた。「やつを燃やした。撃ち落としてやった」[71]ファイター・ツーに近づいたとき、ミッチは観客の存在に気づいた。彼はP−38の機体をゆっくりと回転させながら、飛行場の上空を横切った。ヴィクトリー・ロールと呼ばれる儀式だ。「ぼくの姿をみんなの目に焼きつけてもらおうと思ってね」と彼は冗談を飛ばした。

この撃墜は無許可の行動だったが、そんなことは誰も気にしていないようだった。「あのジャップが炎に包まれた瞬間、われわれは躍り上がって喝采した」とモリスは記した。ミッチの編隊に所属するレックス・バーバーやほかのパイロットたちは我を忘れてそこら中を飛び跳ね、歓声を上げげた。ある将校は満足げに「朝飯前に一機仕留めてやった！」と語った。

ミッチは、まるで国民的英雄にでもなったかのような歓迎を受けた。ウォッシングマシン・チャーリーを駆除して、ウォレス・ディンを失ったことへの明確な復讐を遂げ、みなをもう一度元気づけた。そしてもうひとつ。今回の行動は、ミッチェル大尉の自信に裏打ちされた敢闘精神を示すこととなった。もし今後重要なミッションを任せるとすれば、彼こそが適任者だ。

# 第一三章　ガダルカナルにかかる月

フランクリン・D・ルーズヴェルト大統領が下院の議場に入ったとき、ワシントンDCには小雪が舞っていた。上下両院の合同会議で、彼はアメリカ国民の意識発揚を目的とした戦時の一般教書演説（一九四三年一月七日に行われた年頭演説）を行った。「この一年間は、暴力的な衝突に満ちた年となるでしょう。しかし、その先にこそよりよい日々が待っているのです」。[1] 一九四二年を振り返り、彼は海外で戦う一五〇万人にのぼる陸軍兵、海軍兵、海兵隊員たちの勇敢さを称えた。「ウエーク島、バターン半島、ガダルカナル島、あるいはジャワ海、ミッドウェー諸島、北大西洋に駐留する各部隊の諸君は、その生死を問わず、われわれの英雄であります」。ヨーロッパ戦線では、当初ナチスの空中戦闘能力が連合国のそれを上回り、ロンドン、ワルシャワ、ロッテルダム、コヴェントリーに容赦のない爆撃が加えられていたが、いまはそれもなくなった。大統領はこう続けた。「ナチスもファシストも、自らの行いへの報いを受けるに違いありません」。太平洋方面の戦況について、大統領はミッドウェー海戦を重要な転換点に挙げた。この勝利により日本軍の戦線拡大を止めることができたのだ。「日本海軍と航空戦力が日増しに弱体化する一方、わがアメリカ軍は海でも空でも力を増強しつづけています」。演説は二六カ国語で再放送された。

ワシントンから一万三〇〇〇キロ離れた中部太平洋のトラック諸島。日本海軍の主要基地に投錨中の旗艦〈大和〉で、山本五十六提督は新年を迎えた。将校たちと雑煮を食べていたが、祝賀気分からは程遠かった。これからやってくる冬、そしてその後の戦況の見通しを考えれば、憂鬱になるのも無理はなかった。一月初めに友人へ送った手紙には「苦悩が晴れません。こちらは目下最悪の情勢です」[2]と記している。さらに数週間後、別の海軍の旧友に宛てた書簡からも、同じく苦渋に満ちたようすが伝わってくる。「自分の知人やかわいい部下が、この世にもあの世にもいるわけで、向こうへ行って歓迎してもらいたい自分もいれば、もう少しだけこの世で働かせてもらいたいと考える自分もいるのです」

山本を含む日本の軍事指導者たちは、前年末までに渋々ながらも「ガダルカナルは負け戦」だと結論づけていた。[3]全員の一致した意見として、島に残存する陸軍兵の撤退計画を海軍が作成する旨を、天皇に上奏した。日本政府の指示を受けた宣伝機関やマスコミは、兵士の引き上げが撤退ではなく太平洋地域における軍事資源の戦略的再配置だとねじ曲げて伝えた。実際、天皇は撤退には同意しつつも、日本軍の活発な活動を内外に示すためニューギニア攻略に関する新たな作戦の立案が必要だと主張していた。だが山本は、ガダルカナル島の放棄が日本軍にとって深刻な事態を意味しているとわかっていた。数字が真実を物語っている。熱帯の小島での六カ月におよぶ戦いで、一万四七〇〇名以上の日本兵が戦死あるいは行方不明となり、さらに九〇〇〇名が病死ないし餓死に追い込まれていた。合計二万五〇〇〇人近くの死者のなかには、ガダルカナル島への上陸を目指しながら、輸送船に乗ったまま海上で死亡した四三〇〇名は含まれていない。対照的に、アメリカ軍の海兵隊と陸軍の戦死者は一六〇〇名で、ほかに熱帯病に倒れた四三〇〇名を合わせ、六〇〇〇名弱であった。飛行機については両軍ともにほぼ同数の六〇〇機以上を失ったが、日本軍はアメリカおよび連合国軍の合計よりも多くのパイロットと乗組員を亡くしていた。空母と空中戦闘の重要性を訴え、これまで地域における日本海軍の優位を主導してきた山本は、南太平洋で失った一二六〇名にのぼるパイロットと乗組員の補充が困難だということを痛いほど理解していた。前回のヘンダーソン基地総攻撃中、彼はある書簡に「敵の補充率がこっちの三倍を上回っているので、日増しに力の差が広がっている」と記している。

新たな年の撤退行動、名づけて「ケ」号作戦（捲土重来の意味）を完遂するため、日本軍は偽装工作を施した。[4] ヘンダーソン基地にもう一度総攻撃をかけるために海軍と陸軍が集結していると思わせるよう仕向けたのだ。なにやら大がかりな準備が進行中であるかのように見せるため、複数回の爆撃命令が下された。偽の、あるいは紛らわしい無線連絡を飛ばし、アメリカ軍の司令官には軍艦の動員が攻撃作戦参加のためだと信じ込ませたが、実際には往復輸送により兵士を島から撤退させるためだった。この策略は功を奏した。ガダルカナルに駐留する、いまでは五万名を数えるアメリカ陸軍と海兵隊の兵士たちは、新たな敵部隊の上陸から島を防衛すべく備えを固めた。しかし、実際にはそのような侵攻は始まらなかった。残存日本兵は、進軍する代わりに島の北西端へと急いだ。撤退は二月一日の夜間に始まり、その後さらにふた晩を費やして、兵士たちを順次島から連れ出した。二月八日までには、日本軍の地上部隊を構成していた約三万六〇〇〇名のうちおよそ三分の一にあたる推計一万三〇〇〇名が「餓島」から救出された。みなひどくやせ衰え、栄養不良で、病気にかかっており、まるで戦争捕虜のようだった。それでも彼らは島を出られたのだ。山本は安堵した。「よくやってくれた」と、彼は大規模撤退作戦の指揮官をねぎらった。「これほどの大人数を帰還させられるのだから、陸軍も喜んでくれることだろう」

この大規模撤退作戦は、ガダルカナルでは屈辱的な失敗を重ねてきた日本軍にとって数少ない成功事例のひとつとなった。[5] だが同時に、日本軍にとって地上戦で初めての敗北が決定的になっただけでなく、ソロモン諸島の制海権と制空権をアメリカ軍に明け渡すことにもなった。『ワシントン・ポスト』は二月一一日の社説で、「ガダルカナル島はいまやわれわれのものとなった」と書いた。[6]「大日本帝国軍の大本営は『必要な作戦を完了したから』撤退させただけだと強弁している。だがこれは明白に、大きな損害を隠すための、口先だけの煙幕に過ぎない」。少し前からソロモン諸島方面のアメリカ軍を指揮していたブル・ハルゼー提督は、南太平洋の島々を、東京まで攻め上がるはしごの一段一段だと見なすようになった。彼にとってガダルカナル島は一段目であり、これを上ったのだから、さらにその上へと進むだけであった。ガダルカナルでは、日本軍が攻撃せずに逃げ出したと知ったヘンダーソン基地駐留兵士たちの高揚した表情を『ヤンク』誌のマック・モリス記者が記録した。その瞬間を彼は日記に「みな笑顔で歩き回っている」と書き残している。[7]「これで本当に組織的抵抗は終わったのだろうか?」と彼は続けた。「表面的にはそう見える。この島のどこにジャップが隠れていられるというのだ。南端の海岸沿い?　そうは思えない。丘陵地?　数人ならいるかもしれない」。モリスは、現時点で可能なたったひとつの結論にたどり着いた。「あのガダルカナル島が、アメリカ軍が初めて敵を打ちのめした場所が、六カ月と二日をかけて名実ともにわれわれのものとなった」

撤退作戦が完了した数日後、山本は正式に〈大和〉を離れてトラック諸島に投錨中の新しい艦船へ移った。[8] 先ごろ就役したばかりの〈武蔵〉だ。前の旗艦同様、〈武蔵〉も満載排水量が七万トンを超す巨大戦艦だ。違いといえば、新しい船の艦橋と提督用の居室は内装に変更が施され、床面積が広がり、冷暖房設備も装備されて、日本の連合艦隊司令長官が陣取る旗艦にふさわしい体裁が整ったということだろう。山本の到着は公式行事であり、乗艦時には軍楽隊による国歌吹奏のあと、白い制服と手袋の軍装に身を固めた山本が乗組員を閲兵した。彼がその能力を評価している側近の宇垣纒海軍中将が、大将とともに乗り込んだ。ガダルカナル撤退後の軍事行動に関する検討を天皇から委ねられていたこともあり、ふたりはその後の数週間を使って、陸軍の指導者たちと新たな攻撃作戦について議論を重ねていく。

宇垣ら参謀は、敬愛する提督がひとり抱える憂鬱に前年の秋ごろから気づいていた。さらに、最近では健康問題も懸念されるようになった。[9] たしかに、一九四三年四月四日で五九歳になるのだから、髪が白くなり、一層老けて見えるのは当然ともいえるが、それだけではない。両足がむくみ、両手にはしびれを覚えるようになっていた。山本にとって一番の気晴らしは毛筆で詩や書をしたためることだったが、そうした折にも手が震えることがあった。船のへりで逆立ちをして乗組員を驚かせた日々は、もはや遠い昔だ。彼はまた、参謀たちの印象でも以前よりはるかに長い時間自室に閉じこもるようになっていた。みなが甲板で輪投げ遊びをしているような息抜きの時間にも、あまり顔を見せなくなった。山本自身、ガダルカナルの戦いが始まってからはほとんど船から降りていないと記している。「八月以降で陸に上がったのは四度。傷病の者たちの見舞いや、亡くなった者の葬式への出席などだ。だがそれ以外は船で仕事に追われている」

最高司令官は打ちひしがれていた。[10] まるで太平洋戦争における運命の反転の全責任を、ひとりその双肩に背負っているかのようだった。側近たちは自分たちにできることを考えた末、彼の個人的な要請に応えるのはどうかという話になった。妻や家族についてではない。開戦以降、山本が家族と連絡を継続的に取り合っていた形跡はほとんど残っていない。側近たちの念頭にあったのは愛人の河合千代子だ。山本は彼女を恋しがっていた。ミッドウェーの惨劇が始まる直前の前年五月以来、千代子とは会っていなかった。定期的にやり取りする手紙から、山本は千代子が最近大きな決断を下したことを知った。一九四二年の暮れ、彼女は自ら営んでいた茶屋を廃業し、雇っていた芸者たちとも別れて東京東部の神谷町近くにある家に引きこもった。山本自身は本土に帰っていなかったが、参謀たちのなかには帰国の折に千代子を訪ね、戻ってから提督に近況を伝える者たちもいた。彼らはこう考えていた。仮に千代子を東京から連れてきたら、提督の気持ちは晴れるだろうか？

その再会が実現することはなかった。代わりに、二月から三月にかけて軍事作戦の検討が進み、新たな戦いの始まりが現実味を帯びてくると、山本も、少なくとも外見上は生気を取り戻したように見えた。そのころ日本の軍事指導部内では主導権をめぐる謀略や駆け引きが横行し、全体の歩調がそろうことはまれだった。ニューギニア島攻略についても、その方法をめぐって山本、宇垣らと陸軍首脳部の見解は対立した。[11] 山本は、ニューブリテン島のラバウルやブーゲンヴィル島といったソロモン諸島の既存基地群について安全が保障されてから侵攻に手をつけるべきだと主張した。そのために、いま一度ガダルカナル島のアメリカ軍を叩くべきだというのだ。島の奪還を目的とするのではなく、アメリカ軍の戦力を島に封じ込め、日本軍のニューギニア攻略を邪魔立てさせないことが肝要であると。しかし陸軍は、ニューギニア戦線に全勢力を結集すべきだとして譲らない。陸軍首脳部の不満は、できるだけ早期にニューギニアを奪うという方針に全面的な賛意を示さない山本に向けられた。通常、東京の大本営では海軍を上回る影響力をもつとされる陸軍だったが、今回は山本を抑え込めなかった。三月の初めにニューギニアの飛行場を占領しようとしてしくじっていたのだ。アメリカ軍の航空機が、兵士を満載した日本の艦船八隻と護衛していた複数の駆逐艦を迎撃し、粉砕したのだった。それによって三〇〇〇人の兵士が死亡した。ヘンダーソン基地を空から制圧するという山本たちの案が承認された。

山本は、側近たちとともに「い」号作戦の策定に着手した。ヘンダーソン航空基地の奪還とは対照的ともいえる封じ込めが目的なので、地上部隊は編成せず、空からの攻撃だけで組み立てた。山本はラバウルに空母五隻を集め、三月の終わりまでに南太平洋戦線で過去最多となる日本軍の飛行機をそろえた。攻撃開始日は四月初旬に設定され、山本は宇垣をともなって日本海軍の司令部を一時的にトラック島からラバウルへ移すことを決めた。自ら作戦を主導し、指揮を執るためだ。四月二日、出発前夜に山本は、千代子に宛ててこれまでになく長文の手紙を書いている。三月二七日と三月二八日に計二通の手紙をもらったことへの感謝とともに、麾下（きか）の将校数名が先日東京へ出張した折に受けた歓待への礼が綴られていた。「彼らの話を聞くうちに、私もなんだかそちらへ帰って千代子に会ったような気持ちになりました」。気分も以前より大分よくなったようで「血圧は三〇代の人と同じくらい非常によいということです」と言い、手指のしびれについても「ビタミンBとCの混合液を四十本注射してもらって、もうすっかりよくなりました」としたうえで、自分の健康についても、翌日から前線に赴くことについても、もう心配にはおよばない、自分への変わらぬ愛情を感じることができ、元気づけられ、「私も千代子のようすを聞いたので勇ましく前進します」と言い切った。[12] 「い」号作戦の遂行についても意欲に満ちていた。「敵への攻撃を始めることを、少し愉快に思います」。そして、今後二週間は手紙を書けないだろうとしたうえで、自分の毛髪とともに、短い歌を同封した。

「あなたを真剣に思っていなければ　毎夜あなただけを夢に見ることができただろうか？」

翌四月三日の朝、山本は側近たちや宇垣中将とともにトラック諸島を離れ、航空機二機に分乗してラバウルへ赴いた。二機に分かれたのは安全上の理由からで、ふたりの上級将校が一緒に飛ぶのを避けるためだった。同日午後、山本はラバウル基地に到着し、アメリカ陸軍航空軍のジョン・W・ミッチェルほかのパイロットたちや五万名を超す兵士たちが守るヘンダーソン基地の空爆に向けて進んでいる準備作業に合流した。前の日に書いた手紙は、彼が千代子に宛てた最後の一通となった。

冬のあいだに、ガダルカナル島のアメリカ陸軍航空軍は組織の再編に着手していた。[13]「カクタス」に駐留する爆撃機と戦闘機の各中隊は、新たに発足した第一三航空軍に組み込まれ、ガダルカナル島の南方約一〇〇〇キロ地点にあるエスピリトゥサント島に設けられた主要作戦基地に配属された。第一三航空軍は、さらに南方のニューカレドニア島に駐在する海軍のブル・ハルゼー南太平洋方面軍司令官に直属し、ハルゼーは真珠湾の太平洋軍総司令官、チェスター・ニミッツ提督に報告する体制がつくられた。

ハルゼーは、陸軍、海軍、海兵隊の三航空部隊を監督する前進指揮チームを編成した。チームの拠点はヘンダーソン基地の西側、ルンガ川を望む場所に設けられた数張りのテントだった。そこは常に滑りやすくぬかるんだ丘陵地で、敵からは爆撃されにくく、ジープもあえぎあえぎやっとたどり着くような場所だ。指揮チームは、使途を明確に分けた三本の滑走路を運用する。ヘンダーソン飛行場はおもに海軍のSBD爆撃機と輸送機が使い、ヘンダーソンの内陸側につくられたファイター・ワン滑走路は海軍の戦闘機と海兵隊のコルセア戦闘爆撃機、さらにそこから三キロ離れて海岸線と並行するファイター・ツー滑走路は、海軍のグラマンF4Fワイルドキャット戦闘機、陸軍航空軍のP－39戦闘機、そして新しいP－38ライトニングが使用することになった。各滑走路のすぐ脇にはココヤシの丸太を組んで地下壕がつくられ、湿気と煙草の煙が充満する作戦指令室となった。新たな編成のもとで、各航空機グループを統括する指揮官が任命された。たとえば爆撃機であれば爆撃機指揮官、戦闘機は戦闘機指揮官といった具合だ。冬のあいだ後者を担ったのは、ミッチやほかの戦闘機パイロットたちもよく知る将校、〝ドック〟・ストローサー中佐だった。一方で前の飛行中隊長、ヴィック・ヴィッチェリオは戦闘機グループの作戦担当官としてストローサーとともに働いた。ヴィックはまた、中佐への昇進も果たした。書類上は、ガダルカナル島の滑走路は飛行機で満杯のはずだったが、実態はある将校いわく「一日に運航可能な航空機の数が、偵察、撮影その他の非戦闘機を含めても一三八機を超えることはまれだった」

太平洋地域で変わりつつあるパワーバランスの現状を確認するため、フランク・ノックス海軍長官が一月末に全行程三万二〇〇〇キロを超える視察を計画したことが大々的に報じられた。途中で真珠湾、ミッドウェー、フィジー島に立ち寄ったあと、双発の水陸両用偵察爆撃機に乗り込んだノックスは、数十機の戦闘機を護衛に従え、ニミッツとハルゼーにともなわれて一月二一日の朝ガダルカナル島に到着した。着くとすぐ、彼は周囲を取り囲んだ兵士や報道陣に向けて、「ボタン」という暗号名のエスピリトゥサント島で前夜どのように敵軍の襲来を受けたのかを話しはじめた。これは新生第一三航空軍の司令部が狙われた最初のケースだった。日本軍はワシントンDCの高級閣僚がこの島に来ているという事実を何らかの方法で突き止めたのだ。「ジャップがどうやって情報を入手したのかはわからない」とノックスは言った。「だがやつらは、われわれに危害を加えることはできなかった」。その夜ガダルカナルには、第二波の、さらに激しい爆撃がしかけられた。ほとんどの兵士が一睡もできなかったが、死者は出さずにすんだ。ノックスはハルゼーとニミッツを伴って基地を見て回った。防御線に整列する兵士たちを前に、彼はすでに周知の事実を語った。「われわれは日本軍地上部隊の脅威を取り除いた。ついに島を支配したのだ」

冬の終わりまでに、ハルゼーはガダルカナル島の新しい統括責任者となる海軍将校を、ソロモン諸島方面航空司令官の肩書きで送り込んだ。歴戦の海軍少将で仕事一筋、五六歳のマーク・〝ピート〟・ミッチャーは、熱帯の太陽光を除けるため常にかぶっているひさしの長い帽子がトレードマークだった。[14] ハルゼーはミッチャーの粘り強さを買っていた。戦闘の大部分が空中戦になったこの地域を、彼はミッチャーに統率させようと考えた。「ジャップが空でおおいに暴れるはずだ」とハルゼーは言った。「だからピート・ミッチャーを送ったのだ。ピートは戦闘狂だからな」

ガダルカナルでの戦闘にこれまで欠けていた秩序ある指揮命令系統が整備されたことは賢明かつ必要な措置ではあったものの、ミッチと彼の部下たちのような戦闘機乗りにとって官僚的な制度設計など関心の外だった。自分たちの資格給のほうが大切だという事情もあるが、もっと単純に、彼らはどんどん戦いに出たかったのだ。ミッチにとって八機目となる撃墜は二月二日だった。彼とほか三機のP－38とで護衛していた爆撃機に向かってきた零戦を、彼は撃ち落とした。彼はすでにエースパイロットの称号を得るうえで必要な五機をクリアしており、彼の戦闘機中隊では初のエースだった。「いや、自分でもすごい腕前だとほれぼれしちゃうね」と、彼は数日後、妻への手紙に書いた。[15]「まあそれはともかく、最愛のきみへ。上空で、ぼくは自分のもてる力をすべて敵にぶつけてる。一機落とすたびに、これはアニー・リーと『ジュニア』に捧げるってつぶやいてるんだ」。それまでの功績により、彼には特別の栄誉が与えられた。三月九日に殊勲十字章（アメリカ陸軍の軍人に対して授与される、名誉勲章に次ぐ高位の勲章）を受章したのだ。[16]「認定された計八機の撃墜だけじゃなく、レカタ湾やムンダ岬の掃討作戦で地上と海上の相当数の敵勢力に打撃を与えたり、ほかにも一五〇時間を超える飛行で中隊長として多数の作戦行動を率いたりしたことが評価されたんだ」。彼はアニー・リーに見てもらおうと、勲章の絵を便箋に描いた。「絵はうまくないからね」と言いながら、「漠然とでも、どんなものかを感じてもらいたくて。真ん中の『鳥』はもちろん鷲だよ」。[17] また、少佐への昇進も正式に発令されたが、そう呼ばれることには慣れる必要があった。「『少佐殿』なんて呼ばれると、一瞬誰のことかとあたりを見回してから、そうだ、自分のことだったって気づくんだ」と彼は書いた。だが、さもありなん。ミシシッピ州イーニッドの小さな村落出身のジョン・W・ミッチェルが、二八歳になり、いまでは陸軍航空軍少佐でエースパイロット、しかも殊勲十字章まで授与されているのだ。彼はアニー・リーに驚嘆してみせた。一年間でこれほど大きく変化するなんて。「きみにしてみれば、ぼくが少佐だなんて不思議に思えるだろうね。出発したときは中尉だったんだから」[18]

中隊のメンバーたちも、それぞれが持ち味を発揮していた。新型双発機P－38ライトニングを操る技術も向上し、より長時間の行動にも耐えられるよう機体に「補助タンク」を括りつけ、誰もが敵と戦うことを望んでいる。レックス・バーバー、トム・ランフィア、ベスビー・ホームズは、みな冬のあいだに撃墜数を積み上げていたものの、ホームズだけは熱帯特有のひどい皮膚疾患にかかり、途中で戦線離脱を余儀なくされた。[19] 現場に残れるよう、飛行の合間に診察テント内で過マンガン酸カリウムという殺菌用化学物質が入ったバケツに足を浸していたものの、症状がかなり悪化したので、治療のため三月にニューカレドニアの病院へ送られた。パイロットたちはまた、自分が使う滑走路の特徴を十分に把握していた。[20] ファイター・ツーは海岸線と並行につくられており、陸から沖へ向かう風が滑走路に対して直角に吹いていた。P－38ライトニングに乗ってこの横風を上手に受け流す腕をもっている彼らにしてみれば、海軍のF4Fワイルドキャット戦闘機を操るパイロットたちが対応に苦慮しているのが不思議でならなかった。彼らは、海軍の同じ戦闘機乗りがテール・スキッド（地上で前車輪とともに機体を支えるそり状の降着装置）を左右に揺らしながらぶざまな着陸を繰り返し、ときには再上昇してやり直すさまを見ては大笑いした。全体として、ミッチと第三三九戦闘機中隊や元第七〇中隊のパイロットたちはガダルカナルで名を上げ、前任の中隊長であるヴィック・ヴィッチェリオをして「私が見てきたなかでもっとも優れた戦闘機乗りたちだ」と言わしめた。[21] 「ここには酒場もないし、女性もいない。ジャップどもがそこら中をうろついているのだから、腕を上げる動機には事欠かないということだ」。

実際、三月初旬のある朝到着した輸送機からひとりの女性が現れたときは、ヘンダーソン飛行場の男たちはおおいに騒いだ。ブロンドの陸軍看護師は、名をメイ・オルソンといった。ミネソタ州リトルフォールズ出身で二六歳のこの中尉を見たある兵士は、「女が乗ってるぞ！」と叫んだ。[22] メイ・オルソンは、開戦以降では初めてガダルカナル島に降り立った女性で、島を離れる傷病兵を介助する任務を負っていた。わずか三〇分ばかりの滞在であったにもかかわらず、彼女の周囲には人だかりができ、その一挙手一投足を物珍しそうに眺めていた。そのうちのひとりは、のちにふざけて「大将ふたりと大佐数人が乾杯用のカクテルを取りに大急ぎで走っていったよ」と語っている。

ミッチは、この話も含めてアニー・リーにできるかぎり細かく近況を伝えようとしたので、互いに送り合う手紙は数百通にものぼっていた。アニー・リーはミッチに山ほど雑誌を送り、自分が見たハリウッド映画の話をし、いまはブリッジを覚えている最中だと言った。ミッチはアニー・リーに、気まぐれにひげを伸ばした自分の写真を送ったが、その後冬が終わる前に剃った。彼は彼女に、そしてミシシッピに住む自分の父親と義理の母親に、定期的に金を送っていた。「いつかイーニッドにも水道を付けたいと思っているよ」と、彼なりの言い方でノア・ミッチェルの家に水道と水洗トイレがないことを気遣っていた。[23] 新しい腕時計を手に入れたときは、まるで宝くじの特賞にでも当たったかのように振る舞った。「たったいま、補給物資のなかから腕時計を引き当てました!」腕時計はどのパイロットにとっても必需品だが、全員の動きを同期させる役割を担う飛行隊長にとってはなにより重要な装備品だ。彼が腕に付けたのはエルジン・ナショナル時計会社の製品だった。ミッチの祖先がミシシッピ州に入植したのと同じ時期にあたる一八六〇年代にシカゴ郊外で設立された、全米最古の時計メーカーのひとつだ。「エルジンだ」と彼は言った。「時間を正確に刻んでくれる」。彼はアニー・リーに、新しい時計用ベルトを送ってくれるよう頼んだ。熱帯の暑さで汗をかくので、ベルトが早くだめになってしまうからだ。「布製か革製だといいな」と彼は書いた。

ミッチは映画の話もした。日本軍が撤退し、ヘンダーソン基地周辺での地上戦闘もなくなったので、映画上映の余裕ができたのだ。兵士たちはヤシの木立に集まり、蚊を払い除けながら、片方の目でスクリーンの映画を追い、万一の急襲に備えてもう片方の目を空に向けていた。ミッチは『ミニヴァー夫人』を見た。戦時中のイギリスを舞台にした恋愛ドラマで、監督はウィリアム・ワイラー（ワイラーは、フランク・キャプラ、ジョン・ヒューストン、ジョージ・スティーヴンス、ジョン・フォードと並び、戦意高揚映画をつくるハリウッドの傑出した五人の監督のひとりだった）。ほかにも、たとえばプレストン・スタージェスが監督してヴェロニカ・レイクがはじめて主役を演じた『サリヴァンの旅』のような、少し軽めの作品も見た。「あれはとてもよかったよ」。ミッチは素人映画評論家として意見を述べた。「ヴェロニカには才能がある」[24]と照れたように記し、こうつけ加えた。「だけど、彼女はきみの足元にもおよばない」。そしてもちろん、彼はガダルカナル島にかかる明るい満月のことも書いた。[25]「すごいよ、今夜の月は本当にきれいだ！」と、ある冬の夜、眠れずにテントを出た彼は言った。「外で座ったまま、しばらく月に見とれてたんだ。気づけばきみのことを思い出してた」。どれほど遠く離れていても、夜の大空にかかるひとつの月を共有できる。そのことは、ふたりの愛をつなぐ役目を果たし、まるで彼とアニー・リーがいま並んで座っているような気分にさせた。「月明かりの下できみの肩を抱いた、いろんな思い出がよみがえってくる」と言い、さらにこうつけ加えた。「またそんな日が来るよ。絶対に」

だがそれは当面難しいことでもあった。アニー・リーは、ミッチから便りが届くたびに喜んでいたし、安心できた。彼の近況を知り、愛の言葉も読んだ。しかし、一九四二年の終わりから一九四三年の初めにかけては、アニー・リーが夫にいつ帰国できるのかを尋ねるのが常になっていた。その問いは、ほとんどの手紙に、さまざまな言葉で書かれていた。アニー・リーと一緒にいたい気持ちと戦闘任務とのはざまで、それでもミッチは彼女を安心させようと返事を書いた。あるときは「これがきみでなかったら、ぼくは勝利の日までここにいさせてほしいと上官に直訴しているところだよ」と、愛と戦争との正解のない綱引きについて語った。[26] 彼は彼女を心から愛していたが、同時に全力を尽くして任務にあたる陸軍の戦闘機パイロットでもあった。離れている日々が長くなるばかりだ、という彼女の不満に、彼はときにユーモアを交えて答えた。「心が離れて赤の他人みたいになってしまう、なんて心配はいらない。ミッチェル夫人、ぼくたちはもう結婚九カ月だ。もう老練の夫婦だ!」ジョークはいいんだけど、とアニー・リーは返した。「急いで結婚届けを出してから、私たちはたった二週間しか一緒にいられなかったのよ」。そして結局、いつ帰れるのかを知りたがった。

「きみにはいつも帰国のことを聞かれるけど」と、秋も深まったころに彼は言った。[27]「相変わらず、ぼくにもわからないんだ」。ところがその後、彼も驚いたことに、クリスマス期間はテキサスに帰れるかもしれないという話が突然司令部内で浮上する。そして――同じくらいあっという間に――やはりその時期は無理だという話に落ち着いてしまった。希望を失わせないように注意しながら、彼はこう書いた。「三月一日あたりに帰れるかもしれない。ひょっとすると、もう少し早いかも」。一九四二年が暮れる直前、彼は自分の帰郷について、彼女の期待をさらにかき立てるようにこう書いた。「年が明けて少ししたら帰れそうだ」。アニー・リーは有頂天になった。「みんなが彼に、『一月には帰れる』って言ってるみたい！」と彼女はおばのルドマに言った。[28]もし本当なら、とアニー・リーは言った。「ひとりで過ごす日曜日は、あと三回だけね」。彼女はあふれる気持ちを抑えられなかった。「彼を心から誇りに思っている。会ったらわがままを聞いてあげるつもり。あれほどの功績を上げている人が、これだけ長いあいだ故郷を離れていたんだから、わがままを言う権利ぐらいあるでしょ？」

だが、またしても再会への望みはくじかれた。一月が始まり、一月が終わり、ミッチはそれでもガダルカナルに駐留したままだった。冬の真っただ中、ミッチは六枚におよぶ長い手紙を書いた。心の底から愛している、という励ましの言葉も書いたが、自分の帰国を待っているだけではだめだ、と忠告もした。

「きみは、たったひとつの信念だけを胸に抱いて毎日を過ごしているようにみえる」と彼は言った。[29]

「ぼくにとってはうれしいことでもあるけど、それがきみにとって最良だとはどうしても思えないんだ」。彼はアニー・リーに、家を出るよう促した。おばのゴルダを訪ねたり、ボウリングに行ったり、友人たちと食事や映画に行ったりするといい。まる一週間、自分のことを忘れて過ごしてみてほしい、と彼は言った。「いまのきみは、ぼくが戻るまでほかのことはどうでもいい、みたいな固定観念にとらわれてるんじゃないかな」

帰れるかもしれない、という話が出たと思えば、やがてその話はなくなる。ミッチの最新の報告によれば、「おそらく今後もそういう状態が続くだろう」ということだ。「こっちの状況が変わったんだ」と彼は言った。「あっという間に三月一日がやってきて、そして過ぎていく。それでもぼくが帰れることにはならないだろう」。パイロットたちは短い休暇のためにニュージーランドやオーストラリアに送り出され、すぐに戻ってはまた次の戦いに出ていく。そんなパターンができていた。「ここにはぼくよりも長く駐留している人たちもいるんだ。それを忘れちゃならない。それから、これが一番重要なことだけど、いま行われているのは、単にぼくたちにとっての困りごとというわけじゃない。これは戦争なんだ。きみやぼくの事情よりもはるかに大きいし、誰の事情よりもはるかに大きなことだ」。ほかにも書き留めておくべき要件がいくつかあった。ひとつは、彼のキャリアにとっては好ましいものの、帰国を遅くするであろう変化だ。「ぼくは昇進して、最近では中隊をひとつ預かることになった。そのぶん、帰郷の時期は後ろにずれ込むだろう」。そして、思い悩まないでほしい、自分は軍から必要とされるだけの期間、ここに「駐留しつづけなければならない」ということを理解してくれないかと記した。彼は、同時にふたつのことに気持ちを捧げたいという自分の信念を繰り返した。「率直に言って、ぼくが故郷に戻りたいと思うたったひとつの理由は、もちろんきみだ。そうじゃなければ、戦争が終わるまでいつまでもここに残るだろう」

島全体がアメリカ軍の管理下におかれ、もはや絶え間ない攻撃にさらされる恐れもなくなった冬のヘンダーソン基地には、飛行任務と陽気なお祭り騒ぎとが混在していた。[30] 特に三月初旬には、もう数週間にわたって空中戦も小康状態が続いていた。ここは彼らのカレンダーでは冬だが、南太平洋では夏にあたる。兵士たちはいつにもましてカジュアルな服装で過ごした。ゆったりしたカーキ色のズボンか短パンに、上はTシャツか戦闘服を着て、腰のベルトにはピストルのように水筒をぶら下げている。脱水症状に陥らないよう、毎日4リットル近くの水を飲まなければいけないのだ。ミッチはテントのなかにラジオの受信機を据え付けた。電波の状態がよければ、流れてくるお気に入りの曲や新曲を拾うこともできた。新曲を聴くと、自分がアメリカから遠く離れた場所にいて、向こうの情報に疎くなってしまったのだと実感した。

「ときどきアナウンサーが、『今年一番のヒット曲』を紹介するんだけど、ぼくはそれを一度も聴いたことがないんだ」と彼は書いた。いまでは一〇〇名近くにまで増えた陸軍航空軍のパイロットたちが、テントのひとつにレコードプレイヤーを持ち込んで即席のクラブを開いた。彼らが持ち込んだレコードのジャンルはそれほど幅広くなかったが、とにかくあるものをターンテーブルに載せた。グレン・ミラーの「港の灯」や「ムーンライト・セレナーデ」は繰り返しかけられた。飛行機乗りにぴったりの曲で、前年には四週にわたってランキング一位だったケイ・カイザー楽団の「銀の翼をまとう彼」も流れた。[31] この曲は、ダイナ・ショアもあの優しい歌声で録音している。「ただのいかれたやつだと言う人もいる／私にとっては大切な人／飛ぶ喜びを教えてくれた／銀の翼をまとう彼」。もっときわどい歌詞の曲もあった。たとえばジョニー・マーサーの「ストリップ・ポルカ」には「脱げ」という言葉が出てくる。アンドリュース・シスターズが歌ったバージョンは、レックス・バーバーによれば「擦り切れるまで何度もかけつづけた」。[32] 兵士たちは夜遅くまで音楽を聴き、話し、飲んだ。在庫切れにならないかぎりはアメリカのビールを、それがなくなったら安物のウイスキーとグレープフルーツジュースを混ぜて飲んだ。ある者たちはトランプを始めた。しかし、賭け事はフィジーにいたときほど盛り上がらなかった。あのころはずっと暇だったので、ポーカーを何日も続けてプレーしたのだ。夜が更けるほどに、今度は自分たちで歌いはじめた。古い伝承曲「あのグレーの帽子をかぶって」の歌詞を、いまの状況に合うように変えた。[33]　ケイ・カイザーの曲と同じく、戦闘機乗りの栄光を歌った曲だ。

アメリカ海兵隊に　戦うフィリピン兵に　伝えてくれ
マニラ湾のみんなにも
陸軍航空軍が　うなりを上げて巨大爆撃機で駆けつける
徹底的に戦うぜ
真珠湾を思えば
あの黄色いやつらにつけを払わせてやる

おしなべて平穏な三月ではあったものの、ついこのあいだまでガダルカナル戦線で続いた残虐行為が、いまも文字どおりみなの体に重くのしかかっていた。第一次世界大戦で激戦地となったベルギーの地方になぞらえて非公式に「フランダース・フィールド」と呼ばれている仲間たちの墓地を、記憶の隅に追いやるなど不可能だった。亡くなった海兵隊員がジャングルから運ばれてくるたびに、ルンガ岬近くの林の中心に設けられた墓地の面積は広がっていった。何人かは丘陵地から掘り起こされ、適切に葬られるべく基地まで運ばれてきた。墓は何列にもわたって掘られ、埋葬後は十字架が立ち、盛り土にシュロの葉が置かれた。五〇以上の墓に「身元不明」と記され、そのほかには死んだ兵士の名が刻まれた。メスキット（携帯用食器セット）や弾丸だらけのヘルメット、ひいては地面に食い込んだプロペラの羽根までもが供えられた。墓銘も「戦闘中に死亡」「われわれの仲間を永遠に忘れない」といった短いものから、もっと長い追悼文までさまざまだった。ある海兵隊員は、同僚だった兵士に、あの有名な戦争の碑文を捧げた。「天国へたどり着き／聖ペテロにこう言った／『海兵隊員新たに一名、出頭しました／軍務中は地獄にいました』」。海兵隊員たちは死者を弔うため、大晦日の朝に全員で特別の追悼式を催した。焼けつくような日差しの下、ひとりひとりが小銃を抱えてヘルメットをかぶり、二列縦隊を組んで無言のまま墓地まで行進した。ラッパの合図に続き、楽隊が悲しみを込めて演奏し、牧師がラテン語で追悼のミサを執り行った。日本軍の使用ずみ砲弾を土台にして間に合わせの祭壇がつくられた。音楽は基地全体に鳴り響き、ミサの終了前にひとりの海兵隊ラッパ手が「葬送ラッパ」を吹くと、遠くにいる別のラッパ手がおごそかな音色でそれに応えた。死者を送る儀式は楽隊による「海兵隊の讃美歌」をもって終了した。ロバート・クローミーは、「故国にいるひとりひとりに、十字架のあいだを歩き、名前を見て、碑文を読んでもらいたい」と書いた。[34]

三月の終わりになると、戦闘はふたたび激しさを増した。ガダルカナル北方の島々にある複数の日本軍基地を破壊し、機能を麻痺させるための爆撃が行われた。陸軍航空軍のパイロットたちは、ふたつのチームに分かれて交互に任務についた。ひとつのチームが新しいP－38ライトニングを飛ばすあいだ、もうひとつが休みを取る。ランフィアとバーバーは三月中旬にニュージーランドのオークランドとオーストラリアのシドニーを旅した。ランフィアによると、ふたりは「それぞれが好き勝手に、店のメニューにある料理を好きなだけ食べて、好きなだけ遊んだ。おれ自身について言えば、ボンダイビーチで数日間過ごしたり、ロイヤル・ランドウィック競馬場に行ったりしたよ。写真判定の結果、二カ月分の給料が吹っ飛んだけどね。バーにも何度か行った。向こうでは滋養のために飲まれている強めのビールを四、五リットルはがぶ飲みした」[35]

戦闘が続き、飛行時間が増えるにつれて、ミッチたちパイロットはP－38の扱いにさらに精通していった。空中戦闘能力のバランスが崩れ、アメリカ軍が優勢になりつつあることへの懸念を、山本提督は友人宛ての私信に書いている。ミッチのほうも、日本軍が飛行部隊の後継者不足に苦しむようになり、不均衡はさらに顕著になっていくだろうと考えていた。「初めのころは、日本海軍の空母にも優秀なパイロットたちがいた」と、彼は山本の艦隊で鍛え抜かれた飛行機乗りたちに言及した。「やつらはすごかった。けど、その層が薄くなったあとの戦いは楽だったよ。ぼくたちはどんどん熟練するし、やつらは能力ある人材に乏しくなっていった。

結果的に、ぼくたちの撃墜数も増えていった」。[36] 以前は高性能と謳われた零戦に乗る敵軍パイロットたちは、ツインエンジンのP－38を「双胴の悪魔」と呼ぶようになった。[37]

ランフィアとバーバーは、三月中旬の休暇から復帰してすぐに、爆撃行動で非常に大きな戦果を上げ、ライトニングの愛称に違わぬ力を飛行機から引き出した。ショートランド島とファイシ島のあいだにあるファイシ環礁に三〇機もの敵の飛行艇と零戦がいるところを、アメリカ軍の偵察機が発見し、彼らに攻撃命令が下ったのだ。[38] いまでは大尉となったランフィアが八機のP－38を率いて、やはり八機の海兵隊F4Uコルセア戦闘機と合同で作戦を行った。三月二九日の未明にファイター・ツー滑走路を飛び立った彼らは、夜明けとともに奇襲攻撃をしかけたが、悪天候のため状況が錯綜した。ファイシ環礁に到着した時点でランフィアとバーバーが周囲を見渡すと、一緒に出発した一六機の攻撃隊が六機に減っていた。P－38数機とコルセア一機を残してすべてがガダルカナルに戻ってしまったのだ。原因は悪天候かエンジントラブルだった。

ランフィアは残る飛行機を再編成した。P－38が数次にわたる攻撃を行い、少なくとも七機を炎上させる一方で、敵の高射砲はうまくかわすことができた。反撃が本格化する前に現場を離れた彼らは、直後に日本の駆逐艦らしき船体を発見した。「弾薬はまだ残っているな」と、ランフィアは無線で友軍機に連絡した。「燃料もある。少し攻撃していくか」。六機編隊は旋回し、急降下して敵の船尾、中央部、船首に機銃掃射を浴びせた。船体からはすさまじい煙が噴き出した。陸軍機からは、次々と海に飛び込む水兵たちの姿が見えた。彼らは陣形を組み直し、最終攻撃を開始した。急降下を始めたバーバーは標的に集中するあまり目が釘付けになる「固視」状態に陥った。相手との距離が急速に縮まっているのを自覚しないまま、彼はひたすら撃ちつづけた。船の側面が目前に迫った瞬間、われに返った彼はハンドルを力いっぱい引っ張った。ライトニングは甲板の上をかすめてなんとか衝突は免れたものの、無傷とはいかなかった。左の主翼が艦船のラジオ塔に接触し、翼の先端部が一メートルほどちぎれてしまったのだ。衝撃で機体は危うく海中に突っ込むところだったが、すんでのところで持ち直すことができた。それから彼は機首を上げ、機体を水平にしてなんとか飛びつづけた。言い訳はしなかった。「すこし愚かな行動でしたが、ともかく帰還できました」

爆撃の成功と、ことにバーバーがあやうく墜落を免れたという話はまたたく間に広まった。その後、六名のパイロット全員が銀星章を授かっている。ブル・ハルゼーは彼らへの航空書簡で、彼らしいくだけた賛辞を贈った。「ファイシをこんがり焼いたようだな。おめでとう」。ただしこの戦果は、ワシントンDCではやや異なる文脈で報じられていた。『ワシントン・ポスト』の記事には「ランフィア中尉、ジャップ艦船との戦いで表彰さる」という見出しがついていた。本文もトムの話ばかりで、出だしはこうだ。「空と陸で活躍するランフィア父子のひとりが、日本軍の艦船を空から銃撃して無力化し、沈めた模様。これにより、陸軍航空軍の功労者名簿にその名が刻まれることとなった」。奇襲攻撃は実質的にランフィアひとりが貢献したことにされたのだ。[39] さらに続報では、太平洋地域における彼の撃墜記録が水増しされて伝えられた。「一七機にのぼるニッポンの飛行機を撃破した。うち九機は空中戦で撃ち落とし、八機は地上にいるところを破壊した」。その内容には彼の父親が大きくかかわっていた。ワシントン駐在のトーマス・ランフィア・シニア大佐は、記者たちに「必要以上に多くを語る」ことで知られていた。全体として、この一方的な記述からは他人を踏み台にしてランフィアの功績を過大評価しようとする試みが浮かび上がってくる。レックス・バーバーの話もほかのP－38パイロットの話もまったく出てこない。この新聞はトム・ランフィアを「アメリカ陸軍航空軍でもっとも有能な戦闘機パイロット」だと報じていた。

三月二九日の奇襲は、山本がヘンダーソン基地の機能封じ込めを目的としてラバウル基地で考案した総攻撃、「い」号作戦の決行予定日よりも数日早かった。[40] 自分の誕生日にあたる四月四日の朝、山本は宇垣纏参謀長と飛行場に姿を見せ、出撃していく戦闘機部隊を見送った。「再び困難な戦いが始まる。総攻撃はいまも続いているのだ」と、彼は滑走路脇の壇上から兵士たちに檄(げき)を飛ばした。「現在どれほど苦しくとも、敵も等しく苦難に耐えているはずだ」。その日は熱帯特有の激しいスコールに見舞われ、各機とも途中で帰還せざるをえなかった。悪天候はその後も数日間続き、出撃しては中止が繰り返された。だが、山本は毎日滑走路に姿を見せた。宇垣をともない、金色の飾り糸があしらわれた純白の軍装で身を固めて、帽子を振りながら彼らを見送り、中止の指令が下されれば、土砂降りのなかパイロットたちを出迎えた。必ず滑走路に出てきて、みなのために力を尽くそうとするその姿勢は山本特有のもので、その軍歴を通じて多くの兵士が彼に忠誠を誓っていた。そしてその献身的な情熱は、ミッドウェーでの惨敗やガダルカナル撤退を経たあともけっして揺るがなかった。その日ラバウルから出撃したパイロットのひとりは、後日山本について「海軍そのもの」だと書いた。[41] 雨が降っていようが熱帯の猛暑に見舞われようが、「山本閣下はあらゆる点で完璧な軍人だ。軍服を着ればつねに威厳と自信に満ちていた」

天候がようやく回復した四月七日に作戦は始まった。総勢二〇〇機近くの戦闘機と爆撃機とで構成された複数の編隊が、ヘンダーソンをはじめ近隣の島々にあるアメリカ軍の各飛行場、さらにはガダルカナル周辺に集結している連合軍の艦船を攻撃するために飛び立っていった。一方、そのころまでには諜報活動に従事する連合軍の暗号解読チームによる支援を得て、ヘンダーソン基地のアメリカ軍は日本軍による差し迫った攻撃への厳戒態勢を整えていた。「警戒レベルは赤だ」と、『ヤンク』誌のマック・モリス記者は当日の日記に書いている。[42]「一〇〇機以上の敵がやってくる。わが方は空中で待ち受ける準備が整っているようだ。これはすばらしい戦いになるだろう」。事実、山本が送り出した攻撃部隊の第一波はガダルカナル島上空で迎撃された。新たに航空隊指揮官に着任したピート・ミッチャーが全戦闘機を率いた。F4Fワイルドキャット、F4Uコルセア、P－40ウォーホークという三つの戦闘機部隊から計七六機、そして注目すべき一二機のP－38ライトニング。[43] レックス・バーバー、トム・ランフィアをはじめ、陸軍航空軍のパイロットたちからなる編隊が、今回もめざましい活躍を見せた。総攻撃初日、彼らはP－38で零戦よりも高い九〇〇〇メートルにまで上昇し、爆撃機を護衛してくる敵の戦闘機を待ち受けた。一一機の姿が見えたところで、彼らは二機でペアを組み、隊形を組んで急降下する敵を狙い撃った。ものの数分で零戦七機を撃墜したが、そのうちランフィアが三機、バーバーは二機を落とした。同じころ、海兵隊は日本軍の九九式艦上爆撃機に狙いを定め、あるパイロットはひとりで七機を仕留めている。

戦闘はそれから一週間近く続いた。山本は部隊が出撃するたびに見送り、戦果を待つあいだも忙しく働いた。日中は宇垣やほかの参謀たちと連合艦隊に関する打ち合わせを重ね、ときには息抜きに将棋を指した。基地のなかを歩き回っては兵士に声をかけ、傷病兵を見舞うことも忘れなかった。休憩時間には基地を見下ろす丘陵地に設営された宿舎に戻った。山本は毎日、帰還したパイロットたちの報告を聞いた。見事な成果を上げているようだった。まずはガダルカナルで、それから急襲をかけたポートモレスビーとニューギニアで。日本の爆撃機がガダルカナル沖でアメリカの駆逐艦〈アーロン・ワード〉を沈めたのは事実だったが、アメリカ軍機を数百機撃墜した、あるいは艦船を数十隻撃沈したといったパイロットたちの報告は、どうやらひどく誇張されているようだった。実際の数字は輸送船二隻、タンカー一隻、航空機二五機のみだ。山本の海軍航空隊は少なくとも四〇機を失っていたので、アメリカ軍の損失は日本のそれよりはるかに小さかった。[44] しかし、山本は「い」号作戦が当初の目的を達成したと信じ、天皇と大本営から祝電が届いたことも手伝って軍事作戦の終了を決める。

山本が、ラバウルの臨時司令部から旗艦〈武蔵〉へ戻る前に南方へ飛び、複数の前線基地に駐留する兵士たちをねぎらおうと決めたのは、まさにそのときだった。[45] 兵士たちは最高司令官と対面するにふさわしい働きを見せたのだから、自分もどれほど彼らを誇りに思っているか直接伝えるべきだ。彼らは勇敢に戦い抜いたのだ。彼は兵士たちを鼓舞するために、バラレ島、ショートランド島、ブーゲンヴィル島南端のブインを一日で効率よく巡回する計画を立てた。なかでも、ブーゲンヴィルの沖合いに浮かぶ小島、バラレ島を最初に訪問しようと思った。丸山政男中将指揮下の部隊が、員数も激減した挙句にガダルカナルから脱出し、体調の回復に努めている場所だったからだ。前年一一月のヘンダーソン基地総攻撃において、とうてい不可能と考えられたジャングルの突破を強行したあげく、からくも生き延びた兵士たちだ。山本は直接彼らに礼を言いたかった。驚くにはあたらないが、側近たちは非常に困惑し、彼が突然言い出した計画に懸念を申し立てた。いまいるラバウルですら、実際の戦線には十分近い距離にある。なぜわざわざ、より危険な場所へ近づかなければならないのか。だが山本の意志は揺るがなかった。出発日が一九四三年四月一八日の日曜日に設定されると、参謀たちは急ぎ旅程を組み立て、提督の移動に使用する飛行機と乗組員を選定した。すべてが決まると、その詳細なスケジュールが各視察先の担当官たちに宛てて打電された。だが、無線が送られた瞬間、その内容は意図せざる受信者たちにも傍受されることになる。そしてそれは、大日本帝国海軍連合艦隊司令長官の動向に関する分刻みの旅程と飛行ルートが、敵の手に渡ったことを意味していた。

# 第四部　報復（ヴェンジェンス）

## 第一四章　あと五日

山本五十六の旅程が記された暗号文は一九四三年四月一三日の夕方に送信され、真珠湾北方の町ワヒアワにあるアメリカ軍の無線局がこれを傍受した。それ自体は、技術者が通常業務として二四時間態勢で集めている何百ものメッセージ信号のひとつにすぎなかった。[1] しかし建物内の「地下牢（ダンジョン）」と呼ばれる部屋に転送され、秘密裏に作業を行っている暗号解読者たちの手に渡ると、それは異彩を放った。山本に関するものだとわかったからだ。彼らは内容の解釈を最優先作業とした。まず、最新版のＪＮ－25暗号に基づく五桁の数字の羅列を文字列に変換するために、電信をＩＢＭ計算機のパンチカードに打ち込んだ。すると、送信先の数が判明した。その極秘文書は、山本が誰かひとりの同僚や部下と連絡を取るものではなく、北方ソロモン諸島に点在する基地の海軍将校たちに宛てられた声明だった。

この時点で作業の主導権を握ったのは、長身痩軀で気性の激しい夜勤担当将校、日本語に堪能な海兵隊のアルヴァ・B・〝レッド〟・ラスウェル中佐だった。彼は翻訳者であり、同時に優れた暗号解読者でもあった。ラスウェルと、同じく日本語の専門家、同僚のジョー・フィネガンは、「アメリカ太平洋艦隊をミッドウェーで叩き潰す」という山本の大がかりな謀略を暴く際に重要な役割を果たした。ミッドウェーでの戦いのあと、ラスウェル、フィネガン、そして解読作業員たちは、真珠湾の海軍通信部太平洋支局、通称ハイポ支局の中心グループとして作業を続けてきた。しかし、そのあいだにいくつかの人事異動が行われた。とりわけ物議を醸したのが、ミッドウェー海戦当時の支局長で、意志が強く非常に仕事熱心なことでも知られるジョー・ロシュフォート海軍大佐がその任を解かれ、サンフランシスコの浮ドック建造責任者に転出したことだった。これは、ワシントンDCの将校間で起きた政治的な主導権争いで、ライバルの海軍情報解読部門OP－20－G運営者に敗れたことの屈辱的な代償だった。上司の失脚はラスウェルやほかのメンバーたちを落胆させた。彼らはロシュフォートがハイポ支局に一本釣りしてきたメンバーばかりだったからだ。ラスウェルはロシュフォートを「とても尊敬できる人」と評し、のちに大佐の転出を「才能の浪費」だと嘆いた。[2] また、ハイポ支局勤務を経験した士官や下士官のなかに、ゆくゆく国の歴史に名を刻むことになる者もいた。解読班に加わった若い海軍大尉が、後年アメリカ最高裁判所の判事となったのだ。そのとき二三歳になろうとしていたジョン・ポール・スティーヴンスは、暗号解読者としてではなく傍受無線解析者として着任した。[3] ハイポ支局で「読取者（スキャナーズ）」とも呼ばれた彼ら解析者は、信号の送信元と送信先を監視していた四月一三日火曜日に、山本にまつわるメッセージが複数の宛先に送られていることに気づいたのである。

　前年の春、暗号を解読され、ミッドウェー海戦で惨敗を喫したのを機に、日本軍はJN－25の更新を以前よりも頻繁に行うようになった。一九四二年夏の終わりごろにはJN－25（c）をJN－25（d）に切り替え、年末までにはさらに別のバージョンへの移行を進めた。一連の作業により、ハイポ支局を含む各施設では解析スピードが落ち、日本軍の通信内容を解読できない空白期間も生じるようになった。しかし、傍受無線解析者と南太平洋の島々に張りめぐらされた沿岸監視員のネットワークとのあいだで情報交換が続けられたことも手伝って、アメリカ軍は諜報合戦において明らかな優位を保ち、ニミッツ、ハルゼーら将校たちが日本軍との戦闘計画を立てるうえでおおいに貢献した。[4] そしていま、積み上げられた通信文のなかから山本に関するメッセージを拾い出し、内容を文字列に復元したことで、新たな「獲物」を仕留められる可能性が浮上した。

　暗号メッセージを手に持つと、レッド・ラスウェルは自分の椅子を灰色の金属製デスクに引き寄せ、天井の蛍光灯が反射しないよう特徴的な緑の眉庇（まびさし）をずらし、ＩＢＭ会計機の出力をもう一度途中から読み進める準備を整えた。彼の頭のなかは恐ろしいほど整理されていた。「暗号解析に挑むときのラスウェルは、まるで複雑に絡まった複数の問題を冷徹に解きほぐしていくチェス・プレイヤーのようだった」と、解読班の情報将校であるウィルフレッド・Ｊ・〝ジャスパー〟・ホームズ少佐は語った。[5] 同僚解読者たちの助言も受けながら、彼はメッセージを読み解くうえで重要な、暗号化された地理記号の意味を抽出する作業に没頭した。「ＲＲ」は、日本軍の主要基地が置かれ、山本が滞在しているラバウルを意味した。「ＲＸＰ」はブーゲンヴィル島南端で日本軍基地のあるブイン。「ＲＸＥ」はブインの南方、飛行機でわずか六分の距離にあるショートランド島。「ＲＸＺ」はショートランド島の隣にある小島で小さな飛行場が設けられているバラレを意味した。

　夜を徹して作業を続けたラスウェルは、四月一四日水曜日の夜明けごろにはすべての文字を解読して平易な日本語に置き換え、さらにその英語訳も完成させた。そしてついに――まるで現像液に浸したフィルムから画像が浮かび上がってくるかのように――メッセージの内容が明らかになった。そこには、一九四三年四月一八日朝、大日本帝国海軍の連合艦隊司令長官がラバウルの司令部から南方にある複数の基地へ短期視察を挙行するという内容が記されていた。

「それを見せてきたとき、ラスウェルはすでに一字一句残すことなく解読を終えていた」とホームズは言った。電文は次のような内容だった。

南東方面艦隊／軍極秘[6]

連合艦隊司令長官、左記によりバラレ、ショートランド、ブインを実視される
○六○○中型陸上攻撃機（戦闘六機が護衛）にてラバウル発
○八○○バラレ着、すぐに駆潜艇（第一根拠地隊が予め一隻を準備のこと）にて○八四○
　ショートランド着
○九四五右駆潜艇にてショートランド発、一○三○バラレ着（交通艇としてショートラン
　ドにては大発動艇、バラレにては内火艇準備のこと）
一一○○中型陸上攻撃機にてバラレ発、一一一○ブイン着、第一根拠地隊司令部にて昼食
　（二十六航空戦隊首席参謀出席）
一四○○中型陸上攻撃機にてブイン発
一五四○ラバウル着

比較的簡素なその文面は、山本の旅程を時間単位で詳細かつ実用的に記した驚くべきもの

だった。

「大当たりだ！」とラスウェルは宣言した。[7]

当直に就いていた者たちは、解読された内容が意味するところをすぐに理解した。日本の最高司令官を待ち伏せ攻撃する機会が訪れたのだ。しかし当初の興奮が収まると、ラスウェルは何か引っかかるものを感じた。これまで彼が解読を手がけてきた主な傍受案件は、そのほとんどが艦船や軍隊にまつわる内容だった。たとえばミッドウェーにおける傍受からは、戦闘計画の全貌が浮かび上がってきた。暗号解読の成果とは、一般論でいえば日本の海軍や陸軍に関する情報の暴露であり、個人のそれではないはずだが、いま手元にあるのは諜報活動を通じて獲得した個人の動静だ。もしこの情報に基づいて行動するとなれば、電文はたちまち山本への「死刑執行令状」と化す。とはいえ、ラスウェルは自分が感じている居心地の悪さの明確な理由を言葉にできなかった。山本を追撃することに問題があるとは思わなかったが、敵の指導者を狙うという行為が妙に「私的」すぎる気がしたのだ。ミッドウェーに関する無線を傍受したときは、このような複雑な気分を抱えることはなく、一片の迷いもないすっきりした高揚感があった。だからこそ、ミッドウェーの仕事を誇らしく思っていたのだ。「あのとき私は、ほかのどの仕事よりも大きな満足感を覚えた」と、彼はのちに述べている。[8] だが同時に、山本に関する無線を傍受したことについて「どうしても喜びを感じられなかった」とも語っており、その理由については「詮索しすぎだと思った」と説明するのが精一杯だった。

敵指導者の殺害を目的とする軍事力行使については、倫理的にも法的にもラスウェルの責任がおよぶ領域ではなかったものの、第二次世界大戦中はそうした試みがすでに各方面で勢いを増していた。その先頭を行くイギリス軍は、特殊任務遂行のための高度に訓練された部隊を抱えている。一九四一年の終わりごろ、ウィンストン・チャーチルは特殊部隊に、ナチスの「砂漠の狐」ことエルヴィン・ロンメル将軍の殺害を命じていた。作戦は失敗に終わったものの、「標的殺害」あるいは「指導者斬首」などと呼ばれるそうした概念は、すでに戦争における戦術のひとつと見なされていたのだ。[9] さらに、第二次世界大戦で適用された多国間条約の参照元である一九〇七年改正のハーグ陸戦条約においても、特定の敵指導者を殺害する行為は禁じられていなかった。

それでも、ラスウェルとハイポ支局の同僚たちは、指揮系統を通じて山本に関する電文の上申を終えると気が楽になった。情報担当のホームズは、機密回線を通じて真珠湾にいる太平洋艦隊の情報将校、エドウィン・T・レイトン中佐を呼び出し、ラスウェルの翻訳文が印字された紙を手に、その衝撃的な内容を読み上げた。そのうえで、レイトンからその紙をニミッツ提督に手渡してもらえるよう、彼はラスウェルと競い合うように地下牢（ダンジョン）を走り出た。部屋の入り口に立つ警備兵の脇をすり抜け、階段を上り、夜明けのまぶしい陽光のなかに飛び出すと、ふたりは基地を横切って太平洋軍の総司令部まで駆けていった。
「ラスウェルも私も、この案件が自分たちの手を離れることがうれしかったんだ」とホームズは語った。[10]
ラスウェルはニミッツに絶大な信頼を寄せていた。[11] 山本が立案した襲撃作戦の標的はミッドウェーだとするハイポ支局に対して、ワシントン駐在の暗号解読者たちが強硬に違う場所を主張していたにもかかわらず、提督はハイポ支局の解析を支持してくれたのだ。ラスウェルは言った。「ミッドウェーに関する議論が起きたとき、彼は私の判断にすべてを賭けてくれた」。だがそれと同じくらい重要な事情もあった。ラスウェルは以前、一二カ月ほどのあいだ、ニミッツと個人的に顔を合わせていた。ふたりとも近くに住んでいたので、職場まで一緒に歩くことも多かった。「彼の人となりを知ることができた」とラスウェルは語った。「すばらしい人だと思ったよ」。花形暗号解読者にしてはいたって単純な理由だが、山本の件についてこれから何をすべきか、ニミッツならすぐに判断してくれるはずだ。ただし同時に、ラスウェルは提督に残された時間が短いこともわかっていた。四月一三日に傍受したメッセージには、四月一八日が視察日と書かれている。あと五日しかない。

山本提督が南方視察を決断した四月第二週までに、第三三九戦闘機中隊のジョン・ミッチェル少佐はガダルカナル島のファイター・ツーに戻っていた。ミッチは四月初めに休暇を取り、ガダルカナルを交代で離れるパイロットたちの主要な休暇先、ニュージーランドのオークランドでひと息ついてきたところだった。向こうでは、硬い岩盤の地層から冷たく透明な水が湧き出る渓流まで泳ぎに行った。その地に広がる火山の景観の美しさに心を癒されながら、ふとアニー・リーのことを思った。「家に帰ったら、ここみたいに静かですてきな場所を探そうと思う。一週間か一〇日間か、ふたりだけで過ごせるところを」[12]と手紙に書いた。四月初めのガダルカナルは対照的だった。ときには一時間に一〇〇ミリにおよぶスコールから一日が始まり、兵士たちは泥水を跳ね上げながら食堂のテントまで通っていた。

十分に英気を養って「カクタス」に復帰したミッチは、不在中のさまざまな遅れを取り戻す必要があった。ヘンダーソン基地の機能を封じるべく山本が指揮を執り、結果失敗に終わった直近の軍事作戦を含め、多くの戦闘にミッチは不参加だった。彼はそれらの話をすべて聞いたが、なかでもトム・ランフィア、レックス・バーバー、あるいはふたりが一緒にP－38ライトニングを操った三連戦は、ほかのどの話と比べても見事だと思った。ランフィア、バーバー、ほか数名のパイロットが日本軍の艦船に容赦なく機銃掃射を浴びせたものの、レックスが「固視」状態に陥って敵船に衝突しかけた三月二九日の戦闘もそのひとつだ。ぶつかる直前、レックスはなんとか方向転換することができたが、その際にマストと接触し、片方の翼の先端が一メートルちぎれた状態で生還したのだった。ランフィア、バーバー、ほかパイロット全員で敵部隊の空襲を迎え撃った四月七日には、ランフィアが一日で零戦の撃墜数を三つ増やし、バーバーも二機落とした。そして三番目の話は、彼らの空中三連戦を題材とした記録映画――そんなものがつくられるとすればだが――でクライマックスを飾るにふさわしい内容だった。四月二日、ピート・ミッチャー少将がヘンダーソン飛行場に到着した翌日の戦闘は、新任の指揮官に対するこのうえない「歓迎のしるし」となる。このときレックス・バーバーは不在だったものの、ランフィアにダグ・カニングとデルトン・ゲールケを加えた三名がガダルカナルへの帰還飛行中だった。ムンダ岬（ニュージョージア島西部の岬）北西にある日本軍占領下のヴェラ・ラヴェラ島近くを通ったとき、海岸沿いに停泊して部分的に樹木で覆い隠された輸送船を発見した。補助タンクにはまだ十分な燃料が残っていることを確認したうえで、彼らはヴィック・ヴィッチェリオが考案したアイデアを実行してみることにした。補助タンクを切り離し、平らな石を水面に沿って投げる水切りの要領で反跳爆弾として用いるのだ。ランフィアとカニングは輸送船に照準を合わせると、ぎりぎりまで船体に近づいてからタンクを切り離した。衝撃でタンクは破裂した。二機の後ろにつけていたゲールケが銃撃すると、五〇口径の機銃から放たれた曳光弾がガソリンに火をつけた。船は一瞬で燃え上がり、炎の勢いたるや圧巻の眺めだった。基地では、普段は感情を表に出さないミッチャーまでもが、そのたくみな戦いぶりを聞いておおいに興奮した。彼がすぐさまブル・ハルゼー宛てに報告を上げると、ハルゼーも同様に感銘を受けたようだった。ハルゼーは「火力の魔力を見せつけてくれた」と書いてよこした。[13]「貴君らの胆力はたいしたものだ」。三人のパイロットたち、とりわけランフィアは注目を浴びてご機嫌なようすだった。補助タンクを使うこの手法が、彼の戦歴をいっそう飾り立てることになったのだ。ワシントンDCでは、ランフィアの父親が『タイム』誌の記者と話すと、二週間後に出た記事には息子のトムの話だけが書かれていた。カニングもゲールケもそこには登場しなかった。父親へのインタビューをまとめた同誌のジム・シェプレー特派員は、担当編集者宛てのメモに、ランフィアが「戦闘機乗りのトップ集団」入りに向けて一直線に突き進んでいる、と記している。[14]

空中における彼らの功績を聞いたミッチは喜び、自分も「その喧嘩に早く合流したくて」しかたがない、と正直に明かした。身体的にも精神的にも活力を取り戻していた。前者は休暇で体を休めたおかげで、後者は先日アニー・リーから届いた手紙のおかげだ。冬のあいだずっと、ミッチとアニー・リーの議論は堂々めぐりの様相を呈していた。アニー・リーは「いつテキサスへ戻るのか」と幾度となくミッチを問い詰め、彼のほうは三月の初めに「もうたくさんだ」と書き送っていた。ガダルカナルに戻ってから、ミッチは休暇中に届いていた彼女からの最新の手紙を開けた。読みながら、少しずつ気持ちが落ち着いていくのがわかった。そこには「あなたには、自分がやるべきだと思うことをやってほしい。私もそれがいいと思うようになった」と綴られていた。すばらしい文章だった。自分の気持ちが変わったわけではなく、いまでもあなたに戻ってきてほしいと思っているが、まだ十分に戦い抜いたとはいえないのなら戦線に留まって戦うべきだし、私はあなたが帰る日を待ちながら日々の生活を続けると、彼女は決意していた。「心からその言葉が聞きたかった」とミッチは返信した。「その日が来たら、ぼくは帰る。十分に戦い抜いたと思えたら」。しかしそれより前に、あるいは「厭戦気分が漂う前に、そしてパイロットの疲労が蓄積する前に持ち場を離れていたら、家にいても充実した気持ちで過ごせないだろう。すぐここに戻りたくなるか、仲間たちがアメリカのために血を流している別のどこかに行きたくなってしまうはずだ」。そしてこうつけ加えた。「でも、もうすぐその日はやってくる。おそらく、次のローテーション時期が来るころには。もっとも、アメリカ政府（アンクル・サム）がどう考えているかはわからないけどね」。その日がいつになるかはともかく、彼女の言葉はミッチを奮い立たせた。感謝の気持ちでいっぱいだった。「きみの支えがあって初めて、ぼくは一〇〇パーセントの存在になれるんだ」

レイトン中佐は書類フォルダを片手に、真珠湾の司令部ビル内の廊下を一階にあるニミッツ提督の執務室へと急いでいた。一九四三年四月一四日木曜日の午前八時。太平洋艦隊の情報将校として、レイトンは提督とのブリーフィングに向かうところだった。毎朝行われる定例行事だったが、この日の書類に型通りの内容は含まれていなかった。フォルダには、ほんの数分前にレッド・ラスウェルとジャスパー・ホームズから託された紙が挟まれていた。そこには山本五十六に関する情報――四日後に予定されている日本の海軍大将の巡回スケジュール――が詳しく記されていた。

暗号解読者のラスウェルは戦争の前に日本に駐在したことがあったが、山本との面識はなかった。だがレイトンは違う。一九三〇年代後半、アメリカ大使館付海軍武官補佐として東京に駐在したレイトンは、当時海軍副大臣を務めていた山本と交流をもった時期がある。山本とブリッジに興じたこともあった。複数の国から駐在していた海軍武官たちとともに、宮内省が管理する鴨場まで鴨猟に出かけた際には、山本はその魅力あふれる人柄で全員を丁重にもてなしてくれた。猟の終わりには、山本からひとりひとりに鴨が一羽ずつ土産として贈られた。とはいえ、いまはそうした個人的なつながりは関係なかった。あのときはあのとき、いまは戦時下だ。その紙には、アドルフ・ヒトラーを別にすれば今日もっともアメリカ国民から憎まれている、真珠湾攻撃の首謀者たる日本海軍の司令長官に関する緊急機密情報が書き込まれていた。彼のしかけた奇襲攻撃から一六カ月が経過したいまでも当地では混乱が続き、瓦礫の撤去や基地の再建が続いている。実際、海軍司令部にあるニミッツの執務室からは、無残に破壊され、錆ついた状態で海面から突き出た戦艦〈アリゾナ〉の船体上部が見える。八〇〇キロ爆弾が直撃して炎上、爆発した二万九〇〇〇トンの巨艦は、そこで亡くなった一一〇〇名の海軍兵と海兵隊員の記念碑となっていた。

レイトンはニミッツにフォルダを手渡すと、いつものように提督の左側に置かれている竹製の椅子に腰かけた。ニミッツはファイルを開き、「懐かしき友、山本」とつぶやいて書類を読みはじめた。レイトンは待った。静寂が部屋を支配し、リノリウムの廊下を歩く海兵隊歩哨の靴音が聞こえた。執務室のクリーム色に塗られた壁のひとつには、山本の奇襲攻撃を忘れないための大切な記念品が掛けられていた。真珠湾沖で回収した日本の特殊潜航艇から艦長の所持品と思われる刀を運んできたのだ。敵の特別電報を読み進めるにつれてニミッツの鼓動が早まったかどうかはうかがえなかった。いつもと同じように背筋を正し、表情も彼らしいポーカーフェイスだ。だが彼は山本の視察予定日である四月一八日がパームサンデーだということには気づいているだろう。さらにその日は、ドゥーリットル空襲からちょうど一周年にもあたる。首都東京への爆撃は、当時アメリカ軍の士気を高め、祖国は難攻不落だと信じ切っていた日本軍に衝撃を与えたが、その後中国大陸に不時着して捕虜となったアメリカ軍パイロットと、彼らを手助けしようとした中国の村人たち計八名に拷問が加えられたことがわかると、アメリカ人の憎悪はそれまで以上に激しくなった。解読された内容を踏まえて行動すれば、戦時における四月一八日の意義を再確認することにもなるはずだ。

「どう思う？」とニミッツが聞いた。

レイトンの目は、提督の顔に浮かんだかすかな笑みを捉えた。

ニミッツは続けた。「彼を仕留めるべきかね？」[16]

その後、戦時下の慣習という観点から、そうした行為が妥当かどうかという会話が交わされた。特定の敵指導者を殺害しようとする企ては、アメリカ軍の歴史においても異例のことだ。[17] ニミッツは次に、ワシントンの海軍司令部に情報を伝えた。そこで暗号解読者たちがメッセージを再検証し、さらに戦争法や法的手続きなどについても議論された[18] そのときワシントンを離れていたルーズヴェルト大統領、あるいはノックス海軍長官がその議論に直接かかわっていたかどうかは、いまだに明らかになっていない。ルーズヴェルトが一連の流れについて報告を受けていたという記録が残っていない一方で、ガダルカナルに駐留していた複数の将校は、ノックスの名前が載った機密文書を見た記憶があると後年になって証言している。はっきりしているのは、アメリカ軍南太平洋艦隊司令官であるニミッツには、作戦上の重大な決断を下す権限があったということだ。[19] 彼とレイトンは、その水曜日を使ってさまざまな仮説を検証した。[20] もし部隊が山本を追撃したとしてどんな利点があるだろうか、といったことだ。レイトンの返事は早かった。「国中を揺るがす事態になるでしょう」と、彼は山本の母国を念頭に答えた。山本が国内で天皇に次ぐ高い人気を集めていることは、レイトンもニミッツも理解していた。山本は、海軍将校からも、兵士からも、民間人からも等しく偶像視されていた。山本を排除すれば、彼らの士気がくじかれるのは間違いないだろう。同時に、この作戦が成功すれば、日本海軍でもっとも優れた戦略家、軍事指導者がこの戦争からいなくなる。レイトンはこう表現した。「日本人のなかでは異色と言えます。大胆かつ戦略的な思考ができるジャップは彼ぐらいでしょう」。だが、山本がいなくなったとして、彼以上に有能な司令官が出てきたらどうなるだろう、とニミッツは考えた。見知らぬ悪魔より、知っている悪魔のほうがましだと言えないか？　彼らは日本海軍の有力な指導者をリストアップし、それぞれの強みと弱みを検証しながら、山本の後継者となりうるかどうかを評価した。レイトンは、「山本はほかの誰と比べても出色の存在です」と言った。そして、当時の意欲ある将校なら誰もが読んでいた古典、一九世紀プロイセン王国の将軍で軍事理論家のカール・フォン・クラウゼヴィッツが著した『戦争論』をもち出した。判例とは少々異なるものの、レイトンは敵軍の「徹底的な殲滅」こそ最優先事項だとするクラウゼヴィッツの考え方に触れたうえで、ニミッツに対し、「この畏敬すべき戦略家は『戦時の目標は敵の急所を狙った攻撃だ』というようなことを書いていますす」と示唆したのだ。[21]　そして、山本を討つことこそが「その原理の実際的かつ直接的な応用です。山本は日本海軍の急所ですから」と言った。

それから暗号解読についても考えた。長年にわたり、アメリカがひそかに――かつ圧倒的に――優位を保ってきた分野だ。もしもアメリカ軍の戦闘機が山本の予定していた目的地に、しかも山本と同じ時刻に突然現れたとしたら、相手の目にはどう映るだろうか？　日本軍は、「単なる偶然ではなく、自分たちの暗号が解読されていた」という結論に達するだろうか？　それは恐ろしいほどの痛手であり、下手をすれば太平洋での作戦が大失敗に終わる可能性をも意味するのだ。完璧とは言えないまでも日本側の暗号を破ったことで、ガダルカナルの戦闘にとっておおいに役立つ情報が手に入った。ミッドウェーでもそうだった。山本がミッドウェー島でもくろんでいた大規模爆撃計画を事前に察知できていなければ、おそらくアメリカ太平洋艦隊は完膚なきまでに叩きのめされていただろう。だがそれに反してアメリカ軍が勝利したことで、南太平洋地域の形勢は反転した。ただし、どうやって山本の情報を手に入れたのかについては極秘とされた。[22] レイトンは、「沿岸監視員たちがふたたび山本の動向を察知した」というつくり話を拡散させようと提案した。「ラバウル周辺に点在するオーストラリア人監視員たちから情報がもたらされたことにすればいい」と彼は言った。「きっと太平洋にいる誰もが、監視員のことを『奇跡を起こした男たち（ミラクルメン）』だと思うでしょうね」

その後レイトンとニミッツは、作戦に用いる機材と兵士について検討した。[23] まずは、敵と味方の双方の航空機についてだ。山本は、連合国側が「ベティ」と呼ぶ三菱製の高性能爆撃機、一式陸上攻撃機（一式陸攻）に搭乗するはずだ。そのことはニミッツにとってさほど問題ではなかった。日本軍は一式陸攻の長距離航行性能を評価しているのだろう。しかし、軽量素材による装甲が施されておらず、加えて距離を稼ぐために積む大量の燃料が火災発生のリスクを高めるという見方もできる。重要な問題は、北方ソロモン諸島を視察する山本を追えるだけの航続距離をもつアメリカ軍機がガダルカナルにあるか、ということ。距離的に考えて、この作戦を遂行できるのはガダルカナルの基地の部隊だけだからだ。ニミッツは執務室の壁に貼られた南太平洋の地図を眺め、ラバウル、ブーゲンヴィル、その他ソロモン諸島の日本軍前哨基地、最後にガダルカナルの位置を確認した。使用する飛行機には、往復一三〇〇キロをゆうに超える航続距離が求められる。海軍のF4Fワイルドキャット戦闘機、あるいは海兵隊のF4Uコルセア戦闘機で標的に近づくのは難しい。だが、導入して六カ月に満たない新型戦闘機ならいけるだろう――そう、陸軍航空軍のP－38ライトニングなら。

だがニミッツは、基本計画の策定や課題の洗い出しは地上司令官たちに任せることにした。彼は決心したのだ。結局のところ、「著名で評価の高い標的に対する特殊作戦」の実行を許可することは、それほど難しくなさそうだった。ニミッツは、山本を排除すれば、日本軍と日本国民の士気を一気に下げられると確信していた。彼はアメリカでは忌み嫌われた存在であり、ここで殺害したからといってのちに道義的な批判が起きるとも考えにくい。それに飛行機に乗っているときに攻撃しようが、旗艦に乗っているときに爆撃しようが、結局は同じことだろう。戦時の倫理違反にはあたらず、あくまでも軍事行動といえるはずだ。

「やってみよう」とニミッツは言った。[24]

彼が次にすべきは、南太平洋にいる山本と日本軍に対応するために、秋の終わりに新たに任命された提督に状況を伝えることだった。「詳細はハルゼーに任せよう」とニミッツは言った。[25]

レイトンは、ニミッツが送る命令書の作成に取りかかった。ハルゼーの司令部があるニューカレドニア島のヌメアは、すでに四月一五日の朝を迎えていた。山本嫌いを公言していたハルゼーは、きわめて重要な傍受内容とともに、攻撃の計画を策定するよう命じられることになる。そこにはこんな但し書きがつくはずだ。「すべての関係者、特にパイロットたちには、当該情報がラバウル周辺にいるオーストラリア人沿岸監視員たちによってもたらされたものであると周知すること」。[26] ニミッツは、万が一パイロットが撃墜され、敵に捕まったときに、無線の傍受と解読という事実が露呈するような事態を避けたかったのだ。レイトンが準備した書面を読み直し、ニミッツはイニシャルを記して発出を許可したうえで、私信を書き加えた。

「幸運(グッド・ラック)を、そしてよい狩り(グッド・ハンティング)を」

借りを返すときがきた。一九四一年一二月七日の真珠湾奇襲攻撃への報復(ヴェンジェンス)だ。

五日後に視察を行う旨を電送したのと同じ四月一三日の夜、ラバウルの基地で行われていた宴会に、山本提督も顔を出した。[27] 何十年も前に広島湾の江田島にある海軍兵学校でともに学んだ同期生たちが、少人数でクラス会を開いていることを耳にしたのだ。山本はジョニーウォーカーのブラックラベルを提げて部屋に入り、指揮官たちを喜ばせた。高級ブレンデッド・スコッチ・ウイスキーは、大日本帝国海軍の将校たちだけでなく、大英帝国首相ウィンストン・チャーチルのお気に入りでもあった。彼らは過ぎし日々の思い出話に花を咲かせ、酒を酌み交わし、煙草を楽しんだ。厳格な兵学校において、どれも未熟な戦士たちには許されていなかったものだ。山本はふと昔を思い出した。ちょうど世紀の変わり目に、彼は一六歳で地元長岡を離れて兵学校に入学した。最終学年でほかの士官候補生たちと一緒に学校の横帆船（帆柱に対して左右対称的に展張する帆をもつ船）に乗り込み、世界中を航海したことが何よりも楽しい思い出だ。宴会の終わりには、各地に駐在する同期生たちに色紙を贈ろうというので、みなであいさつを寄せ書きし、山本は見事な腕前の毛筆で文句をしたためた。

懐かしさに浸ったその夜は、全員がつかの間戦争のあれこれから離れた、くつろいだ気分のなかで更けていった。翌四月一四日の朝、山本は任務に戻っていた。「い」号作戦の最後となるミルン湾周辺のアメリカ艦艇空爆に向けラバウルを飛び立つ飛行機を見送り、作戦終了後は各機に対して基地や空母に帰還のうえ日本へ向かうよう指示を出した。[28] その日と翌日、彼は幕僚や各航空隊の指揮官たちと立てつづけに会合をもち、激務をねぎらうと同時に、続々と飛び込んでくるよい知らせに慢心することのないよう戒め、遠からず始まるであろう海戦と空中戦に備えよと檄を飛ばした。[29]「そうした臨時会合に出席した者は、誰もが提督の誠実さに心を打たれた」と、ある零戦中隊長は語った。だがその態度とは裏腹に、戦線から入ってくる勝利報告も、その報告が示す明るい前途も、実際の戦況からはほど遠いと山本はわかっていた。[30] ひとつには、日本はすでに多数の航空機とパイロットを失っており、状況は切迫度を増していた。また、アメリカ軍基地に対する一連の攻撃も、敵にある程度の打撃を与えたとはいえ、決定的な成果とはならなかった。ヘンダーソン基地は破壊されておらず、これまでどおり機能していた。日本軍のミッドウェーにおける敗戦と、それに続くガダルカナル島奪還作戦の失敗によって、アメリカは勢いを取り戻した。つまり、アメリカ軍の攻勢は今後も続き、連合国軍が北方へと島をひとつずつ攻めあがる、あるいは――連合国軍の指導者が好んで使う言い方にならえば――日本に向かってはしごを一段ずつ上がってくることが予想されたのだ。

山本の主だった側近たちは、来たる前線視察への不安を抱えたままだった。長年にわたる山本の参謀であり、幾度となく将棋の相手も務めてきた渡辺安次（わたなべやすじ）中佐は、旅程が各基地司令官に無線で送られ、より安全な手渡しという手段が取られなかったことを知って、動転した。[31] 渡辺は、山本の参謀長であり友人でもある宇垣纏中将に協力を求めたが、宇垣も山本同様、視察には意味があると考えていた。それに、仮に反対していたとしても、彼には意見を述べるすべがなかった。蚊の媒介でり患したデング熱が重症化しており、高熱と下痢、全身の筋肉痛に苦しんでいたのだ。一方で陸軍の今村均（いまむらひとし）中将は、自身がブインで経験したニアミス事件に照らして山本に再考を迫った。二月に、今村は兵士たちを激励するためブーゲンヴィル島南端の基地へ向けて飛行中、予期せず敵の編隊に遭遇した。パイロットが機転を利かせて一直線に嵐雲へ飛び込んだため、敵に見つからず事なきを得たのだった。だが山本は、危機一髪だったその事案を聞いて動じるようすもなく、ただパイロットの回避行動を称えるばかりだったという。

予定される三つの視察先基地のひとつにいた司令官も懸念を強めていた。ショートランド島駐留の第一一航空戦隊司令官、城島高次（じょうじまたかつぐ）少将は、無線連絡を受け取ったとき、全司令官の気持ちを代弁するかのようにこう言った。「こんな前線に、長官の行動を、長文でこんなに詳しく打つやつがあるか。こんなばかなことをしちゃいかんぞ！」

ニミッツが派遣した最初の特使が到着した四月一五日木曜日の朝、ブル・ハルゼーはニューカレドニア島のヌメアにはいなかったが、混成航空指揮官としてガダルカナル島に着任したばかりの副官ピート・ミッチャー少将がいたので、特使は急いで情報を提供した。[32] 海軍勤続三七年のチェーンスモーカーは、司令室として使っているヘンダーソン基地近くのテントでニミッツのメッセージを受け取った。豪華とはいえないテントだったが、少なくとも彼の執務机を一角に置き、さらに幹部三名の机と訪問者用の折り畳み椅子を置く程度の広さは備えていた。ミッチャーはときおりハンカチで金縁の眼鏡を曇らせる湿気を拭き取りながら内容を精査した。前年の四月一八日、彼はアメリカ軍の空母ホーネットで艦長を務めていた。船からはジミー・ドゥーリットル中佐率いる空襲部隊が東京に向けて飛び立っている。ほかの多くのアメリカ人と同じく、ミッチャーも空襲後に捕虜となったアメリカ軍パイロットたちに拷問が行われたことに激怒していた。彼は幾度となく周囲に「私は海兵隊員よりもずっと、あの黄色いろくでなしどもを憎んでいる」と語っている。[33] そしていま、あれからちょうど一年後に、山本提督殺害のチャンスがめぐってきたのだ。逃すわけにはいかない。ミッチャーは幹部将校たちを集めた。

計画を知らされたハルゼーは、翌四月一六日金曜日になってミッチャーに連絡を取り、機知に富んだ独特な一言を送った。「〝クジャク〟（山本を指すアメリカ軍の隠語）は時間通りに行動するらしい。尾羽を狙ってやれ」。[34] そのころには、ミッチャーは海軍、海兵隊のスタッフたちと戦略会議を始めていた。一か八かの任務を遂行するにあたり議論された基本要件には、たとえば日本軍の管理下にある島々からの傍受を避けるためにパイロットの無線使用を禁じるといったことも含まれていた。彼らは地図を精査し、より正確な距離を測った。ガダルカナル島から北西のブーゲンヴィル島まで、直線距離を飛べば約五二〇キロだが、作戦行動には往復で一六〇〇キロ近い航続距離が必要だった。ふたつの地点を結ぶ直線沿いに点在する日本軍前哨基地からの探知を避けて、迂回ルートを取る必要があったからだ。その数字はニミッツの直感を裏づけた。「P－38ライトニングこそ、今回の長距離作戦を担える唯一の戦闘機です」。ミッチャーは、真珠湾とニューカレドニアとガダルカナルを結ぶ安全な通信回線を通じて、その考えをニミッツに伝えた。[35]ミッチャーと協働している海軍、そして海兵隊の士官たちはおもしろくなかった。なんとかして自分たちのF4FワイルドキャットかF4Uコルセアに攻撃を仕切らせたかった。だがもう、勝利の立役者となるのは陸軍航空軍のP－38に決まったのだ。ただし大量の燃料を積み込めるP－38でも今回の距離を飛ぶのは難しいと思われたので、補助タンクを付けてさらに容量を増やす必要があった。ミッチャーの部下からニューギニアの基地に対して、手持ちの補助タンク、できれば一〇〇〇リットルほどの大容量タンクをすべて、しかもできるかぎり早く届けるよう通達がいった。

攻撃要員について、ミッチャーの頭にはすでに適任と思われるP－38パイロット数名が浮かんでいた。トム・ランフィアとレックス・バーバーは、彼がガダルカナルの指揮権を引き継いですぐに強く印象に残ったコンビだった。P－38の導入当初、陸軍の航空機には激しさが感じられない、すぐに高い雲のなかに隠れてしまうので見つけにくい、などと文句を言っていた海軍や海兵隊のパイロットたちも、ランフィアとバーバーの大胆な飛行ぶりを見て黙ってしまったほどだ。ミッチャーは、ランフィア、バーバー、それに同じ飛行中隊の同僚パイロットたちが数日中に休暇に入る予定だと聞き、それを止めるよう指示した。そしてP－38を飛ばす人材をさらに確保するために最適な相談相手として、ミッチャーは陸軍航空軍のヴィック・ヴィッチェリオを呼んだ。中佐に昇進する前は、現在「双胴の悪魔」を操るほぼすべてのパイロットを直接指導していた人物だ。戦闘機作戦の担当責任者という現在の地位に就いて以降、ヴィッチェリオはヘンダーソン基地とニューカレドニアにあるハルゼーの司令部とのあいだをしばしば行き来していたが、この週末だけはミッチャーのテントに詰めて作戦の要点を確認した。ミッチャーはハルゼーからのメッセージを共有した。「尾羽を狙え」。暗号解読者レッド・ラスウェルが初めて山本に関するメッセージを読み取って以降、時間との戦いが続いていたが、ここにきていっそう忙しさが増してきた。山本がラバウルを出発するまであと四八時間も残されていない。計画は動きはじめたものの、進みながら考えているような状態だ。飛行ルートも確定しておらず、使うべき飛行機の数も、それを飛ばすパイロットも決まっていなかった。解決すべき課題は山のようにあった。これほど長距離の作戦を成功させるには、正確な飛行計画を立て、パイロットたちが完璧に近い動きを見せなければならない――ミッチャーも参謀たちもそう考えていた。

ミッチャーが聞いた。「攻撃隊を率いるべきは誰だ?」

ヴィッチェリオに迷いはなかった。「第三三九飛行中隊長のジョン・W・ミッチェル少佐です」。ミッチはほんの数日前に休暇から戻ったばかりで、もっとも理にかなった選択肢であることは間違いありません、と彼は言った。ヴィックはミッチを戦前から知っていた。サンフランシスコ郊外のハミルトン基地で訓練に明け暮れた日々だ。彼はつねにミッチを手元に置きたいと考えていた。生まれながらのリーダーにして、周囲の男たちの尊敬を集める存在。しかもミッチは、戦闘機中隊初のエースパイロットであり、冬のあいだに行われたいくつもの爆撃や空中戦において、P－38こそ太平洋の空における連合国軍最高の武器だということを自ら証明してきたのだ。

ヴィックに異論を唱える者はいなかった。全員一致。ミッチこそがリーダーだ。[36]

# 第一五章 決行前日

ミッチャー少将やヴィッチェリオ中佐がヘンダーソン飛行場の司令部でジョン・ミッチェル少佐の話をしていたとき、当のミッチは、テントやパイロットクラブ、ファイター・ツーの作戦地下壕といった、彼がいつもいる場所のどこにもいなかった。四月一六日金曜日の午後、彼はひとりで出かけて、パイロット用テントより高いところにある丘の上に人目を避けられる場所を見つけた。そこに腰を下ろし、サン・アントニオにいるアニー・リーに宛てた長い手紙を書きはじめた。彼女から届いた最新の手紙を読んだときの幸福感は、いまだに彼を包んでいた。その手紙のなかで、アニー・リーは前よりも落ち着いたようすで「任務を果たすまで戦いつづける」というミッチの決意を後押ししてくれている。彼は手紙に、問題は「ここがいまひどく平穏で、とても楽しいとは言えない」ことだと記した。そして、詳しいことは書かなかったが、山本の「い」号作戦に言及した。だが、あいにくその戦いは、彼が休暇から戻る前に終わっていた。その代わりミッチは、テントを模様替えしたことや、ドミノで運よく四三五ドル勝ったことなどを書いた。「マットレスをつくってみたんだ。一級品ってわけではないけど、ぼくからすれば、それに負けないぐらい寝心地がいい」。ほかにも、自宅に送った郵便為替のお金のことや、結婚から一六カ月が経つのに、ほんのわずかな期間しか一緒にいられなかったという不満……書きたいことはいくつもあった。ミッチは文通での結婚生活に我慢できなくなっていた。彼はふたたび帰国の話題をもち出した。そして、念のため「きみを期待させてしまうだろうから、本当はまだ書かないほうがいいんだろうけど」[1]と前置きしたあと、「アメリカに戻ることになるかもしれない」という憶測を記した。永久にここから去る——ついにそんな日が来るかもしれない、とミッチはほのめかした。「明日や来月ではないけど、誕生日にはきみと一緒にお酒を飲めたらいいな」。彼の誕生日は六月一四日だったが、ふたりが長いあいだ離れていたことをあらためて実感させようと、彼女をからかった。「もしきみがぼくの誕生日を忘れていたら、いつ帰国するかわからないだろうね」

　そう書いた直後、思わせぶりなことを言いすぎたとミッチは反省した。アニー・リーが帰国の話を真に受けてしまうのは避けたかった。「こんなこと書いちゃだめだ」と彼は繰り返した。「これまでもいろんな計画を立ててきたけど、実現したためしがない」

ミッチの言うとおり、帰国は実現しなかった。翌日の午後、彼はジープに乗り、ファイター・ツーから約三キロ離れたヘンダーソン飛行場の海軍司令部のテントに向かって、サンゴでできたでこぼこの道を、がたがたと音を立てながら急いだ。ミッチは、トム・ランフィアと一緒に来るようヴィック・ヴィッチェリオに呼び出されていた。ヴィックからは電話で「任務だ」[2]としか言われなかったが、こうつけ加えられた。「きっと気に入るよ」

　ヴィックがミッチに唐突に指示を出すのは、これが初めてではない。二年前の一九四一年四月、まだ少尉だったミッチがサンフランシスコ郊外のハミルトン陸軍航空基地で訓練を受けていたころ、ヴィックはミッチに特別任務で海外に行くよう命じた。そのせいで、アニー・リーに会うためにテキサスに行くというミッチのイースターの計画は台無しになったのだ。そのときミッチは、イギリス空軍から空中戦について学ぶために選ばれた若きパイロットだった。彼は、そうした有望なパイロットたちからなる小規模な代表団のひとりとして、春の終わりと夏の初めを爆撃の痕が残るロンドンで過ごした。イギリスにいるあいだに、ミッチは初めて戦争の経験を味わった。スピットファイアに乗ってイギリス海峡を横断したときは、ドイツの高射砲に狙い撃ちされた。今回、ヴィックは何を思いついたんだろう？

　ミッチとランフィアはヘンダーソン飛行場の作戦司令部に到着した。この司令部は、内部に煙草の煙がいつもたちこめていることから、「阿片窟（オピウム・デン）」と呼ばれていた。テントに入ると、ふたりはヴィッチェリオだけでなくミッチャー少将たち参謀に迎えられた。ミッチは、二週間前にソロモン諸島航空軍指揮官に就任したばかりのミッチャーにまだ会ったことがなかった。[3] ミッチは、じめじめした地下壕に立っている、背が低くやつれかけた少将を見つめた。鉄のように冷ややかな目、なめし革のように焼けた顔をしていて、室内でもつばの長い茶色の日除け帽（サンヘルメット）をかぶっていた。ミッチャーは立てつづけに煙草を吸った。ミッチャーが煙草に火をつけに行ったとき、ミッチはほかの兵士にはよく知られた光景を目にした。あごのしゃくれた、この無口な海軍古参兵は、風があってもなくても、西部劇映画に出てくるカウボーイのように、手を丸めて煙草を覆いながら火をつけた。

山本五十六司令長官は、土曜日の大半の時間をラバウルの海軍司令部で指揮官たちと会議をして過ごした。病院から退院してまもない参謀長の宇垣纏は、いまや議長役を務めるほど回復していた。午前の会議は、「い」号作戦の空中攻撃についての報告を精査する時間にあてた。山本は、その報告がどんなに誇張されていたものでも、気に留めることなく称賛した。宇垣もその称賛を支持する一方で訓戒をつけ足した。作戦が成功したとはいえ、日本海軍がいまも「航空戦力の減少」という問題を抱えていることを出席者たちに思い出させたのだ。[4] さらに、本国の飛行機製造会社にかかる負担や資材の制約を考えると、「迅速な補強」をあてにすることはできないと彼は語った。昼食の休憩をとってから、午後の会議を再開した。宇垣の説明によると、「方針と原則」[5]が議題だった。海軍の戦略において何が必要かを話し合うのだ。装備、あるいは飛行場や基地の修復および維持に関する議論ではあったが、基本的に前向きなものだった。前線基地からきた指揮官たちのあいだで、優先順位をめぐって、さらには誰が戦隊の士気低下に対して責任を負うかについて言い争いが起きた。緊迫した雰囲気になり、そのうえ、デング熱の消耗性発作のせいで体中に発疹が出て、宇垣はさらに不快感を覚えた。その一方で、山本は快活なようすを見せていた。彼は統率力を発揮し、ガダルカナル島から列島を進軍してくる敵を阻止するためには全員が協力しなければならない、と言って内輪揉めを抑えた。

その日の議題の主要事項を話し合うなか、参謀たちの議論は、前線基地視察の際の服装という退屈な話から、司令長官の安全という重大な話にまでおよんだ。[6]宇垣は、山本や参謀たちの服装を議題に挙げた。熱帯の暑さを考慮すると、日帰りの視察には、山本がいつも着ている白い制服よりもカーキグリーンの制服のほうがふさわしいのではないか、というのが論点だ。暑いのだから、移動の際は開襟シャツでも差しつかえないという提案まであった。ゆったりした服装で行くという案に賛同する指揮官もいたが、宇垣は違った。彼は、指揮官たちが言うほど暑いとは考えていなかった。そのうえ、視察ではほとんどの時間を飛行機のなかで過ごすのだ。開襟シャツはだめだ、と宇垣は主張した。「前線にいる将兵のもとを訪れるのに、連合艦隊司令長官と参謀が非公式の制服を着るわけにはいかない」と彼は言った。これでこの問題は解決したように思われた。ボタンダウンのカーキ色の制服が日帰り視察の服装に決まった。しかし、ここで履物について異議が出る。宇垣は、全員が革製のゲートルに合う標準ブーツを履くものと考えていたが、山本たちが気に入っていたのは、標準ブーツよりも軽く、何度も飛行機に乗り降りするのに実用的なパイロットブーツのほうだったのだ。宇垣はあまり反対しなかったが、彼自身はパイロットブーツを履くのに気が進まなかった。

服装はともかく、山本の部下たちは、前線視察の安全性に懸念を抱きつづけていた。山本の訪問予定には若干の変更があったが、変わったのは訪問する順番だけだった。当初の視察計画では、山本は最初にバラレ島に飛び、そこから駆潜艇に乗って島にあるいくつかの基地をめぐり、最後にブーゲンヴィル島のブイン（別名「カヒリ」）の飛行場を視察する予定だった。変更された訪問予定では、山本は最初にブインに飛び、そこから視察を始めることになった。[7]山本の参謀たちにとっては、予定を変更したところでたいした意味はなかった。彼らの望みは、視察計画そのものを中止することだったからだ。山本に長いあいだ仕えている戦務参謀の渡辺安次は、細部に至るまで訪問予定を管理しており、訪問予定が手渡しで運ばれたのではなく無線で電送されたときには驚いて、あからさまに山本の視察訪問に反対した。ショートランド島の指揮官、城島高次少将は、週の初めに無線で山本の予定を受け取ると、心配のあまり、土曜日午後に実際にラバウルまで飛んで山本に直接訴えた。ほかの誰よりも前線の状況を知っていると自負する城島は、次のように述べた。「お願いです、長官。危険です」。行かないでくれと、彼は懇願した。

山本は心配してもらえることをありがたく思ったが、山本も宇垣も前線視察をとくに危険だとは考えていなかった。彼らにとって、この視察は入念に秘密を保持した計画だった。たしかに、ときどき敵機が——なかでもアメリカ軍の新型機P－38ライトニングが——ブーゲンヴィル島を目指して南から飛来することもあった。実際、山本の陸軍の友人である今村均中将は、ブーゲンヴィル島付近で敵機に遭遇して死にかけたことを話し、山本に視察計画を取りやめるよう説得していた。しかし山本と宇垣は、P－38がブーゲンヴィル島に一度も全面攻撃をしたことがないことを知っていた。P－38は燃費の悪い戦闘機であり、ガダルカナル島からブーゲンヴィル島までたどり着くためには燃料補給が必要だったからだ（そのような攻撃をしてみたいと思っているアメリカ軍のパイロットが、少なくともひとりいたことを山本は知らなかった。ジョン・ミッチェル少佐だ。昨年冬、日本艦船の活動が活発になっているという情報機関からの報告を受けて、ミッチは、ブーゲンヴィル島南端まで行って戦闘機による敵船の殲滅作戦を指揮することを要求していた。[8] しかし、彼の要求は何度も却下された。ミッチによると、「わが軍の貴重なP－38を失うリスクが大きすぎると思われたみたいだ」）。さらに、六機の零戦が護衛につくので、山本はとても安心していた。そのうちの一機を操縦するのは、海軍最高のパイロットのひとりで、「撃墜王」と呼ばれた杉田庄一（すぎたしょういち）だった。「心配はいらない」と山本は城島を安心させた。翌朝一番に出発して夕方には戻るという、簡単な日帰りの視察になる予定だった。[9]

「明日の晩は一緒に飯を食おう」と、山本は陽気な調子で城島に言った。

薄暗い司令部の地下壕のなかに立ちながら、ミッチはミッチャーが集めたグループを値踏みした。上級将校ばかりだった。[10] 何か大きなことが予定されている明らかな兆候だ。アメリカ軍の全組織がそろっていたが、ミッチはそれが海軍中心のグループだということに気づく。海軍からは、ミッチャーを筆頭に、参謀長のウィリアム・A・リード中将、スタンホープ・C・リング中佐がいた。海兵隊からは、フィールド・ハリス大将、エドウィン・L・ピュー大佐、ジョン・P・コンドン少佐がいた。ミッチは彼らのほとんどをよく知らなかったが、コンドンだけは別だ。コンドンはこの年の初めからこの島に駐屯しており、海兵隊の戦闘機パイロットの責任者だった。コンドンは、組織間のライバル意識は別にして、陸軍のP－38が前年にガダルカナル島に配属されてもたらされたプラスの効果をすぐに認めていた。

ミッチは紙を一枚手渡された。ミッチャーたちは、山本五十六司令長官の移動先に関する電信を傍受したと説明を始めた。[11] ミッチは、日本海軍の司令長官を要撃するP－38の飛行中隊長に選ばれたと簡潔に伝えられた。実行は早朝、つまりおよそ一八時間後だ。その後、ミッチャーたちが情報源（解読した日本の暗号）を吟味したかどうかについての議論になった。吟味していないと主張する者もいたが、アメリカの暗号解読のノウハウが語られなくても（暗号解読は極秘事項だった）、ブリーフィング中にミッチはその情報が通信を傍受して入手したものだと気づいた。しかし、ミッチにとって重要なことは、山本の移動予定をどのように入手したかではなく、あまり成功する見込みがない任務でありながら、詳細な計画を立てる時間がほとんどないことだった。さらに、よくて「大博奕」と思われるその作戦が、きわめて重要なものだということは明らかだった。この任務に選ばれたミッチたちパイロットは――地下壕にいる参謀たちが主張するように「山本の飛行機に体当たりする」ことになったとしても――日本海軍の天才を殺すためにあらゆる手段をとることが期待されていた。[12]

ミッチが手渡された紙には山本の視察計画の予定表が詳細に記されていた。彼はその紙を受け取ると、何も言わずに話を聞いた。彼は、実際の任務では何もしない人ほど口数が多いとわかっていたので、こう思った。「あいかわらず、こういう集団には大口をたたくやつが多いな」。[13] 誰もミッチの態度を気にするようすはなく、海軍参謀たちの口ぶりから、山本を殺す方法はおおむね決まっているのがわかった。彼らの考えでは、攻撃のタイミングは、最初にバラレ島に立ち寄った山本が、ショートランド島へ行くために駆潜艇に乗船しているときだった。駆潜艇に乗っている短い時間を狙って、彼を吹き飛ばすのだという。これはすでに決定事項のようで、海軍は翌朝のバラレ島周辺の潮流を調べはじめていた。そこがミッチの我慢の限界だった。「その方法は取りたくありません」と彼は言った。ミッチが発言したとき、一瞬、テントが静まり返った。参謀たちがミッチを問い詰めはじめた。どうして駄目なんだ？ 海軍参謀たちが自分たちの案に固執したので、議論は膠着して激しくなり、ミッチに反論する彼らの声は大きくなった。しかし、ミッチは引き下がるつもりはなかった。彼は海軍参謀たちに、自分は陸軍の戦闘機パイロットであり、駆潜艇（サブチェイサー）と潜水艦（サブ）の見分けもつかない、とつまらない冗談を言った。問題は、どの船が山本を乗せているのかミッチには識別できないことだ。そして、たとえ自分が目的の船を攻撃したとしても、山本は海に飛び込めば容易に生き延びられるだろう、とミッチは続けた。「ぼくらが出撃するのは、そんな作戦のためではないはずです。彼を殺すために出撃するんです」。海軍参謀たちは険しい目で彼をにらみつけ、ミッチを説得しようとして長々と議論を続けた。ミッチは意見を変えるつもりはなかった。彼は、山本を空中で殺すと主張し、それ以外の計画をすべて拒否した。

自身もかつてパイロットだったミッチャーがこの膠着状態を破った。ミッチは今回の飛行中隊を率いる人間だ、という最終的な所見を述べた。「この作戦を実行するのはミッチェルだ。だから、彼のやり方に任せるべきだと思う」とミッチャーは語った。これが転換点となった。

ミッチは、声を上げて自説を主張し、自分が責任者であり、この作戦の指揮官で、飛行中隊の成功の可否は自分の双肩にかかっていると、部屋にいる海軍と海兵隊の幹部全員に向かってはっきりと言った。つけ加えておけば、このときミッチが黙ったままで、参謀たちが立てた「駆潜艇の山本を攻撃する」という計画が変更されなかったら、要撃は失敗に終わっていただろう。暗号解読者たちが入手した「山本は最初にバラレ島に飛ぶ」という情報は、その後わずかに変更されていたからだ。司令部のテントにいた軍人たちはそのことを知らなかった。彼らは与えられた山本の視察予定をもとに計画を練っており、もしミッチが駆潜艇を攻撃するためにバラレ島に向かっていたら、そこに山本の姿はなく、タイミングは完全に外れていただろう。この点で、山本が最初もしくはその次に立ち寄る場所にかかわりなく、空中で山本を要撃する計画をミッチが主張したことは、幸運と言うほかはなかった。

ミッチャーの決定により問題は解決し、任務遂行に必要な人員と物資が議論された。まず、パイロットの人選から始めた。ミッチャーは、トム・ランフィアのフライトが最近あげた空中戦の戦果にとても感銘を受けたと述べ、敵艦船を低空から機銃掃射した四人のパイロットの名前に言及した。[14] ランフィア、レックス・バーバー、ジョー・ムーアとジム・マクナラハンだ。命令ではないが、ミッチャーの発言には影響力があった。そして、その発言はまるでミッチの考えを読んでいるようだった。というのも、ミッチが第三三九戦闘機中隊でこのような任務を遂行できる経験と能力をもっているのは誰かと考えたときも、すぐに頭に浮かんだのが、ランフィア、バーバー、ベスビー・ホームズたちだったからだ。

次に、海軍参謀が「往復に必要な総燃料を計算したところ、補助燃料タンクを飛行機に取りつける必要がある」とミッチに伝えた。基地にはすでに六二四リットルの補助タンクがあり、飛行機の燃料容量を増やすためにパイロットたちはこれまでそのタンクを使っていたが、今回の任務の往復距離を飛ぶにはそれよりも大きい補助タンクが必要だった。そのため海軍参謀は、早急にニューギニアのアメリカ軍基地から一一四〇リットルの補助タンクを送るよう、指示を出していた。ミッチャーからほかに必要なものはないかと尋ねられたので、ミッチは飛行計器のことを考えた。彼はエルジンの新しい腕時計を評価し、その正確性に感謝していたが、飛行中、時計（あらゆる時計）の最大の価値はコンパスと組み合わせることで発揮されるので、その点において問題があった。[15] P－38のコックピットにあるコンパスは、この飛行機の数少ない欠点のひとつだ。ミッチは、たびたび誤表示を起こすP－38のコンパスを信頼していなかった。一方で海軍の戦闘機には、ミッチが目に留めていた高性能コンパスが装備されていた。ミッチャー少将の質問に対して、ミッチはこう答えた。「偉大な海軍の製品のひとつ、コンパスをください」。[16] ミッチャーはうなずいて、要求には応えると保証した。

午後になると議論はさらに深まっていた。早くファイター・ツーに戻って準備を始めなければばならない、とミッチは思った。同時に、この任務の重要性を実感しはじめていた。ミッチはガダルカナルに来てから八カ月のあいだに二〇〇回以上の任務で飛行機に乗り、敵機を八機撃墜して、カクタスで陸軍航空軍初のエースパイロットになっていた。しかし今回に関しては、彼を含め誰もこのような任務に就いたことがない。「いままでで最長の要撃計画だ」[17]ということを彼は十分に理解していた。最長というだけでなく、未確認なことが非常に多い空中要撃だ。山本の基本的な視察予定を入手していたが、飛行ルートや高度はわからず、さらに予定どおりに行動するかもわからなかった。そのうえ、山本が搭乗する機の速度も不明で、ミッチたちが適切な時間に要撃地点にたどり着ける保証もなかった。地下壕にいた全員が、山本が何らかの警戒心を抱くのを最小限に抑えるために、一定の行動制約をとることで一致した。無線を使わず、低空飛行を行い、敵の沿岸警備隊に見つかるのを避けるため、海岸から三二キロ以内を飛行しないことにした。つまりミッチは、全行程を海面すれすれで飛び、地形を目視で確認することなく、六四〇キロ以上、P－38の編隊を率いることになる。標識となる地形はない。何もないのだ。この編隊は、ミッチの時計、コンパス、対気速度の計算に頼ることになる。ミシシッピで過ごした少年時代、ミッチは風のなかを気持ちよく進み、月と星、そして「ジョニー・ビルの月」を頼りに家に帰る道を探した。しかし、今回の任務では違う方法をとらなければならない。この一か八かの任務は、推測航法（デッド・レコニング）（天体や地上物を視認するのではなく、コンパスなどの計器を用いて現在位置や針路などを割り出す航法）に頼ることになると、彼は結論を出した。「勘と神頼みだ」[18]

危険は承知の上だった。入手した情報によると、六機の零戦が山本の搭乗する一式陸上攻撃機を護衛する予定だというが、地下壕にいた全員がそれよりもはるかに多い敵機を予想していた。ブーゲンヴィル島には七五機以上の零戦が駐機しており、おそらくその相当数が山本を迎えに飛び立って空港まで護衛するだろう。一月にノックス海軍長官が島をめぐる視察を行った際は、アメリカ軍も同じことを実行した。ミッチの記憶によると、アメリカ軍は、ノックスの飛行機を迎えてガダルカナル島まで護衛するために、基地にある対応可能な全戦闘機をかき集めて航続距離ぎりぎりまで飛行させた。そのことが頭にあったので、ミッチが気づいたように、「日本軍は、おそらくブーゲンヴィル島にある七五機の零戦のうち五〇機は護衛に飛び立たせるだろう」[19]と全員が考えるのは当然だった。陸軍航空軍がファイター・ツー滑走路に保有していたのはP－38ライトニング一八機だった。ということは、ミッチは三倍から四倍の数の零戦と戦う可能性があったのだ。誰も何も言わなかった。数の違いは明らかだった。ミッチたちは数で凌駕されるだろう。その結果も同程度に明らかだった。高い確率で、飛行中隊の何人かは戻らないだろう。この作戦を計画した経緯について、ヴィック・ヴィッチェリオはのちにこう語っている。「われわれは無茶な戦いを要求した」[20]

ラバウルでは、宇垣参謀長が議長役を務めた終日の会議が終わったとき、渡辺戦務参謀の目には山本提督が疲れ切っているように見えた。渡辺は山本と車に同乗して湾を見渡す丘の上の宿舎に戻った。天気は穏やかで晴れ渡り、丘の上は、下のほうにある乱雑に広がった基地よりも涼しかった。ふたりはそれぞれ自室で食事をしてから、別の部屋に移動し、長いあいだ楽しんできた将棋の勝負を再開した。将棋はリラックスできる娯楽だった。視察のことをまだ心配していた渡辺は同行したかったが、山本には別の考えがあった。山本は、将棋の最中もずっと考えていた自身の海軍における責任について話せるように、指すのを中断した。山本は、この日の会議中に目撃した基地指揮官たちのあいだにある対立意識を心配しており、信頼できる側近に、翌日その問題を解決してほしいと思っていた。[21] 山本は渡辺にこう語った。「きみには明日ここに留まってあの会議を終わらせてほしい。いまひとつにまとまらなければ、大変なことになる。きみは彼らに何を言うべきかわかっているし、事態をわかりやすく説明できる」。そう言って、司令長官は寝床についた。

ミッチとトム・ランフィアは、司令部に呼び出された日の夕方にはファイター・ツーに戻った。ミッチはすぐに、机として使える大きなテーブルがある食事用テントに向かった。危険を考慮しても、彼には山本を撃墜する任務を引き受けたい気持ちがあった。ミッチは曲がりなりにもエースパイロットであり、おそらくこの基地で彼以上にP－38を自在に操れるパイロットはいなかった。しかし、作戦指揮官としては、自尊心や功名心を捨てなければならない。私心を捨て、利己的にならずに決断する必要がある。[22] つまり、えこひいきせずに、飛行中隊に撃墜を成功させる作戦を立てる必要があったのだ。ミッチは、自分の技術を最大限に活用して、山本を狙うパイロットたちの「護衛」に回ることに決めた。「撃墜飛行」はほかのパイロットに任せるのだ。一方で、五〇機余りの零戦が名誉を懸けて山本を護衛するために、大規模な戦闘機基地であるカヒリ飛行場から出撃することが予測されていたので、彼は零戦に応戦するために味方のパイロットの上空――六〇〇〇メートルの高高度――を飛ぶことにした。山本の護衛機を制圧することは非常に難しい任務であり、多くの戦闘を繰り返すことになるだろうと、ミッチは考えた。「ぼくは零戦を追撃したかった」[23] とミッチは語っている。

ミッチは、ソロモン諸島の地図、鉛筆、計算尺をかき集めて、テントのなかで飛行計画を立てはじめた。コンドン少佐が実行可能なルートを立案したが、ミッチは却下した。飛行距離と必要な燃料量を考えると、ルートを計画する上できわめて重要な要素は「タイミング」だった。ミッチには、コンドンが実際にP－38を操縦した経験がないのがわかった。コンドンは、ミッチの飛行機の対気速度も対地速度も知らず、どこで要撃するつもりかもわかっていなかった。そうした要素を知らないコンドンが、要撃にふさわしい時間にふさわしい場所に自分を送り出すことなど無理だとミッチは判断した。[24] それに加えて、ミッチは、ミッチャー少将が同席したブリーフィングで参謀たちが見せた、あたかも自分たちが一番ふさわしいルートを知っていて、ミッチはただ従えばいいという態度にまだ怒っていた。「ぼくの飛行中隊、ぼくの首、ぼくの責任がかかっていた。地上のやつらがあれこれ飛び方を指示するなんて馬鹿げてる」[25]と腹を立てた。

わからないことが多すぎる以上、仮説をもとに計画を考える必要がある。ミッチはまず、いくつかの仮説を立てた。[26]几帳面な山本は予定どおりに最初の訪問地を訪れる。一式陸攻の対気速度は時速二九〇キロ。要撃に最適な地点は山本の目的地から約五〇キロ。日本軍の基地には高射砲と戦闘機が配備されていたので、地上要員が事態に気づく前に撃墜して飛び去りたかった。地図をよく見ると、要撃に最適な地点はエンプレス・オーガスタ湾のすぐ南だとわかった。[27]ランタンと懐中電灯の光で作業しながら、山本の予定ルートの割り出しに取り組み、自分ならどのルートをとるかを想像して、どうすれば山本を見つけられるか推測した。彼はあらゆることを確認しながらその作業を続けた。最終的に、ブーゲンヴィル島上空に要撃地点を定め、そこからファイター・ツーまで逆算してルートを計画した。彼は飛行ルートを五つの行程に分けて作成した。まず離陸し、ガダルカナル島の西に向けて進路をとり、次に北に、そして東に進路を変えてブーゲンヴィル島に向かい、最後に要撃地点に到達するという行程だ。山本を見つけられなかった場合も、飛行中隊は希望を捨てずに、ブーゲンヴィル島を横断して東

郵便はがき

料金受取人払郵便

新宿局承認

1993

差出有効期限
2021年9月
30日まで

切手をはら
ずにお出し
下さい

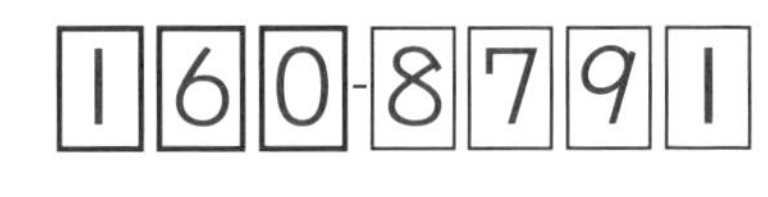


343

東京都新宿区
新宿一－二五－一三
（受取人）

原書房
読者係 行

1608791343 7

**図書注文書**（当社刊行物のご注文にご利用下さい）

| 書名 | 本体価格 | 申込数 |
|---|---|---|
| | | 部 |
| | | 部 |
| | | 部 |

お名前　　　　　　　　　　注文日　　年　　月　　日

ご連絡先電話番号　□自　宅　（　　　）
（必ずご記入ください）　□勤務先　（　　　）

ご指定書店（地区　　　）（お買つけの書店名をご記入下さい）　帳

書店名　　　　書店（　　　店）　合

5782

# アメリカが見た山本五十六（下）

**愛読者カード**　ディック・レイア 著

＊より良い出版の参考のために、以下のアンケートにご協力をお願いします。＊但し、今後あなたの個人情報（住所・氏名・電話・メールなど）を使って、原書房のご案内などを送って欲しくないという方は、右の□に×印を付けてください。　□

フリガナ
**お名前**　男・女（　歳）

**ご住所**　〒　-

市　町
郡　村
TEL　（　）
e-mail　@

**ご職業**　1 会社員　2 自営業　3 公務員　4 教育関係
5 学生　6 主婦　7 その他（　）

**お買い求めのポイント**
1 テーマに興味があった　2 内容がおもしろそうだった
3 タイトル　4 表紙デザイン　5 著者　6 帯の文句
7 広告を見て（新聞名・雑誌名　）
8 書評を読んで（新聞名・雑誌名　）
9 その他（　）

**お好きな本のジャンル**
1 ミステリー・エンターテインメント
2 その他の小説・エッセイ　3 ノンフィクション
4 人文・歴史　その他（5 天声人語　6 軍事　7　）

**ご購読新聞雑誌**

本書への感想、また読んでみたい作家、テーマなどございましたらお聞かせください。

に向けて飛行を続けることにした。ミッチは飛行計画に予想風速と天気予報を織り込んだ。ふたりの情報将校によると、天気は雲ひとつない晴れという予想だったので、ミッチは、五つの行程の範囲の設定、距離、タイミングを計算することができた。この飛行ルートは、おおむね七〇〇キロにおよぶ迂回ルートであり、ガダルカナル島とブーゲンヴィル島のあいだの日本軍が支配する一連の島々を避けた。最後の行程では、日本軍の沿岸警備隊、レーダー施設、支配下の島々のあいだを絶えず巡回している小型ボートに発見される機会を最小限に抑えるために、低高度で飛行する予定だった。飛行中隊が発見されて、それが山本に知らされた場合、山本が引き返すだけではなく、ミッチたちは、出撃が予想される五〇機以上の零戦のなかに無鉄砲に突っ込むことになる。

　ミッチが計画を立てているとき、そばをぶらついていたパイロットたちが興味をもった。何をしているのかとダグ・カニングが聞き、ミッチが手早く説明すると、カニングは唖然とした。山本がどのように真珠湾攻撃を計画したのか、そして彼がペンシルヴェニア通りを進軍してホワイトハウスに乗り込み、講和を命令するつもりだということは誰もが知っている、とカニングは思っていた。[28]噂が広まりはじめ、ミッチはカニングたちに「すぐに説明するから」と言って追い払わなければならなくなった。作戦に参加したい、と彼ら全員が言ったが、ミッチは驚かなかった。[29]ミッチいわく、「大規模な作戦があれば、誰もが参加したいと思うものだ」。彼は、ジョセフ・E・マグウィガン海軍大尉とウィリアム・モリソン陸軍大尉というふたりの情報将校の助けを借りて、算出した数字を何度も確認した。彼は、飛行予定の七〇〇キロメートルのルートに機首方位を記した「進路要図」をつくった。この「進路要図」は、パイロットの膝の上に置けるように、長さ約三〇センチ幅約二〇センチの紙を数枚束ねたものだった。彼は、「進路要図」を精査し、作戦を吟味して、「この距離での要撃に成功するほうに約一〇〇〇対一で」賭けた。作戦自体が無茶なものだったが、それに対してあれこれ言ってもしかたがなかった。彼は命令を受けていたので、ほかの任務同様にこの任務に取り組む必要があるのだ。このときのミッチには、彼のこの言葉が当てはまる。「ぼくはあのころ、自信に満ちあふれていた」

一八機のP－38が使用可能だった。つまりミッチは、P－38を使用するいくつかの飛行中隊に配属されていた四〇人のパイロットから一七人を選ぶことができた。彼は、陸軍航空軍の別の飛行中隊の指揮官であるルイス・キッテル少佐と相談して、この任務にあたるパイロットの人選を一緒に行った。直掩隊を務めるのは、キッテルと以下の中尉たち、ロジャー・J・エイムズ、エヴェレット・H・アングリン、ダグ・カニング、D・C・ゲールケ、ローレンス・A・グレーブナー、レイモンド・K・ハイン、ベスビー・ホームズ、ジャック・ジェイコブソン、アルバート・R・ロング、ウィリアム・E・スミス、エルドン・E・ストラットン、ゴードン・ウィタカー。ミッチは、攻撃隊の「ハンター」もしくは「キラー」として次の四人のパイロットを指名した。トム・ランフィア大尉、レックス・バーバー中尉でふたり一組。ジム・マクナラハン中尉とジョー・ムーア中尉でもう一組。作戦指揮官であるミッチは、編隊の一番機として飛行し、さらに直掩隊の責任者になることにした。

真夜中近くになり、パイロットたちはテント裏の丘の上に集まるよう命令を受けた。[30] 数時間前、ミッチはその丘の上でアニー・リーに手紙を書いていた。そのときは、自分に何が待ち受けているのかまったく知らなかった。ファイター・ツーの四〇人余りのパイロットと整備士と地上要員は、ミッチが待っているのを見つけた。彼は、キッテルと一緒に選んだ一六人のパイロットの名前を書いた黒板を引っ張り上げた。そしてミッチは、事務的な口調で、山本提督を要撃する命令について彼らに伝えた。ブーゲンヴィル島まで途中の島々をくの字に迂回する飛行ルートであり、全行程で海上には目印となる岩がないと説明した。[31] 話をしながら、ミッチは各パイロットに一部ずつ進路要図を配布した。自分が編隊を率い、残りのパイロットはあとに続く、低空で飛行して、無線を使わない、とミッチは話した。「離陸してから敵と交戦するまで、絶対にマイクボタンに触るんじゃない」。[32] ミッチの計算によると、約七〇〇キロメートルある往路のルートは一五〇分かかる予定だった。復路は、ガダルカナル島までまっすぐ戻って約四八〇キロ。往路よりも速く飛ぶことになる。一一〇〇キロ以上の往復飛行をやり遂げるためには、もてる燃料が残らず必要であり、ブーゲンヴィル島で標的を見つけるために飛び回る時間はほとんどないだろう。

ミッチは、自分の僚機にジャック・ジェイコブソンを指名した。つまりジェイコブソンの機は、ミッチの機の少し後ろを飛び、もうひと組の目のようにミッチ機の側面を見張る。彼は、直掩隊パイロット一四人の名前を読み上げ、攻撃隊の四人のパイロットを発表した。ランフィアと僚機のバーバー、ベスビー・ホームズとレイ・ハインが、一組になって、直掩隊を離脱し攻撃隊に加わるよう言われた。ミッチは、自分のあとに続くこと、低すぎない程度に低空飛行をすること、といった飛行の決まりについて繰り返し強調した。[33] そして、こう続けた。「慎重に飛ぶこと。もし少しでも高度を落としたら大変なことになる。そのまま飛びつづければ、自分が高度を落としていたと気づく前に大変なことになるだろう」。パイロットたちは、無線は使わずに手信号だけを使うこと、自分が割り振られた役割に徹することを厳命された。[34] ミッチは、直掩隊が山本を追撃することを禁じた。混乱して飛び回ると、味方を撃つことになりかねないからだ。彼は、中隊の全一八機がたった一機の爆撃機にむらがって撃ち落とそうとするのは避けたかった。直掩隊の役割は「爆撃機が撃墜されるまで攻撃隊を見守り護衛することであり、それ以上のことはするな」と彼は伝えた。

ミッチが話し終えると、丘の上のパイロット全員が、この任務はミッチがサイコロを振って自分たちが全力で戦う、一か八かの賭けであると理解した。[35] 飛行中の機械的な故障、予想外の風が吹けば飛行が遅れたり早まったりすること、予想外の熱帯性低気圧が発生すればそれを回避して飛ばなければならないこと、直前になって山本が前線視察を変更するか視察そのものを取りやめることなど、この任務の不確定要素をすべて考慮すると、うまくいかない可能性は十分にあった。ミッチは、寸分違わず予定地点に到達するために、速度のわからない風を突っ切り、目印のない海を越えて、完璧なタイミングで飛行中隊を誘導する必要がある。すべてがうまくいって、ミッチの予定どおり遅れなく進行したとしても、ブーゲンヴィル島に着いたら、飛行中隊は晴れた空のなかに飛ぶ点のような一機を一生懸命探すことになる。それにもかかわらず、ランフィアはこの任務を大歓迎し、ミッチが自分をバーバーと組ませて攻撃隊に入れてくれたことに感謝した。バーバーも同様にやる気で燃え上がっていた。ほかのパイロットたちは、疑念を解消する方法を探すかのように質問をした。なぜ山本が時間どおりにそこにいると思うのか？　天気はどうなのか？　夜、にわか雨が降っていたので、空気は重く湿っていた。ふたりの情報将校が、山本は恐ろしいほど時間に正確であり、天気予報によると、よく晴れた風ひとつない暑い日になると言ってみなを安心させた。[36] 最後は、その場にいたほぼ全員のパイロットを指揮していたヴィック・ヴィッチェリオが出てきて、短い話をして締めくくった。彼はこの任務の重要性を強調し、「いかなる犠牲を払っても山本を仕留めること」[37] を彼らに命令した。
ファイター・ツーの丘の中腹が熱気に包まれていたころ、ヘンダーソン基地の別の場所では、二カ月間行方不明だったあとに基地に帰還した爆撃機パイロットを、兵士たちが歓待していた。二月に、トーマス・J・クラッセン大尉と搭乗員たちが、「私の愛しい鳩」と名付けたB－17フライングフォートレスで飛行していたとき、八機の零戦に攻撃された。飛行中にクラッセンおよび八名の搭乗員全員が負傷したので、クラッセンは海に不時着せざる得なかった。[38]
全員がなんとか生き延び、一六日間ゴムボートを漕いで、ある島にたどり着いた。その島は、日本軍の占領地域内にあったが、親切な現地人が彼らを迎え入れてくれた。彼らは島伝いにゆっくりと進み、六六日後にようやく救助されてガダルカナル島に移送されたのだった。
ミッチの部下たちはなかなか休めなかった。数時間睡眠をとろうとしてテントに戻ったが、彼らは山本のことを考えていた。ミッチはテントに戻り、新しい贅沢品だと先日アニー・リーに宛てた手紙で書いた、手づくりのマットレスに横になった。ダグ・カニングのテントから音楽が聞こえた。グレン・ミラーの「セレナーデ・イン・ブルー」[39]の心地よい歌詞が流れてくる。「物憂げなセレナーデを聞くと／どこか別の世界にいるみたい／あなたとふたりきりで」。ミッチはいつの間にか眠りに落ちた。

ミッチは夜明け前に目を覚まし、昨晩作業場にしていた食事用テントの長テーブルの席についた。[40] 彼は部下たちと一緒に、粉末卵のスクランブルエッグ、牛乳、スパム、コーヒーの食事をとった。ファイター・ツーの地上要員たちもそこにいた。彼らは夜どおし作業をして、P－38の片翼に一一四〇リットルの補助燃料タンク、もう片翼に六二四リットルのタンクを取り付けていた。補助燃料タンクは飛行機の機動性に影響があるので、計画では、ブーゲンヴィル島の海岸に着いたら、パイロットは補助燃料タンクを切り離す必要があった。地上要員は、パイロットが補助燃料タンクの開閉や切り離しができるように、燃料配管や電気回路の接続をできるかぎり急いで確実にやり遂げた。また地上要員は、各P－38の五〇口径重機関銃四門と二〇ミリ機関砲一門の計五門の機銃に弾薬用容器を装塡した。機首先端正面に取り付けられた五門の機銃は、「集束弾道」（機首に取り付けられた五門の機銃から発射された弾丸は円錐状に広がる弾道を描く）を描くため、配備されて数カ月もしないうちに日本軍のパイロットを震え上がらせていた。整備士と兵器係は、雨が降りしきるなか作業をしたが、一九四三年四月一八日のパームサンデーの朝は快晴で、空は青く、暑かった。すでに一八機のP－38は整備を終えて、いつでも出撃できる状態だった。六四〇キロ以上の飛行に出発する時刻は、午前七時過ぎに設定された。彼らの標的は、ミッチの飛行中隊が出撃してから約一時間後の午前八時（ガダルカナル時間）にラバウルを飛び立つ予定だった。

ミッチは急いで飛行場に行き、機体の翼によじ登ってコックピットに入った。頼んでいた海軍のコンパスが取りつけられているのを見て、思わず笑みがこぼれた。彼は、多くのパイロットと同様、軽量でカーキ色の飛行服を着て、万一パラシュート降下する場合に足を滑らさないように、足にぴったりと合う生革の海兵隊用ブーツを履いていた。ヘルメット、ゴーグル、無線用ヘッドセット、喉当てマイクを身につけて調整する。準備が整うと、罫紙に描いた進路要図を膝の上にしっかりと置く。それは彼のつくった飛行計画だ。山本撃墜作戦の成否は、この非常に詳細に描かれた計画にかかっている。したがって、もし彼の計算が間違っていてパイロットたちが失敗したら、失敗の責任はミッチだけに帰せられるのだ。

ミッチは双発エンジンを始動させ、滑走路表面に敷き詰めた穴の空いた鉄製マットの上をゆっくりと移動し、トラック一台分のサンゴの脇に立っている整備班の横を通り過ぎた。定期検査を行ってはいたものの、鉄製マットの鉄の大釘が緩んでおり、サンゴで補修する準備をしていたのだ。ミッチは、予定どおり七時一〇分に最初に離陸した。ピート・ミッチャー少将が滑走路の端に立って飛行中隊を見送った。そうするのは、東京空襲に向かうジミー・ドゥーリットルが搭乗する爆撃機を、空母の飛行甲板上に立って見送って以来だった。しかし、そこにいたのはミッチャーだけではなかった。極秘任務だと繰り返し通達していたにもかかわらず、噂は広がっていて、海軍や海兵隊のパイロットたちが滑走路脇のくぼみに集まり、アメリカの憎き敵である山本五十六を仕留めに行くミッチたちに声援を送っていた。

次に離陸したのは、ミッチの僚機、ジャック・ジェイコブソンだった。ファイター・ツーの長さは一〇〇〇メートルしかない。つまり、燃料をたくさん積んで重くなっている機体では、パイロットはぎりぎりで離陸し、かつ追加の揚力を得るために、急降下フラップを使う必要がある。ミッチとジェイコブソンは、高度約一二〇〇メートルで旋回しながら、ほかの機が離陸して編隊に加わるのを待っていた。ダグ・カニングとＤ・Ｃ・ゲールケがあとに続いた。次に編隊に加わるのは、攻撃隊の四人のパイロットだった。トム・ランフィア、レックス・バーバー、ジョー・ムーアの全員が見事に飛び立ったが、ジム・マクナラハンは滑走路でスピードが上がらず、離陸しようとした瞬間、タイヤが一輪、緩んだ大釘に引っかかってパンクした。パンクしたタイヤはすぐにずたずたに裂け、Ｐ－38は滑走路から外れて停止した。マクナラハン機は飛行不能となり、出撃できなかった。マクナラハンがこんな具合に離脱したので、当面、攻撃隊は三機に減った。

続いて、残りの直掩隊一〇機は離陸して無事に編隊に加わった。ミッチは腕時計を見て、予定どおり、離陸と編隊を組むのに一五分で終わったのを確認した。七時二五分。全員が任務に向かう準備ができていた。ところが、突然、ジョー・ムーアの機体に不具合が発生した。[41] いったん空中に出ると、要撃および交戦用の内部燃料を残すために、全パイロットがブーゲンヴィル島までの飛行用の外部燃料タンクに切り替えた。しかし、ムーアは横送り弁を作動できず、補助燃料タンクが燃料を送り出さなかった。ムーアがスイッチを入れるたびにエンジンが止まりそうになり、何度試してみても問題を解決できなかった。ミッチは、ムーアが身振り手振りで何かを知らせていることに気づいた。補助燃料タンクから燃料を供給できないという合図だと理解するまでに一分かかった。選択肢はない。ムーアは無理だ。ミッチはムーアを編隊から離脱させなければならなかった。ミッチが離脱の合図を送ると、落胆したジョー・ムーアは機体を左に傾けて引き返した。

飛行中隊は、任務を開始してから二〇分足らずで、不測の事態に備えておいた手段を使わなければならなかった。ミッチはベスビー・ホームズとレイ・ハインに手を振り、直掩隊を離れて攻撃隊に加わるよう指示した。続いて第一区間の飛行を開始するために、いまでは一六機になったP－38ライトニングの編隊の向きを変えて西に向かった。第一区間を通過するまでには、彼の計算だと五五分かかる予定だった。ミッチは方向舵を動かす左右のペダルを交互に踏み、尾部を左右に振った。広がれという合図だった。近接した編隊で全行程を飛ぶと負担がかかるので、それを避けるために、途中は広がって飛んでほしいと、あらかじめ部下たちに伝えていたのだ。彼はまた、編隊を水面から約一五メートルの高度に先導した。この高度で飛んでいると、数分のうちに、この戦闘機の設計上の新たな不具合が明らかになった（これ以外の点ではすばらしかった）。コックピット上部のプレキシガラス内に気泡があったのだ。これまでは、その気泡は問題にならなかった。P－38はおもに六〇〇〇メートル以上を飛行する高高度双発戦闘機だったからだ。しかし、海面すれすれを飛行しているいま、気泡は直射日光を集約する拡大鏡のようなものだった。とはいえコックピットを開けるわけにはいかない。コックピット内の気温は上昇した。温度計は三五度を示していた。[42] パイロットたちは、すぐに汗でびしょびしょになった。

ミッチたちが第一区間の飛行を開始してから三〇分後、そこから一〇五〇キロ北で、山本と宇垣纏参謀長が車でラバウルの東飛行場に到着した。宇垣は上機嫌だった。宇垣によると、「空は晴れ渡り、早起きの鳥が木にとまって楽しそうにさえずっていた」。山本と宇垣は夕方には戻る予定だったので、煙草、眼鏡、小さな日記、ハンカチなどポケットに入るものしか持たない軽装で前線視察に出かけた。宇垣は履物については妥協し、山本たちの選択に従ってパイロットブーツを履いた。パイロットブーツは軽く、脱いだり履いたりするのが楽で、非常に快適だったので、宇垣は満足した。彼はまた、前線視察にカーキグリーンの制服を着て行くと会議で決定したことにも満足していた。宇垣は自分の姿を見て、この制服を着ると「勇壮」に見えると思った。しかし、山本のいつもの服装はぱりっとした白い制服だったので、グリーンの服を着た司令長官を初めて見たとき、宇垣は驚きを隠すことができなかった。[43] 「長官にとってもよく似合っていたが、少し奇妙だった。たぶんこの制服姿の長官を見慣れていないせいだろう」。ふたりは飛行場で同行する数人の参謀と合流した。二機の一式陸攻が、エンジンをアイドリングさせて待機していた。アメリカの暗号解読者が傍受した日本軍の通信では、一式陸攻は一機だけと伝えていたが、最終的に、四月初旬にトラック諸島からラバウルに飛行機で来たときと同じく、安全上の目的から高官を別々の飛行機に乗せることにしたのだ。無駄にできる時間はなかった。山本は機番三二三の一式陸攻に搭乗し、宇垣は機番三二六の一式陸攻に搭乗した。山本は、パイロットのすぐ後ろの「指揮官席」に座るよう案内された。宇垣は機体に搭乗すると、扱いづらい軍刀を帯剣バンドから外し、邪魔にならない場所にしまうために搭乗員に手渡してから、指揮官席に座った。

山本が乗った機番三二三の一式陸攻が、砕いたサンゴでできた滑走路から最初に離陸した。山本は時間に正確であり、出発したのは、二時間の時差を計算するとガダルカナル島の時間で午前八時、山本がいるラバウルの時間で午前六時だった。[44] 宇垣が乗った二番機の一式陸攻があとに続き、さらに、直掩にあたる六機の零戦が離陸して二機一組で飛行した。上空から、彼らはラバウルにそびえる火山を見下ろした。山本が乗っている一番機は二〇〇〇メートルの巡航高度まで上昇し、南に航路を変更した。零戦は、それよりも高く、約二六〇〇メートルまで上昇して、その高度から日本の大切な海軍指導者を見守ることになった。

山本の側近の多くがこの前線視察について懸念していたが、視察は中止されなかった。たしかに、基本的な安全措置はとられており、山本と宇垣は別々の飛行機に乗り、虎の子の零戦六機が直掩に就いた。しかし、この日帰りの視察には明らかに不用意な点があった。[45] ひとつ例をあげると、零戦は無線機を装備していなかった。零戦のパイロットは、いつものように無線機を取り外していた。標準仕様の無線機は、すぐに故障して、音声ではなく雑音を発するので、役に立たないおもりと見なされていた。機体を軽くするために、パイロットは無線機を放り出していた。山本と宇垣が分乗した一式陸攻のほうは、弾薬をほとんど搭載していなかった。[46] 予備弾薬箱を搭載する代わりに、日本帝国海軍の司令長官が乗客として搭乗しており、各機関銃に弾薬帯がひとつ装填されていただけだった。この飛行が攻撃任務ではなく単なる輸送任務と見なされていたからだ。それに加え、飛行前のブリーフィングで、もっとも近いアメリカ軍基地および途中で敵機に遭遇する可能性について、パイロットに注意を促す者は誰もいなかった。

山本と宇垣は問題が起こることを予期していなかった。[47] ラバウルとブーゲンヴィル島のあいだは、日本軍が航空戦力で優位に立ち、制空権を握っていることを知っていたので、すっかり安心していたのだ。この短い飛行に慣れてくると、宇垣はくつろいだ気分になった。時間を潰すために、彼は航空地図を取り出して、眼下の地形を目で追った。宇垣の二番機は山本の一番機と前後に並んで飛行しており、一番機の左後部にかなり接近していたので、宇垣は二番機の翼端が一番機の翼端に触れるかもしれないと思った。窓の外を眺めると、一番機のなかで歩き回っている人が見える。「指揮官席に座る司令長官の横顔をはっきり見ることができた」と宇垣は語っている。山本は、宇垣のように軍刀を預けていなかった。おそらくその刀は、山本にとって特別な意味をもっていたのだろう（それは山本の兄からの贈りものだった）。宇垣から見ると、窓は、日本海軍の栄光を体現する男の横顔を捉えた写真のフレームに見えた。完璧な肖像写真だった。[48]

# 第一六章　命中

　ジョン・ミッチェル少佐と戦闘機パイロットたちの一団は、ミッチが定めた航路の、最初で最長の区間を五五分で飛行した。それはつまり、割り当てられた時間内に三〇〇キロの区間を進むためにミッチが想定した天候、風速、燃料、巡行速度が正確だったことを意味している。ミッチは一六機の編隊を率いてさらに北へ——同時に日本が占領しているあらゆる島から西へ——最初の進路変更を行った。そのころ、彼らの標的である山本五十六を乗せた戦闘機は、ラバウル基地からブーゲンヴィル島を目指し、南へ向かって安定した飛行を続けていた。

　最初の区間は平穏そのものだった。第二、第三の区間も同様で、ミッチは朝日に向かってさらに三〇〇キロ進んだ。一五メートル下の何の変化もない波立つ海を目にしながら、暑くて息苦しいコックピットのなかで延々と飛行を続けていたのだ。「波しか見えない。どれも同じような波だ」と、ミッチは口にした。[1]これほど長く低空を飛ぶのは、D・C・ゲールケにとってはかなりきつかった。暑さと緊張と不安のためだ。自分たちが不利な状況にあるという現実は常につきまとっていたが、ゲールケはそれでもやる気を失わなかった。成功する可能性がわずかでもあるかぎり、この任務は遂行する価値があると思っていたからだ。[2]普段の飛行中は冷静なベスビー・ホームズも、今回は極度の緊張と戦っていた。途中で零戦と遭遇し、戦闘のために飛行を中断しなくてはならなくなる事態を恐れていたのだ。[3]ずば抜けた視力をもつダグ・カニングは、集中力を保つために、サメやクジラやカツオノエボシといった、目につくものを片っ端から探していた。[4]サメは四八匹まで数えた。ひとりのパイロットは、変化のない海と、ターボチャージ付きエンジンの眠気を誘うような低音のせいですっかりまどろんでしまい、海面に向かって少しずつ下降していった。[5]ミッチは、自らが課した無線封止のためにパイロットに呼びかけることもできず、戦闘機のプロペラが水しぶきを上げはじめるのを不安な気持ちで見ていた。幸い、パイロットがはっと気づいてすぐに飛行を修正したので、大事には至らなかった。ミッチにはそんなことがまったくなかったかというと、そうとも言えない。やはり二度ほどうとうとしかけたが、体を揺すってどうにか頭をすっきりさせた。「誰かがぼくの肩を叩いて、『ジョン、針路を保つんだ』と言ってくれた気がした」と、ミッチはそのとき思ったことを語った。

針路を保つのは簡単ではなかった。今回のパイロットたちは——さらに言えば、飛行機を操縦したことのある者なら誰でも——A地点からB地点に移動するとき、たいていは町や都会や川や道路といった目印をもとに、自分がどのあたりにいるかを把握する。こうした長距離飛行ではとくにそうだ。だが、今回パイロットが目にしているのは、果てしなく続く太平洋だけだった。「岩陰ひとつ見えない」とミッチは言った。頼りになるのは、対気速度計、エルジンの腕時計、海軍のコンパス——それだけだ。ミッチは、神経質な癖であるかのように何度も何度も腕時計を見た。一〇〇〇回は見たかと思われるほどだった。そうすることで計画した通りのコースを進んでいることを確認し、ひとつの区間を飛び終えて次の区間に移行するときは、ほかの一五人のパイロットたちが一緒に編隊にいることを確かめた。「間に合うだろうか？」と、ミッチは自分に問いつづけていた。[6]「何よりも重要なのはタイミング」とわかっていたのだ。

午前九時を少し過ぎたころ、約六四〇キロの飛行を終えたミッチは、北東に向けてゆっくりと右に針路を変えた。五分後には、さらに右へ大きく旋回して、最終区間へと入った。それまではミッチの指示にしたがって、編隊はかなり広がっていたが、いまはもっとひとつにまとめる必要があった。そこでミッチは、操縦桿を軽く前後に動かして、自分の「ライトニング」の翼を揺らした。全員にもっと近くに集まるよう指示を出したのだ。パイロットたちはそのとおりにした。今回の任務の鉄則は、「飛行規律の遵守」と「無線封止」。二時間の飛行のあいだ、無線から音が聞こえることは一度もなかった。

ミッチは、まっすぐ前を見据えていた。いまはブーゲンヴィル島に向かっていて、計算によると、あと五分もすれば陸地が見えてくるはずだった。ミッチは、目を凝らして海岸線を探したが、見つけられなかった。まぶしい太陽のせいで、視界が霞んでいたからだ。少なくとも、もっとも高いところで標高二七〇〇メートルあるブーゲンヴィル島の中央山脈は見えるだろうと思っていたので、ミッチはいささか困惑した。距離があるために山脈は見えないとしても、地図上に大きくX印をつけたエンプレス・オーガスタ湾ぐらいは見えるはずだ。その湾からはおよそ六〇キロ以上先まで見通せるため、ミッチはそこを要撃地点に選んでいた。そろそろ最初のチェックポイントが見えてもいいはずだ。ここまで、果てしなく続くと思える海の上を五区間にわたって飛んできた。目印が見えれば、ようやく長い空の旅の終わりを確認できる。だが、霞の向こうにはいまだに何も見えなかった。ミッチは神経が高ぶり、苛立っていた。任務を遂行できないのではないか、何かを間違えたのではないかと不安になったのだ。だがほかに選択肢はなく、飛行計画に沿って最後まで飛びつづけるしかなかった。そこで、ほかの一五機の戦闘機と列をなして海面から離れて上昇してみた。編隊が霞の上にでたとき、ようやくブーゲンヴィル島のエンプレス・オーガスタ湾と海岸線、そしてその先にある山脈が見えたのだ。

沖合約五キロの地点を、島に向かって飛んでいるときだった。

ミッチには、それが何を意味するかがわかった。ちょうど時間どおりだ。[7]

だが、ミッチが安心したのはつかの間で、すぐに新たな不安が湧いてきた。太陽が輝き、空は青く澄みわたっていたが、誰もいなかったのだ。ミッチは、山本の乗った爆撃機と護衛の零戦が空のかなたに小さな黒い点となって現れないかと、前方を見渡した。だが何も見えなかった。パイロット全員が、必死に標的を見つけようと、同じように広大な空に目を凝らしていた。

そのとき、この二時間で初めて、ミッチの無線とほかのすべての戦闘機の無線が音を立てた。ダグ・カニングが、全員で共有する沈黙の掟を破ったのだ。

「敵機発見。頭上一〇時の方向」と、カニングが言った。[8] 双眼鏡のような視力をもち、サメやクジラやカツオノエボシを肉眼で確認していた、このぶっきらぼうなネブラスカ出身者が、はっきりと敵の姿を捉えたのだ。

カニングの発した短い言葉は、全員に衝撃を与えた。「やったぞ！　こんな演習はしたこともないのにすごい」と、援護を担当する直掩隊のルイス・キッテル少佐は思った。[9] キッテルは、速度、高度、飛行経路に関するこれほど多くの仮定や想定に基づいた計画が、まさにそのとおりになったことに驚いた。攻撃を務める「キラー・チーム」の四人のパイロットのうちのひとり、ベスビー・ホームズは、真珠湾の奇襲攻撃を思い出していた。朝のミサに参加していたホームズは、あたり一面に爆弾が投下されはじめたのを見て、ピストルを引き抜いて応酬したのだった。「今度は、山本が驚く番だ」という思いが浮かんだ。[10] だがミッチは、そうした興奮とはまったく逆の思いを抱いていた。ダグ・カニングの発見を自分の目で確認したとき、まず思ったのは、何かが大きく間違っているということだった。一機しかいないはずの一式陸攻が二機いたのだ。どちらも銀色に明るく輝き、真新しく見えた。これは標的ではない――山本は一機の爆撃機で現れるはずだ。[11] ミッチはそう判断した。

ミッチの気持ちは沈んだ。

山本提督を乗せた一式陸攻は南へ向かって航行していた。離陸からおよそ九〇分。後ろには、参謀長の宇垣纏を乗せた爆撃機が続いている。先導役を務める山本機のパイロットは、予定に合わせるために飛行速度を微調整していた。頭上では援護の零戦が、三機ずつふたつのグループに分かれて、両側のやや後方を飛んでいた。

山本の移動は何事もなく進んでいたので、後続機に乗っていた宇垣は、ラバウルを出るとすぐにまどろみはじめた。[12] パイロットたちは、くつろいで仲間と言葉を交わしていた。前方の空に厳しい目を向けるものは誰もいなかった。事前のブリーフィングでは、この地域における敵の活動について何も言われなかったからだ。誰もが、ただ山本を乗せた先頭の爆撃機から目を離さずに、自分の位置を保つだけでよかった。
　ブーゲンヴィル島の北西の端が見えていた。方向舵に三二三と書かれた山本機は、一九八〇メートルから一三七〇メートルへと、巡行高度を少しずつ下げはじめた。時刻は午前九時三〇分近くになっていて、島の海岸線や鬱蒼としたジャングルが茂る低地がはっきりと見えた。どこまでも続くマングローブの生えた沼地、ヤシの木、いくつもの入江。山本は、自分の乗る爆撃機が着実に下降をつづけるなか、予定どおりの一五分後の着陸に備えはじめた。山本も宇垣も、そして八機の航空機のパイロットたちも、誰ひとりとして約一〇〇〇メートル下の右方向で、一六機のP－38ライトニングが海面を覆う霞のなかから現れたことに気づかなかった。[13]
　一機しかいないはずの一式陸攻が二機現れたことで、ミッチは焦っていた。どうする？　こいつらを襲撃するか？　それともこのまま行かせて、山本があとからやってくるのを待つか？即座に決断しなければならない。ミッチは「手のなかの島」を選んだ。来るかどうかもわからない敵を待つのではなく、目の前にいる二機の一式陸攻を追跡することに決めたのだ。「狙える敵を倒そう」と、ミッチは考えた。山本は、二機のうちのどちらかに乗っているかもしれないし、乗っていないかもしれない。だが、わざわざガダルカナルから飛んできて、手をこまねいているわけにはいかなかった。目の前に現れた敵は、倒すのみだ。次の瞬間、ミッチは別のものを目にする。一式陸攻の左右の後方に、零戦が三機ずつ縦に列んで飛んでいたのだ。合計で六機の零戦というのは、山本の移動に関する事前情報と完全に一致していた。ミッチはほっとした。ようやく、標的を見つけたと理解した。[14] つかの間の不安は、冷静で慎重な落ち着きに変わっていた。山本が目の前にいる。やるべきことはひとつ――やつを殺すんだ。

ミッチは上昇を続け、ブーゲンヴィル島の海岸線に沿って山本と平行して飛ぶために、わずかに右へ針路を変更した。いまではひとつにまとまった飛行隊が、すぐ後ろについていた。目の前の任務以外のことを考える暇はなかった。だがミッチには、ひとつどうしても気にせずにはいられないことがあった。あまりに急速に山本に接近したために、もし自分たちが山本のいる一三七〇メートルの高度を飛べば、衝突する恐れがあったのだ。それはまさに、任務の重大さを強調するために、ミッチャー中将の補佐官のひとりが勧めたことだった。「必要とあらば、山本の乗る飛行機に激突しろ」とその補佐官は言った。これほど近くにいるなんて信じられない、とミッチは思った。先頭にいたミッチは、真っ先に突進したいという衝動を抑えなくてはならなかった。山本に激突するのではなく、P－38の集束弾道を利用して二機の一式陸攻を木っ端みじんにするのだ。一方、ミッチのすぐ後ろを飛んでいたダグ・カニングは、敵のもとに突進したくてしかたがなかった。「どうして突っ込まないんだ?」と、カニングは思った。[15] 自分たちが敵機に一番近いところにいたからだ。だがそんなことをすれば、ミッチが要求した統制が乱れる。パイロットたちが勝手に別の方向に離れてしまえば、「キラー・チーム」に山本を狙わせて、数の多い直掩隊が、五〇機以上と想定される零戦から彼らを守るという計画が台無しになってしまう。

その代わりに、いまや無線封止を解いたミッチは、コックピットにあるマイクのスイッチを入れて指令を発した。「振り落とせ」。外づけの燃料タンクを投棄しろ、という意味だ。[16] パイロットたちは、燃料弁を操作して、燃料経路を内部タンクへと切り替えた。そして、合計で一七六〇リットルの追加燃料の入ったふたつの補助タンクを切り離すスイッチを押した。P－38の速度は上がり、より操縦しやすくなった。ミッチは、上昇を続ける飛行隊に、ふたつの編隊に分かれるよう指示を出した。そして、双発機「ライトニング」を伝説的な存在にした特徴のひとつを見せつけるかのように上昇した。その上昇力は、あるパイロットが言ったように「ホームシックにかかった天使が天に帰るような勢い」だった。[17] 直掩隊のほかの一一機はミッチのあとを追った。一行は、予想される敵機の攻撃をかわすために、山本を乗せた日本の戦闘機を超えてさらに上へと上昇をつづけた。「キラー・チーム」の四人が、二機の日本の一式陸攻に向かって方向転換をするときがきた。

「トム、お前の獲物だ」と、ミッチは「キラー・チーム」のリーダーであるランフィアに向かって言った。[18]

だがすぐに、彼らは思わぬ困難にぶつかった。ベスビー・ホームズが、補助タンクを切り離すことができなかったのだ。[19] ホームズがタンクを投棄するスイッチを入れても、何も起こらなかった。あわててブレーカーを調べてから再度試みたが、それでも駄目だった。「くそ！」ホームズは叫んだ。「落ちろ！」だが、タンクは外れなかった。するとホームズは、突進する代わりに、「キラー・チーム」から離れ、機体をゆすりながら海面めがけて逆戻りしはじめた。タンクを振りおとそうというのだ。上空からそれを見ていたミッチは、信じられない思いだった。ホームズは、なんとしても攻撃に加わるべきだった。彼のとった行動は完全に間違っている、とミッチは思った。任務の規律に反している。「鼻先に獲物がぶらさがっているというのに、その場を去った」のだ。さらに、燃料タンクはほぼ空だったので、満杯のときに比べればそこまで操縦の邪魔にはならない。任務の重要さを考えれば、ホームズは当然ながら指示に従うべきだった。さらに状況を悪くしていたのは、僚機のパイロットであるレイ・ハインが律儀にホームズに続いて海へと向かったことだ。ホームズを護衛するのが彼の任務だったからだ。

ミッチは動揺した。計画立案者としての自責の念のようなものも感じていたミッチは、直掩隊の一一機のライトニングを率いて、四五〇〇メートルあたりまで上昇を続けていた。[20] そこでは、あらゆる方向から攻撃してくる零戦と対戦することになると思っていた。誰もが、高高度での空中戦に備えていた。だが目的の高度に達してみると、空はがらんとしていた。敵の戦闘機は一機も見当たらず、下の方に零戦が六機見えるだけだった。そうとわかっていれば――計画策定に関わったミッチやミッチャーや上層部が、日本の最高司令官を出迎える大規模な航空部隊がいないという「まさかの事実」を知っていれば――最初に一式陸攻を目にしたとき、ミッチはカニングが望んだとおりに山本を仕留めていたはずだ。先頭にいた彼は、自分の戦闘機で山本を殺すことだってできたのだ。もう一度やり直せたらどんなにいいかと思ったが、いまさらできることは何もなかった。

ホームズが燃料タンクと格闘している声が聞こえてきた。「待ってくれ、トム」と、ホームズは無線でランフィアに呼びかけた。「タンクを振り落とすから、ちょっと待ってくれ」。だが、そんな時間の余裕はなかった。もはやトム・ランフィアとレックス・バーバーに頼るしかない。「キラー・チーム」は二手に分かれ、二機のP－38ライトニングが、日本の爆撃機二機と零戦六機に向かっていった。

山本と彼の側近、そしてパイロットたちは、あと数分でブインに着陸するつもりでいた。ブインでは基地の司令官とその部下たちが、滑走路の両側に整列して、大日本帝国海軍の最高司令官を迎えようと待っていた。護衛についていた六機の零戦のパイロットたちは、とくに問題が起こるとは思っていなかったが、義務感というよりも単にいつもの習性で、ほかの戦闘機がいないかと水平線に目を向けた。だが彼らは、新たに登場したP－38に遭遇したこれまでの苦い経験から、おもに上方に目を向けていた。日本のパイロットたちは、アメリカの敵がP－38の速度と上昇力を活用し、上空から急降下して攻撃をしかけるのを好むと知っていたのだ。そのため、下を見ようとはまったく思わなかった。

だが、山本とパイロットたちは、先頭を飛ぶ零戦のパイロットを見てあっと驚いた。そのパイロットは一気に加速して先頭に出ると、翼を上下させて必死に彼らの注意を引こうとしていた。山本が見ていると、そのパイロットは下の方を指さしながら、山本の乗る爆撃機を操縦していたパイロットに、下方の右方向に目を向けるよう促していた。そのとおりに下を見た瞬間、山本の右手にいた護衛のパイロットも、先頭のパイロットが発見したものに気がついた。三機の零戦は、すさまじい勢いで接近してくる二機のP－38ライトニングと戦うために急に方向転換をした。同時に、山本機のパイロットはふたつのことをした。スロットル・レバーを倒して一気に加速し、攻撃を受けにくいジャングルの梢めがけて急降下を始めたのだ。そこに行けば、相手は攻撃しづらいはずだった。戦闘機の機関銃のほとんどはわずかに上を向いている。そのため射撃に最適なのは、標的よりやや低い位置だ。敵が木の真上を飛びながら山本の下にすべりこもうとすれば、あっさりジャングルに墜落してしまうだろう。山本機のパイロットが取ったのは賢明な回避行動だった――そこに早く到達できれば、だが。

山本機の急降下に続いて、宇垣の乗った爆撃機も同じことをした。この動きに驚いた宇垣は、急いでパイロットたちに戦闘態勢を取らせた。どちらのキャビンも、男たちのどなり声と、開いた射撃孔から吹き込んでくる風のせいで、混乱と騒音の坩堝と化していた。しかし、宇垣を乗せた一式陸攻のパイロットは、速度を上げすぎた。[21] あまりに急激に加速したために、機体が振動しはじめたのだ。速度を落として機体を安定させるために、パイロットがスロットル・レバーを強く引いたので、山本機からさらに大きく遅れてしまった。機体の上を銃弾が飛んでいくのを見ながら、宇垣は必死に状況を理解しようとした。銃弾のなかには曳光弾もあった。「あれは光を発する特別な弾丸です」と、ある乗組員が言った。次々と襲ってくる弾丸が命中することはなかった。宇垣は、騒音に勝る大声でどなった。「山本提督の搭乗機はどうなった？」

ミッチは自分の操縦席から、目まぐるしく展開する状況を把握しようとしていた。ホームズは補助タンクを振り落とそうと海面近くにいて、ハインがそれに付き添っている。ランフィアとバーバーは、それぞれが自分の判断で動いている。ふたりは八キロほど先を飛ぶ一式陸攻を追っていた。ランフィアは最短距離を選び、九〇度の方角からまっすぐ日本の爆撃機のほうへと向かっていた。ふたりが驚いたのは、敵が編隊を崩すことなく、ブーゲンヴィル島の海岸線の上をブインにある基地の方角へと飛びつづけていたことだ。それは、こちらに気づいていないことを意味している。バーバーはこう思わざるをえなかった。「やつら、少しばかり居眠りでもしてたんじゃないか」。[22] バーバーとランフィアは、敵機の後ろにまわって射撃に最適な位置につきたいと思っていた。だがあと一・五キロというところまで近づいたとき、二機の一式陸攻の後方右側を飛んでいた三機の零戦が、補助タンクを投棄して急降下するのが見えた。

ランフィアとバーバーには、P－38がどんなに急いだところで、零戦より先に一式陸攻に追いつくのは無理だとわかっていた。ふたりは零戦と同じように、一式陸攻の後ろにつこうとした。ひとつの方角からはランフィアとバーバーの操縦する二機のP－38が、別の方角から零戦が、ともに時速五〇〇キロ近いスピードで同じところを目指す。双方のあいだの距離がわずか三〇〇メートル――フットボール場三つぶん――に縮まったとき、ランフィアは瞬時の判断で左に逸れて、一直線に敵の零戦に向かっていった。それは、バーバーを援護する大胆な動きとも言えたが、ミッチは、パイロットたちが空中戦にとらわれているうちに、一式陸攻を逃がしてしまうのではないかと気が気ではなかった。「爆撃機を撃て」とミッチは、無線で叫んだ。[23]

「何やってる、爆撃機を狙うんだ！」

ランフィアは、敵の攻撃をかわしながら零戦に向けて発砲した。相手も撃ち返してきた。バーバーはそのまま進み、数秒で一式陸攻に追いついた。そしてライトニングを右に傾けて後ろにつこうとしたが、あまりに大きく機体を傾けたために、翼が一瞬視界をさえぎり、二機とも見えなくなってしまう。機体を水平に戻したときには、一式陸攻は一機だけになっていた。もう一機がどこに消えたのか見当もつかなかった。実は、バーバーは全速力で飛びながら、二機目の一式陸攻のちょうど真上で機体を傾け、一機目のうしろで水平に戻したのだった。バーバーの置かれている状況は、理想的とはとても言えない。射撃に適した速度を超えていたので、精度に影響がでてくる可能性がある。そして、爆撃機の後方という位置も、攻撃を受けやすいという問題があった。バーバーは尾部銃をじっと見つめた。追跡中、カーブを描いたときに高射角射撃をすればよかったのだ。そして最後に、高度の問題があった。高度が低すぎた。その時点で、あまりに低空を飛んでいたので、木と接触しないか気を配らなくてはならない。だが、三二三と書かれた一機目の一式陸攻が目の前で梢の高さを飛んでいる以上、そんなことは気にしていられなかった。

バーバーは、P－38の機首に装備されている四挺の機関銃の引き金を引き、二〇ミリ砲弾の発射ボタンを押した。わずか四五メートルの距離から、ライトニングのもつ射撃能力をすべて使って集中攻撃を浴びせたのだ。一式陸攻の右エンジンに弾が命中し、すぐに煙が上がりはじめた。別の銃弾が、機体を貫通して左エンジンに当たった。バーバーはさらに、左翼全体を銃撃し、尾部をばらばらにした。バーバーが集中射撃をするたびに、一式陸攻の機体を覆う薄いアルミニウムが引き裂かれた。飛行範囲を広げるために、重い装甲を施さない設計がされていたのだ。P－38ライトニングの四挺の機関銃の掃射を浴びるたびに、一式陸攻は激しく振動した。山本五十六は自分の席についたまま、振り返ろうと左を向いた。その刹那、掃射された何百もの五〇口径の弾丸のうちのふたつが山本を捉える。ひとつは山本の左肩に命中したが、その傷は深くはなかった。だが、もうひとつの弾丸が顎の左下から入り、わずかに上方に向かって脳を引き裂き、右のこめかみから出ていった。[24] これが致命傷となった。

バーバーはすでに敵のすぐ近くまで接近していた。そして一式陸攻の尾部機関砲を見て、そこに銃手がいないことを知った。銃撃をまったく受けなかったのはそのためだった。彼はもう一度、機体に集中砲火を浴びせた。一式陸攻は、空中で動きを止めたように見えたあと、わずかに左へ傾いた。「四分の一回転だけのスナップロール」だった。バーバーは危うく衝突しそうになり、上を向いた翼をかろうじて回避すると、一式陸攻の上空を一瞬で通り過ぎた。日本の爆撃機が突然失速したのは、パイロットが死亡する瞬間に無意識に操縦桿を引いたためだと思われたが、たしかなことはわからなかった。振り返ってみてわかったのは、エンジンから出た炎が燃料に引火したのか、一式陸攻が黒い煙をもうもうと吐き出していることだけだ。バーバーは、落下を続ける敵の機体が水平になるのを目にした。いまやジャングルの梢まで一〇〇メートルもなかった。バーバーが見届けたのはそこまでだった。後方から一機の零戦が接近してくるのがわかったからだ。次の瞬間、銃弾が機体に当たる金属音が続けざまに聞こえた。銃弾がすごい勢いで襲いかかってきた。[25] バーバーは、コックピットの装甲板の下で身をかがめながら、脱出に取りかかった。敵が攻撃しづらいように梢に沿って飛び、急旋回してなんとか海岸線まで戻ると、無線に向かって叫んだ。「敵の爆撃機を一機、撃墜したぞ!」[26]

もはやレックス・バーバーの目には見えなかったが、一式陸攻はブインの方向へ向かっていた。だが、目的地には到達できそうもなかった。炎に包まれた爆撃機は、ジャングルの林冠をかすめてから墜落した。梢に接触して左の翼がもぎとられていた。墜落の衝撃で爆発炎上し、機体がばらばらになった。大きな塊のまま残っていたのは、尾翼とエンジンと翼の一部だけ。搭乗していた一一人は、あらゆる方向に投げ出され、ひとりを除いて見分けがつかないほど黒こげになっていた。その一一人目の搭乗者は、機体の残骸から離れたところで、座席のベルトをしっかりと締めたまま座っていた。奇妙な光景だった。ひとりの将官が、林のなかで背筋を伸ばして座っている――緑がかったカーキ色の軍服を着て、胸に略綬(りゃくじゅ)をつけ、両手には白手袋をはめた姿で、左手で軍刀を握りしめている。山本五十六最高司令官は、まるで休んでいるかのような姿だったが、そうではなかった。彼は死んでいた。[27]

ミッチは高度四五〇〇メートルで旋回をつづけ、敵の零戦を発見しようと努めながら、はるか下方に神経をとがらせていた。だが、見えたのは、ブーゲンヴィル島のジャングルでひとつ、またひとつと上がる炎くらいだった。ランフィアと護衛機の零戦との空中戦や、ランフィアが零戦から逃れて一式陸攻を追跡するようすは見ていなかった。ベスビー・ホームズが、燃料タンクを海に投棄して、僚機のパイロットであるレイ・ハインとともに、一機目の一式陸攻がジャングルに墜落するまえに、ブーゲンヴィル島に向かったのも知らなかった。ホームズは、火の大きさからして、レックス・バーバーが一機の一式陸攻を撃墜したとマイクに叫ぶ声を聞いた直後に、その一式陸攻が墜落したのだと思った。[28] ミッチの下方では、あいかわらず激しい動きがつづいていた。[29] 二機目の一式陸攻が海へ向かって逃げようとするのに気づいたホームズが、ハインとともに、バレル・ロールと呼ばれる機動飛行をして追跡をはじめていた。一方バーバーは、零戦からなんとか逃れ、ジグザク飛行をしながら銃撃をかわしていた。そのとき、ホームズとハインが、海へ向かって頭上を高速で通過して、零戦を追い払ってくれた。バーバーが、海面の上を島の縁に沿って飛行するもう一機の一式陸攻を目にしたのは、そのときだった。水しぶきがあがるほど低空を飛行していた。ホームズとハインは、その爆撃機めがけて急降下した。[30] バーバーも全速であとを追った。敵の零戦がそこら中で飛びかっていた。三人の乗った戦闘機は攻撃を開始し、バーバーは敵の機体に接近して集中射撃を浴びせた。一式陸攻は爆発して海に墜落した。破片が散乱して、バーバーのライトニングにぶつかった。塊のひとつが左の翼を直撃し、別の塊が頭上の天蓋（キャノピー）に深い傷をつけた。

　ミッチとほかの一一人のパイロットには、実質的には何も起きなかった。燃料消費量に関する不安が募ったぐらいだ。長く旋回をすればするほど、ガダルカナルへ戻るための燃料が減っていく。ダグ・カニングは、ある時点で零戦に遭遇したときに、あわや戦闘になるところだった。相手に気づかれずに後ろに回り込んだまではよかったが、そのときキャノピーが曇ってしまったのだ。何も見えなかった。カニングは手でキャノピーを拭おうとしたが、さらにひどいことになって、すべてがぼやけてしまった。それで、みすみす零戦を見逃すしかなかった。カニングがふとまわりを見まわすと、独りぼっちになっていた。ミッチやほかの直掩隊のパイロットたちがどこへ行ってしまったのか、まったくわからない。唯一すべきことは、さらに高度をあげることだった。そこで約五五〇〇メートルまで上昇して、もう一度あたりを見まわしてみたが、やはり誰も見つけることができなかった。沖に向かって一六キロほど移動し、明らかに孤立してしまったのだ。[31]カニングは、ひとりで旋回を続けた。

　戦闘はすべて海面に近いところで行われていた。ミッチは四人のパイロットを見てはいなかったが、無線の激しい応酬の断片を耳にし、海岸沿いのあちこちであがる銃撃の煙を目にしていた。ジャングルでも、ひとつかふたつ炎があがった。ミッチにとってそれらの炎は、日本の爆撃機が撃墜されたというたしかな証拠だった。ミッチは、たったひとりの陪審のように、裁定をくだす必要があった。さらに燃料に関する懸念や、要撃が一〇分近くつづいていることを考えると、一刻も早く判断をくださなければならなかった。もっとも警戒を要したのは、ブイン基地のあたりで塵雲が湧きはじめたことだ。それは、戦闘機が緊急発進しようとしていることを意味していた。合理的な疑いを排除するほどの証拠はなかったが、ミッチはふたつの結論に達した。聞こえてきた無線の断片からすると、「キラー・チーム」のパイロットたちは無事だ。そして、ジャングルであがった炎は、彼らが敵の爆撃機を撃墜するという任務を果たしたことを意味している。ミッチは叫んだ。「急いで撤収だ！」[32]

P－38の一団が、ガダルカナルを目指して南東へ針路をとったとき、ミッチは、ランフィアが助けを求める声を聞いた。ミッチは一瞬ためらったが、ほかのパイロットたちにそのまま行くよう叫んでから、はるか下のようすをうかがった。ブーゲンヴィル島の東端沖に、一機のP－38が見えた。海面ぎりぎりを飛行していて、エンジンと後部から煙が出ていた。零戦がP－38の後ろについているのが見えた。零戦の機関銃がわずかに煙を立てている。ミッチと僚機のジャック・ジェイコブソンは、ただちに四五〇〇メートルの高度から全速力で降下して助けに向かった。速度が時速六四〇キロに達し、いまにもバフェティングが起きそうになったとき、零戦が突然P－38から離れていった。零戦のパイロットは、明らかに、ミッチとジェイコブソンが急接近していることに気づいたのだ。ふたりは、逃げる零戦に向かって銃撃を浴びせた。

零戦がブインの飛行場へ向かったので、あとは追わなかった。

ミッチとジェイコブソンは、零戦に追われていたP－38を見つけることができなかった。別の零戦が、損傷を受けたP－38に襲いかかってとどめを刺したのかとも思ったが、ふたりのどちらも、P－38が墜落するところは見ていなかった。さらに一分ほどあたりを調べてみたが、帰りの五〇〇キロ近くを飛ぶだけの燃料を残すには、すぐにその場を去らなければならないとわかっていた。最初ミッチは、このP－38を操縦していたのはランフィアだと思っていた。ミッチが全員に撤収を命じたちょうどそのときに、助けを求めてきたのがランフィアだったからだ。だが助けを求めたとき、ランフィアは別の場所で必死に零戦から逃れようとしていたのだった。そして零戦を振り切ると、すでにミッチよりも先に、ガダルカナルへと向かっていた。

墜落したパイロットは、ジェイコブソンの友人で、テントを共にしていたレイ・ハインだった。[33]ベスビー・ホームズとレックス・バーバーは、三機で第二の一式陸攻を追跡していたときにハインを見失っていた。「あんなにいいやつは、いなかった」。その晩、ジェイコブソンは日記にそう書いた。「無事に着陸していればいいが」。だが、インディアナ州の出身で若干二三歳のレイモンド・K・ハイン中尉が戻ってくることはなかった。ハインも、彼のP－38も、行方はまったくわからなかった。

帰途についていたミッチとほかのパイロットたち——とくに「キラー・チーム」の三人——は、撃墜した二機の一式陸攻には生存者がいないと思っていた。一機目はジャングルに墜落したときに爆発して火の玉と化しており、二機目は海に墜落したからだ。だが、この二機目の一式陸攻に関しては、その考えは間違いだった。一一人の搭乗者のうち、三人が生きていたのだ。山本の参謀長である宇垣纒と、操縦していたパイロットと、将校のうちのひとりだった。彼らの乗った爆撃機は、全速力で海面に衝突し、左に横転して炎上したが、宇垣とパイロットは衝撃でコックピットを覆っているキャノピーから外へはじき出されたと思われる。三人目の生存者である将校は、なんとか機体の残骸から脱出していた。重傷を負った宇垣は、残骸のなかにあった大きな道具箱につかまると、それを浮きにして一八〇メートル離れた浜辺にたどり着いた。近くの兵舎から駆け出してきた兵士たちは、宇垣が敵ではなく味方だとわかって、宇垣とパイロットと将校の三人を海から引きあげた。宇垣がもっとも重傷だった。全身に傷や打撲を負い、左目は腫れあがって開かなかった。顔には血の塊がこびりつき、左の肋骨が折れ、右腕は複雑骨折していた。宇垣は兵舎に運ばれ、医療班が傷の手当をはじめた。だが宇垣は、緊急ですべきことがあると言い張った。そしてブインの基地司令官を呼び寄せると、「墜落に関する連絡は、極秘電文を使って行うこと。この情報へのアクセスは可能なかぎり制限するように。これは参謀長からの指示だ」と伝えた。そのあとで、ほかに生存者がいる可能性に注意を向けた。そして救助隊をふたたび浜に向かわせ、残りの搭乗者の捜索にあたらせた。山本の搭乗機について尋ねると、すでに捜索機が墜落現場に向かっているとのことだった。

ミッチとパイロットたちは、宇垣の乗っていた爆撃機については間違っていたものの、一機目の爆撃に関しては、読みが当たっていた。生存者はいなかったのだ。宇垣さえも、傷の手当てを受けながら、偵察機が生存者を見つけるのは絶望的だと語った。山本の乗る一式陸攻が、減速してジャングルの上をかすめるように南の方へふらふらと飛行するのを目撃していたからだ。機体からは黒い煙と炎がでていた。それを目にしたとき宇垣は、あえぎながら独りつぶやいた。「なんということだ」。そして搭乗員の肩をつかむと、窓の外を指さして言った。「長官の飛行機から目を離すな!」数秒もたたずに、山本を乗せた一式陸攻は姿を消した。[34] 宇垣は目を凝らしたものの、見つけることはできなかった。不吉な黒い煙がジャングルから立ちのぼっているのが見えただけだった。

数時間しないうちに、航空捜索隊が墜落現場を特定し、機体の残骸やその周辺に生存者がいる兆しはないと報告してきた。日曜の午後の半ばまでに、東京の軍司令部と海軍大臣に、山本の乗った飛行機が墜落して行方がわからないことを知らせる軍用電文が発信された。この極秘電文を受けて、日本海軍の首脳部による緊急会議が開かれた。[35] ラバウルでは、前日の晩に山本に同行を願い出ていた戦務参謀の渡辺安次中佐が、急遽基地から飛んできて捜索に加わった。山本の長年の友人だった福留繁中将は、すっかり打ちのめされ、全員の気持ちを代弁するかのようにこう嘆いた。「山本はひとりだけだ。余人をもって代えがたい」[36]

攻撃の最中にばらばらになった一五機のP−38は、ひとつには固まらず、さまざまな組み合わせで戻ってきた。ミッチと僚機のジャック・ジェイコブソンは、連れだって高度約三〇〇〇メートルを飛行していた。ダグ・カニングは、僚機のD・C・ゲールケを見つけることができなかったが、代わりにベスビー・ホームズを目にした。燃料が底を尽きかけ、苦労して飛んでいたので、念のため付き添うことにした。仲間とはぐれたトム・ランフィアとレックス・バーバーは、単独で飛行していた。

ガダルカナルへ戻る途中、ランフィアは自分を抑え切れなかった。「おれがあの野郎を仕留めたんだ！」[37] ランフィアは、勝ち誇ったように無線に叫んだ。「もはや、あいつがホワイトハウスで命令をすることはない」。全員が聞いていたわけではなかったが、これを聞いたパイロットは耳を疑った。山本の乗る爆撃機を撃墜したのが自分だというランフィアの主張は、控え目に言っても勇み足だったが、何よりも標準的な手順を踏んでいなかった。「ランフィアは、ほかのパイロットたちと照合確認をしていなかった」と、直掩隊のルイス・キッテル少佐は語った。[38] ランフィアが一式陸攻を攻撃したのが本当だとしても、彼の振る舞いは経験豊富な戦闘機パイロットとしてふさわしいものではなかった。それどころか、まるで誰よりも先に自分の土地を確保しようと公有地管理局に駆け込む、金採掘者のようだった。さらに悪いのは、機密保護違反を犯したことだった。アメリカの司令官たちが必死に守ろうとしていた暗号解読の事実を、危険にさらしてしまったのだ。パイロットのひとりであるロジャー・J・エイムズ中尉は、ランフィアのこの驚くべき発言を聞いたとき、ミッチがまさにその点を懸念していたことを思い出した。「黙って島を離れるんだ」と、ミッチは指示を出していた。「余計なことは一切言うな。アメリカがやつらの暗号を解読しているかもしれないなどと、日本にこれっぽっちも思わせてはならない」。ランフィアが、山本の悪名を高めたホワイトハウスのくだりに言及したことで、明らかに山本を指しているとわかる話を無線でおおっぴらに口にしたのは、無分別そのものだとエイムズは思った。[39]「もし日本側がランフィアの発言を傍受したとしたら——きっと、すぐに気づくだろう」

ランフィアの勢いはとまらなかった。午前一一時近くにファイター・ツーに着陸したランフィアは——直掩隊のパイロットたちの多くはすでに帰還していた——近くにいた全員に自分の成果を吹聴してまわった。戦闘にかかわったレックス・バーバーやほかのパイロットたちにはまったく触れず、自分が護衛の零戦と対戦したあと宙返り飛行をして、悪名高い敵の提督の飛行機を攻撃し、ジャングルに墜落するのを見たという話を延々と語った。地上で最初にランフィアに会ったある将校は、まだコックピットにいるランフィアが、ことあるごとに「山本最高司令官を倒した」のだとまくしたてるのを聞いた。その将校――ジョセフ・ヤング大尉――は、ランフィアの発言に驚いていた。ランフィアのことはよく知らなかったが、非常に冷静で、しっかりとした優秀なパイロットだという評判は聞いていた。ヤングは、ランフィアのはしゃぎぶりに非常に驚き、その態度を分別のないものと見なした。[40] ランフィアは次にジープに乗り込むと、指令所のあるテントに向かって滑走路を走らせた。ランフィアが後部座席で立ち上がり「やったぞ！　やったぞ！　おれがあの野郎を仕留めた！」と叫ぶようすは、まるでウイニング・ランのようだった。[41] それを見て不快に感じる者もいた。ある機付長（クルー・チーフ）は、のちにランフィアを風刺する詩をつくった。「おれがやった。おれがやった。それがランフィア大尉の言ったこと／おれがひとりで山本を殺した／ほかの誰にもそうは言わせない／おれの名誉を横取りしておれの顔に泥を塗る気だから」[42]

ランフィアの振る舞いは、ファイター・ツーで帰還したパイロットたちを歓迎する雰囲気とは一線を画すものだった。[43] 少なくとも一機のP－38は、宙返りや低空飛行をしてみせて、待ち受ける者たちを喜ばせた。飛行機から飛び降りたパイロットたちは、次に着陸するパイロットを出迎えようと興奮して集まっていた。そして午前一一時三〇分ころ、リーダーのミッチが着陸すると、彼らは飛びはねながらミッチに喝采を送った。「フットボールの試合で勝ったときのようだった」と、ミッチは当時を思い出して言った。ミッチがパラシュートをはずしてコックピットからおりると、機付長全員が拍手喝采をしてこの英雄を出迎えた。

ミッチの燃料タンクはほぼ空だった。[44] ほかのパイロットたちのタンクも同様だ。とくに「キラー・チーム」のパイロットたちは、日本軍との戦闘で燃料をかなり消費していた。実際ホームズは、燃料がなくなって途中で給油に立ち寄らなくてはならず、帰還が遅れた。主要な翼タンクが、戦闘による損傷で空になり、ラッセル諸島の建設中の滑走路に着陸したときは、もうひとつのタンクに一五リットルしか燃料が残っていなかった。損傷を受けたのはホームズの戦闘機だけではなかった。[45] ランフィアの乗った戦闘機は、水平尾翼のひとつに弾痕がいくつかあった。水平尾翼は、機体を制御しまっすぐ飛べるようにする、最後尾についている小さな翼だ。だが損害状況を調べるのに時間を要したのは、バーバーの戦闘機だった。追いかけてきた零戦がP−38の後部に向けて発射した五二発の銃弾によって一〇四の穴があき、二機目の一式陸攻が放った金属塊が機体にまだ刺さっていたのだ。バーバーはミッチよりほんの少し早く帰還し、ふたり一緒に、ほかの者たちが耳にしたことを聞かされた。それは、山本を撃墜したというランフィアの主張だった。

バーバーは不満だった。バーバーとランフィアは、すぐにその件でやり合うことになった。

「いったいどうして、お前が山本を仕留めたなんてわかるんだ?」と、バーバーが罵った。バーバーは、自分が先頭の爆撃機を撃墜したとはっきりとわかっていたが、山本がそれに乗っていたと言い切ることができないのも、よく承知していた。ランフィアが一式陸攻を撃墜したかどうかも疑わしいと思ったが、たとえ撃墜していたとしても、どうしたらランフィアのように「自分が山本を仕留めた」などと自信をもって言えるのだろうか？[46] ランフィアはあくまで自分の言い分にこだわり、バーバーを嘘つき呼ばわりした。そして、ベスビー・ホームズが戻ってくると、緊迫の度合いがさらに高まった。ホームズが、迎撃に関するさまざまな報告のなかで、自分と行方不明になったレイ・ハインがふたりとも完全に無視されていると知り、怒りを爆発させたのだ。ホームズは、二機目の一式陸攻と、何機かの零戦を撃墜したと言い張った。[47]

正式な報告会は開催されず、彼らの対立する主張は、非公式の話し合いの場で、前の日に作戦の構想を練る手助けをしたふたりの情報将校に伝えられただけだった。そのふたりとは、ジョセフ・E・マクギガン海軍大尉と、ウィリアム・モリソン陸軍大尉だ。騒動が大きくなるにつれて、湧き上がる称賛の嵐に影を投げかける恐れがでてきた。その朝、一行を送り出したピート・ミッチャー海軍中将は、バーボン・ウイスキーのI・W・ハーパーをひとケース積んだジープを、ファイター・ツーの指令室となっているテントの前に停めた。「大活躍だったな」。大喜びのミッチャーは、そう言ってパイロットたちと握手をしてまわった。[48] 「日本軍が無線で大騒ぎしているのを聞いて、やつを倒したのだと思った。きみたちが、どれほどすばらしい仕事をしたか自覚してもらいたい。あれこそ飛行と呼ぶにふさわしいものだ」。海兵隊のジョン・コンドン少佐も同様に感銘を受け、この任務を「ミッチェルの驚くべき成果」と評した。[49]

一式陸攻は三機いたに違いない、という一見もっともらしい結論に落ちついたことで、三人のパイロットのあいだの激しい言い争いは収まった。[50] その説はのちに誤りであることが判明するが、そのときは辻褄が合うように思えた。それぞれのパイロットの言い分を考慮すると、バーバー、ランフィア、ホームズが一機ずつ撃墜したことになるからだ。そうしてようやく平和が戻り、「キラー・チーム」のパイロットたちは落ち着いた。一時は記者として働いたことがあり、表現方法を知っているランフィアは、マクギガンとモリソンにかけ合って「戦闘機報告書」にきちんと書いてもらうからと、バーバーとホームズを安心させようとまでした。そのあいだもミッチは、常にリーダーとして事態の収拾に尽力し、誰かの個人的な栄光ではなく、もっと大局を見るよう説いていた。この任務は、チームとしての取り組みだったからだ。「誰が山本を撃ち落としたかなんて、どうだっていい」とミッチは言った。[51]「ぼくたちは、力を合わせてやつを倒したんだ。そのために出かけていって、任務をやり遂げた。どこの誰が山本を撃墜したかなんて、ぼくは気にしない。みんなで仕留めたんだ」

男たちは、夜遅くまでどんちゃん騒ぎをして盛りあがった。「まるで野球の試合を終えた高校生の集団のように歌いつづけていた」。[52]『ヤンク』誌の従軍記者であるマック・モリスは、ヘンダーソン飛行場近くの自分のテントのなかでそう書いた。ファイター・ツーで、なぜ陸軍の戦闘機パイロットたちが騒いでいるのかは知らなかった。「三、四人の男たちが、犬のように遠吠えをしている」。マークはさらに続けた。「私が知っている歌をすべて歌って、レパートリーを歌い尽くしたのだと思う――そうであってほしい」。だが、男たちはさらに盛り上がって、夜通し騒ぎつづけた。ミッチャーから連絡を受けたブル・ハルゼーから、心の込もった激励とも言える賛辞が寄せられたからだ。「おめでとう！　ミッチェル少佐とハンターたち」。[53]ハルゼーがニューカレドニアから送ってきた電文には、そう書かれていた。「獲物袋に入れたアヒルの一匹が、クジャクだったようだな」

この二日間で、ミッチは初めて力を抜くことができた。この瞬間は、何事にも邪魔されたくなかった。任務は大成功で予想以上の成果をあげた。ミッチの途方もない夢をさらに超えたものだった――レイ・ハインを失ったことを除けば。出発したときには、待ちかまえる零戦の大群との戦いで、大きな犠牲がでると思っていた。だが、予想に反して、そうはならなかった。ミッチは、短期間で、そしてほとんど推測航法（デッド・レコニング）に頼って、敵のリーダーを狙った標的殺害（ターゲテッド・キル）という史上もっとも長い空中戦のひとつを統率したのだ。

ほんの数週間前、ジョン・ミッチェルは、帰国を懇願するアニー・リーに「まだ帰る段階にはない」と伝えていた。十分に任務を遂行したとは思えないから、というのがその理由だった。だが、一九四三年四月一八日のこの晩、もはやそうは思っていなかった。ミッチは歴史的な偉業を成し遂げたのだ。山本は真珠湾攻撃の立役者だった。そして、ミッチは山本殺害計画の立役者だった。「ぼくたちは家に帰るぞ!!」[54] ミッチは、妻に宛てた次の手紙でそう知らせた。そして、まるで彼女の耳元でささやくかのように、感情を抑えた調子でこう続けた。「今回の任務で、パイロットたちを率いてやったちょっとした戦闘については、すばらしい話を聞かせてあげるよ」

# エピローグ

一九四三年四月一八日日曜日に山本の搭乗機が撃墜されたという一報を受けて、参謀として提督を支えてきた渡辺安司中佐がブーゲンヴィルへ捜索に向かおうとしたが、ラバウルで激しいスコールに見舞われ、出発が延期された。翌日ブインに到着した渡辺は、基地の約三〇キロ西方で軍用道路建設に従事していた陸軍兵一一名がすでに墜落現場へ派遣されていると聞いた。捜索隊は鬱蒼としたジャングルを突っ切って現地へ向かい、夕暮れ近くになって一式陸攻の残骸を発見した。あたり一面に、焦げた肉と煙とガソリンが入り混じったような、非常に不快なにおいが漂っていた。残骸の周辺には一〇名の遺体が散らばっていたが、ベルトをつけた状態で座席ごと機外に放り出されていた別の一名を発見した当初、捜索隊はまだ生存者がいると思ったという。しかし、うつむいたままで動かない男を見ると、やはり死亡していた。指二本が欠損していることから、遺体は山本五十六であると確認された。

山本とほか一〇名の遺体は翌四月二〇日火曜日にブイン基地へ運ばれ、検死のあと火葬に付された。渡辺は山本の遺骨をパパイヤの葉を敷いた小さな木箱に入れた。そして同日、東京の大日本帝国海軍司令部に提督の戦死を知らせる電信を送ったが、[1]受け取った海軍は当初この衝撃的な知らせをひた隠しにし、一方で指揮命令系統を維持するために後任の連合艦隊司令長官として古賀峯一(こがみねいち)を即日任命した。[2]古賀に山本と同等の働きを期待した者は――古賀自身も含めて――ほとんどいなかった。昇格後、古賀は「山本はこの世にひとりしかいない。彼を失ったことがわれわれにとって計り知れない打撃だ」と述べている。

渡辺は、山本の遺骨を携えて、襲撃により負傷した宇垣纏参謀長とともにラバウルへ戻った。基地では山本の死は伏せられたまま内輪の通夜があわただしく営まれ、上級将校のみが最後の別れを告げた。数日後には渡辺と宇垣がラバウルから艦隊の投錨地であるトラック諸島へと向かい、さらに五月七日、宇垣が提督の遺骨を故国に持ち帰るため旗艦〈武蔵〉で東京へ向けて出発した。そのころ日本では、指導者たちが事件に関する報道を抑えようと躍起になっていた。国全体が大混乱に陥ることを恐れて少しでも時間を稼ぎたいと考えたためだが、旗艦の到着予定日が五月二一日となり、海軍当局はそれ以上の先延ばしを断念せざるをえなかった。五月一九日に、彼らは山本の妻礼子と家族に知らせた。

さらにその翌日早朝、予備役に編入されていた堀悌吉(ほりていきち)海軍中将が東京神谷町にある河合千代子の質素な家を車で訪ねた。玄関を開けた千代子は、すぐにその男が愛する人の旧友だと気づいた。五十六からの連絡はもう二カ月近く途絶えたままだった。彼がラバウルへおもむく直前にそれまででもっとも長文の手紙を書き、前線へ行くので当分連絡できないだろうと知らせてきたのが最後だった。その内容は前向きな情熱に満ちており、さらに山本の髪がひと房同封されていた。千代子は戸口に立つ訪問者の意図を図りかねていた。堀のことは以前からよく知っていて、その儀礼的な振る舞いと青ざめた表情からなにかよくないことが起きたのだと悟った。

堀が口を開いた。「いまから申し上げることがあるから、心の準備をしてください」

河合千代子は体がこわばるのを感じた。

「山本が戦死しました」

目の前が真っ暗になり、彼女いわく「底知れぬ悲しみ」へと落ち込んでいった。[3] その瞬間に頭をよぎったのは「これですべて終わった」という思いだけだった。

千代子の悲嘆はすぐに国民全体へと広がった。山本戦死の事実がようやく五月二一日金曜日に公表されたのだ。[4] 事件からひと月が過ぎており、遺骨を持ち帰る旗艦が東京湾に錨を下ろした日だった。大本営から報道機関に提供された声明をラジオで読み上げるアナウンサーの声は、どこか調子が外れて聴こえた。「連合艦隊司令長官海軍大将山本五十六は、本年四月前線において全般作戦指導中敵と交戦、飛行機上にて壮烈なる戦死を遂げたり」。声明は同時に古賀大将の任命も伝えた。全体で数十字にも満たない声明文を読み終えると、アナウンサーは嗚咽した。

二日後、山本の長男義正と複数の上級将校を海軍造船所のある横須賀から東京まで運ぶ特別列車を見送ろうと大勢の人が沿線に集まってきたため、渡辺安次中佐は道中窓から外へ向けて遺骨の入った木箱を捧げ持った。未亡人となった礼子と遺族たち、多数の軍高官が東京駅に出迎えた。政府は、山本の海軍元帥への没後昇進と、当時の国の最高栄誉である大勲位菊花大綬章の叙勲を発表した。国民の悲しみが癒えることのないまま二週間が過ぎ、六月五日に東京中心部の日比谷公園で国葬が執り行われた。公園に至る沿道には提督との最後の別れを惜しむ大勢の国民が詰めかけ、葬儀には東条英機首相をはじめとする政府、軍部関係者や天皇の使者など数百名が参列した。海軍軍楽隊がショパンの葬送行進曲を演奏しながら先導する葬列を、河合千代子は自宅近くから目立たないように見つめていた。葬儀の終了後、二等分された遺骨のうちひとつは東京近郊の霊園に運ばれて、日本でもっとも著名な海軍指導者である東郷平八郎の墓の隣に埋葬され、もうひとつは山本の故郷である長岡に帰った。六月七日に地元の禅寺に葬られ、墓石には「昭和一八年四月於南太平洋戦死」という文字が刻まれた。

国葬の前後数週間、河合千代子のもとを軍部当局者たちが幾度も訪れたが、なかには彼女が海軍の国民的英雄友人だと認識している人物の姿もあった。彼らの目的ははっきりしていた。海軍の国民的英雄の名を汚さぬため、ふたりの長年にわたる恋愛関係の事実をもみ消そうとしたのだ。ある日などは堀悌吉がやってきて、彼女の日記によれば「私の愛する人からもらった手紙の束」を持ち去っていった。千代子は一度ならず自決を迫られ、自身も悲しみに暮れるあまりそう考えたこともあったという。だが結局、彼女は思いとどまった。東京を離れ、海沿いの街、沼津へ引っ越して料亭を開き、ひっそりと暮らした。その後、十年以上にわたり断固として沈黙を守っていたが、一九五四年春にひとりの雑誌記者が彼女のもとを訪ねてきた。取材の結果は、山本の死から一一年後にあたる同年四月一八日号の『週刊朝日』に「山本元帥の愛人——軍神も人間だった」と題する記事として掲載された。[6] ほとんどの手紙を押収、破棄された千代子だったが、もっとも大切な数通や日記だけは手元に残しておいたのだ。千代子は記者に対して、自分が抱えてきた思いを赤裸々に語った。山本五十六への愛について、ふたりの出会いについて、一緒のときをどう過ごしたのかについて、そして彼の死によってどれほど悲しみのどん底に突き落とされたのかについて。しかし、戦争も終わり、日本の敗戦という事実に直面して、当時とは別の思いを抱くようになったのだという。彼女は記者に「山本が戦闘中に亡くなったのはむしろ幸運だったのかもしれません」と語った。もしも終戦まで生き延びていたら「戦犯として絞首刑に処されていたかもしれないのですから、いまはもう悲しいことだと思っていないのです」

アメリカでは山本死亡の報道が歓喜の声で迎えられた。若き日のチェット・ハントリーはCBSラジオで「アメリカ海軍にとって不倶戴天の敵、山本五十六が死亡しました！」と発表し、日本軍の象徴的存在であり「約六〇分間でアメリカ軍に未曾有の被害をもたらした」あの真珠湾攻撃の首謀者が戦死したという長文のニュース原稿を読み上げた。[7] 全米の新聞が一面で山本の死を伝え、そのほとんどは、彼が真珠湾攻撃のあとに語ったとされる、このまま堂々とホワイトハウスに乗り込んでみせるという趣旨の強硬主義的発言を再掲した。[8] しかし、実際には攻撃の前になされていた発言は、アメリカ相手に戦火を交えることへの深い憂慮を表した内容だったのだ。ねじ曲げられた発言が定着してしまい、彼は忌まわしい悪魔と見なされていた。『ワシントン・ポスト』の見出しが典型的に伝えている。「ホワイトハウスの主になると吠えた山本、ついに殺害さる」。アメリカ国内でみられた反応の多くは復讐心に根差していた。戦前は山本の知己を得ており、その後情報主任参謀としてチェスター・W・ニミッツ提督に山本の視察行程が記された暗号解読文書を手渡したエドウィン・T・レイトン司令官も、やはりそうした感情を抱いた。「あの日あの場にいた者全員、日本軍による真珠湾攻撃の衝撃と暴力を体験し、多くの船員仲間や友人を失ったわれわれは、心の奥に山本への待ち伏せ攻撃で復讐を果たせたと喜ぶ気持ちを抱いたとしても許されるはずだ」と、彼はのちに記している。[9]

五月二一日午前、ワシントンDCでは、ルーズヴェルト大統領の会見を聞くために普段より多くの取材陣が執務室に集まっていた。赤いバラの花束が活けられた机の前に座った大統領は、その人数の多さを楽しんでいるようにも見えた。明るいグレーのスーツと青のネクタイに身を包み、煙草を片手にくつろいだようすで、大統領は記者から投げかけられる質問のほとんどをたくみにかわしながら自分の伝えたい内容だけを話す、いつも通りのやり取りをそつなくこなした。明日五月二二日は海の日だと話しはじめた大統領は、ちょうど一年前にその機会を利用して全米の造船所労働者を称える活動を行ったのを覚えているかね、とみなに問いかけた。記者たちはそわそわしはじめた。彼らがほしいのは、その日の一大戦時ニュースに関する大統領のコメントだ。山本の戦死という日本の発表への受けとめだ。しかし、ルーズヴェルトは何も話そうとせず、ただ紫煙の向こうにいる記者たちを見渡すばかりだった。彼らは食い下がった。ホワイトハウスの主として和平協定を締結させるとうそぶいた、あの提督の件ですよ。大統領として何かコメントはないのですか?

ルーズヴェルトは眉を上げて「計算されたバリモア（弓型の眉で知られた俳優のライオネル・バリモア）風の驚きをあらわした」と、『タイム』誌の記者がその日遅く、編集者へのメモに記している。ようやく大統領が口を開いた。「なんと!」[10] それだけだった。大統領は驚いたふりをしたのだ。まるで山本に関する日本の発表を、たしかによい知らせではあるが、いままでまったく知らなかったとでも言わんばかりに。執務室にいた者は大統領の演技に気づいていた。「記者たちはその意図を把握した」と、『タイム』誌の記者は書いた。全員が大統領とともに笑い出した。

ひとりの記者が聞いた。「その『なんと!』は引用してもよろしいですか?」

大統領は含み笑いをしながら答えた。「よろしい」

記者たちが大統領の意図するところを完全に理解していたわけではないが、彼が山本機の撃墜について驚いたふりをする一方で、どうやらはるかに多くの事実を握っているらしいということだけは伝わってきた。実際に、彼の芝居は政権が立てた戦略のほんの一部分にすぎなかった。何もせず、何も話さないことによって、撃墜作戦の基盤となったアメリカ軍による日本の暗号解読という事実を相手に悟られるリスクを避けようとしたのだ。その場では彼がニュースを知らされて面食らい、予期せず戦況が転換したことを素直に喜んでいるように見えたほうが好都合であり、ミッチの部隊が挙げた戦果については何週間も前に報告を受けた大統領が大満足していることは明らかだった。その数日後、彼は山本の未亡人に宛てた偽の手紙を書いた。[11] 限られたスタッフにだけ見せた私的な遊びからは、悪意に満ちた、残酷ともいえる彼のあざけ笑いが聞こえてくる。

山本未亡人殿

どれほど偉大な人であれ、いつかは過去の人となります。いずれにせよ、私の古い知人である彼がホワイトハウスに入り込むなど土台無理な話だったのです。葬儀に出席しないことをお許し下さい。そもそも葬儀を認めなかったもので。

彼が本来望まなかった場所にたどり着いていることを願いつつ。

ごきげんよう

フランクリン・デラノ・ルーズヴェルト

アメリカの政府指導者も国民も、山本の戦死がすぐに日本の敗戦へ結びつくなどとは考えなかった。そうではなく、これは太平洋を舞台にした戦争における重大な転換点となるのだ。真珠湾奇襲攻撃に乗じた日本軍の激しい攻勢に苦しんだ序盤だったが、その後はミッドウェー海戦の勝利と、直近では長く血なまぐさい戦いを経て一九四二年秋にガダルカナルを管理下に置いたことで、形勢はアメリカ優位へと変化してきた。山本の死はアメリカ軍の自信を強め、逆に日本軍の士気を著しく低下させた。あるアメリカ人ジャーナリストが「アメリカ軍がダグラス・マッカーサー元帥を失う事態に匹敵する」[12]と表現したほど大きな打撃だった。政府統制下の日本メディアは大きな衝撃に打ちひしがれている国民を鼓舞するため、山本の力を思い起こさせようと躍起になった。「彼が発揮した敢闘精神は大日本帝国海軍とともに生きつづける」[13]というかけ声がその典型だった。しかし現実は、もはや海軍において卓越した戦略家がいなくなり、ある軍事学者いわく「敬愛する提督を失った日本軍は洋上で方向を見失い途方に暮れている」[14]のだった。太平洋戦争の残忍な殺し合いはそれからさらに二年間続くが、山本の死後はアメリカ軍の形勢有利が続き、日本海軍が相手を圧倒する局面は二度とめぐってこなかった。山本のたぐいまれな統率力と独創性は唯一無二だったことが図らずも示されたのだ。

南太平洋に駐留するミッチとパイロットたちは大本営の発表を聞いて喜んだ。「あのろくでなし野郎を撃墜したと九九パーセント確信していた」[15]とミッチは言った。「ただ、そのあと逃げ出した可能性も皆無とは言えなかったからね」。ラジオから流れるニュースを聴いて、ミッチは「ジャップは日付け以外の情報に言及していない」と感じた。だが、その時点で詳細はどうでもよかった。「確実に仕留めたとわかったから」

四月一八日は基地へ帰投後夜遅くまで騒いでいたため、翌朝はひどい二日酔いで目覚めた。それでも一五名の作戦パイロットたちはなんとか飛行場に集合すると、P－38ライトニング数機の前でポーズをとり、記念写真を撮った。ミッチが前列中央でしゃがみ、レックス・バーバーがその右隣を確保した。無論そこにレイ・ハインの姿はなかった。そのころピート・ミッチャー中将は、もうひとつのフライトに対してファイター・ツーから北方のブーゲンヴィル島へ向かうよう命令を下していた。飛行任務を普段どおりに続けさせることで、山本との遭遇が単なる偶然にすぎず、あらかじめ何かを知っていたわけではないというふりをしたのだ。[16] ミッチの部隊に続いて別の部隊が飛べば、最初のそれが特殊作戦に見えなくなる。その後数週間にわたり、ミッチャーはP－38の編隊をブーゲンヴィル方面に飛ばしつづけた。

ただしミッチも山本撃墜にかかわったほかのパイロットたちも、その偽装作戦に加わることはなかった。その日も、翌日も、翌々日も。前夜の騒ぎ過ぎが問題ではなかった。そうではなく、彼らはもはや知り過ぎていたのだ。[17]「ガダルカナルではもう飛ばせてもらえなかった」とダグ・カニングは語った。「ぼくらは暗号解読の一件を知っていた。上層部は、ぼくらが捕虜になって情報が洩れる可能性をなくそうとしたんだ」。つまり、彼らはもうここで戦うことはない。大本営が山本の戦死を発表した時点ではまだファイター・ツーに留まっていたミッチだが、もういつ離れてもいいように準備ができていた。ほかのパイロットは一足先に出発していた。カニング、ミッチの僚機を担ったジャック・ジェイコブソン、ベスビー・ホームズらはニューカレドニアに移り、トム・ランフィアとレックス・バーバーはニュージーランドのオークランドで休暇の残りを楽しんでいる。

撃墜の日以降、上級司令官たち、ことにニミッツ提督とレイトン情報参謀は、ミッチャーやニューカレドニア駐留のブル・ハルゼーらに対して、山本の視察日程に関する諜報活動の徹底した秘匿を求めていた。ミッドウェー海戦後、ニミッツとアメリカ海軍が山本の戦闘計画を事前に知っていたとする記事が『シカゴ・トリビューン』紙に掲載されていたので、同じような事態はなんとしても避ける必要があった。もしまたそんなことになれば、暗号解読者たちの努力を無にしてしまうリスクが生じるからだ。

だがガダルカナル島では、トム・ランフィアが敵の大将を討ち取ったのは自分だと主張しはじめた瞬間から、山本の撃墜は公然の秘密となっていた。この情報をどう封じ込めるかも課題だった。さらに問題を複雑化させたのは、ミッチたちを称賛する声が引きも切らなかったことだ。直接山本に言及するわけではなかったものの、その意味するところは明らかだからだ。たとえば太平洋地域の陸軍航空軍司令官であるM・F・ハーモン中将などは、麾下のパイロットたちが見せた見事なパフォーマンスに大喜びしていた。撃墜から数週間のうちにミッチとワシントンDCの陸軍高官に宛てて手紙を書いたハーモンは、「関連事実が公になれば諜報筋に悪い影響を及ぼす」ので「海軍の機密保持へのこだわり」には留意しているとしつつ、一方で「四月一八日にブーゲンヴィル島カヒリ近郊で行われた重要な空中作戦行動」を率いたミッチの

「卓越した戦い方」を絶賛したのだった。ハーモンは編隊長のミッチについて「作戦を見事な着想のもとに申し分のない方法で実行した」[18]と称えた。さらにミッチャー中将は、日本の大本営が山本の死亡を公表する以前から、作戦に参加したP－38のパイロットたちに対してもうすぐ昇進だ、みなへの叙勲に向けた事務作業も進んでいるなどと吹聴していた。[19] 一一名についてはその英雄的行為に対して一律に海軍十字章が、そしてミッチ、ランフィア、バーバー、ホームズ、レイモンド・ハイン（没後）には戦闘における勇敢な行為に対して最高の栄誉である名誉勲章を授けるべく準備が進められていた。ことに名誉勲章は南北戦争以来の歴史をもち、議会の名のもとに大統領から直接授けられるものだ。

ミッチは喜びを隠せなかった。「名誉勲章に推薦されたんだ。これほどうれしいことはないよ」[20]と五月三日付の手紙でアニー・リーに報告したうえで、家に帰れることも伝えた。「もちろん、まだ勲章はもらったわけじゃない。だけど多くの上級将校たちが推薦者に名を連ねて、署名してくれたんだ。絶対に認められるよ」

「大統領が直接首にかけてくれる。そしてきみもぼくと一緒に出席するんだ」

ところが、最高栄誉の受勲はじきに見通しがたたなくなった。トム・ランフィアとレックス・バーバーがニュージーランドでの休暇中に不注意をやらかし、すべてを台無しにしてしまったのだ。滞在中毎日ゴルフに興じていたふたりは、ある日ハーモン中将の側近とプレーした。四人組でコースをまわるために、みなで話し合ってＪ・ノーマン・ロッジを加えようと決めた。ロッジは経験豊富なＡＰ通信の従軍記者だった。撃墜の話を耳にしていたロッジは記事を書くための情報を集めていたが、五月上旬になるとガダルカナル島にいる者なら誰でも作戦の概要程度は知っていたので、それはたいして難しい作業ではなかった。ランフィアとバーバーが自分のプレーに集中して休暇を楽しんでいる最中に、この野心的な記者は自分が集めてきた情報の正確さを見きわめるべく、ゴルフを利用したのだ。バーバーはのちにこう語った。「彼が作戦について聞いている内容を話す。それからおれたちに、これは正しいか、あれはどうだといちいち確認を取る。おれたちは、そのとおりとうなずくか、もし情報が間違っていたら訂正してやった」

ランフィアとバーバーはもっと賢く振る舞うべきだったのだ。ゴルフの翌週、パイロットたちがニューカレドニアのヌメアにある海軍基地へ戻ると、二日もしないうちにふたりとパートナーの陸軍将官はブル・ハルゼー提督の艦船から呼び出しを受けた。三人は、ノーマン・ロッジ記者から作戦行動の詳細を含む記事が検閲のために提出されたと知らされた。スクープ記事はハルゼーの手元に届いており、結果として報道は事前に差し止められたものの、ハルゼーの怒りは抑えようがなかった。提督は記者に話をした彼らを大声で罵倒し、機密情報の秘匿とその責任についてどなり散らした。彼らにはこの任務に就く資格などなく、この件は軍法会議ものだと言った。それから、近くの机に置いてあった書類を摑んだ。「これを見るがいい」と彼は叫び、「貴様らを名誉勲章に推薦する文書だ」と言って五枚の紙をひらひらと振った。彼の手にはランフィアとバーバーだけではなく、ミッチ、ベスビー・ホームズ、レイモンド・ハインのぶんまであったが、すべてがごみ箱に投げ込まれた。提督は、勲章の話などなしだ、「貴様らにその資格はない」[21] と吐き捨てるように言ったあと、ただし作戦の重要度に鑑みて海軍十字章の書類五枚だけは手続きを進めてやるとつけ加えた。

長く厳しい非難演説が終わった。バーバーは呆然と立ち尽くしていた。ほかのふたりとともに挨拶をしたが、提督はただ全員をにらみつけて扉を指さすだけだった。「会議はそれで終わった」と、バーバーはのちに語った。「その間、おれたちは誰ひとりとして質問もせず、ひと言も発することができなかった」

六月第一週、ミッチはついに自宅へ戻ることになった。まずサンフランシスコに立ち寄り、そこからサン・アントニオへと向かう長距離の移動だ。一九四二年一月に南太平洋へ出征して以来初めてアニー・リーと再会し、ひとつ屋根の下で暮らせるのだ。ところが、ふたりが一緒にいられた期間は一週間もなかった。ミッチが陸軍航空軍から別の任務を与えられたためだ。

六月中旬までにワシントンＤＣへ向かったミッチは、トム・ランフィアと合流して軍関係者のさまざまな集会に出席してあたたかい歓迎を受けた。彼らの多くは、日本でもっとも偉大な海軍指導者を倒した自分たちの役割についてすでに知っているようだった。そして陸軍の上級司令官たちは彼らにその話を披露してほしいというのだ。機密保持に関する事情は変わっていないのだから、ふたりは山本撃墜作戦には関連づけないで話すしかなかった。ミッチとトムは新型戦闘機、ロッキード製Ｐ－38ライトニングに搭乗して太平洋地域の戦況を変えたエースパイロットと紹介された。六月一五日には航空情報幕僚部の高官たちが集まる内々の報告会に出席したあと、広報担当官たちと会合を行った。六月一七日には陸軍省から「陸軍航空軍の卓越した戦闘機パイロット二名が南太平洋での空中戦について語る」と題するプレスリリースが配信された。その次には人気の高いラジオ番組、『陸軍アワー』に出演し、おもに「ぼくたちの大事な相棒Ｐ－38」[22]がもつ優れた性能について語った。ランフィアはＰ－38を「これまでに製造されたなかでは最高の汎用戦闘機だ。どの戦闘機と比べても速く、高く、遠くまで飛べる。そして、より多くの戦果をあげられる」と称賛した。

その後ふたりは巡業の旅に出た。全米の基地を訪問して、パイロットの卵たちに日本軍との空中戦の実体験を話して奮い立たせるのが目的だ。ほぼ各所でメディアの取材も受け、Ｐ－38ライトニングを宣伝した。ミッチとトムのロードショー、というよりも実際はトムとミッチのロードショーだった。[23] ほとんどトムがしゃべって注目を集めた。トムに対する好感度を高めるうえでは、陸軍大佐であるランフィアの父親も一役買っている。ワシントンDCで息子の代わりに報道陣対応を行ってきたからだ。たとえば、ふたりのパイロットが初めてメディアに登場したのは六月中旬だが、そのわずか数日後には『ワシントン・ポスト』紙が「トーマス・G・ランフィア大佐の息子」としてトムを取り上げた。ミッチが一切登場しない記事の見出しには「ランフィアは太平洋戦争で『いま一番ホットな』主役だ」と書かれていた。さらに『ロサンゼルス・タイムズ』紙も一面で記事を掲載した。ミッチの名前は書かれているが、本文にはトムの発言しか引用されていない。そして、トムの煙草に火をつけるためミッチがうやうやしくマッチを差し出している写真が記事とともに掲載された。

ふたりは西海岸沿いに講演旅行を続けた。たいていは一緒に、そしてときには別々に。カリフォルニア州リヴァーサイドのマーチ陸軍航空基地、マーセドの飛行訓練学校、ミューロック陸軍航空基地（現エドワーズ空軍基地）などではふたり一緒に士官候補生の前で話をした。チノ空港のカル・エアロ・アカデミーでは、ランフィアが「ジャップを空から蹴散らす技術」[24]を自ら実践してみせた。その間ミンター飛行場では、ミッチが約八〇〇名の士官候補生を前に航空ショーを実演した。ベスビー・ホームズが観客として姿を見せ、その夜ふたりは連れ立って酒とスパゲッティの食事を楽しんだ。

ふたりの花形パイロットはその夏の残りをカリフォルニアで過ごし、夜はしばしば街に出かけた。ハリウッドの空気に触れることすらあった。スペイン植民地建築を模した華やかなホテル〈ハリウッド・ニッカーボッカー〉に宿泊して、映画俳優や監督たちと一緒の時間を過ごした。トム・ランフィアは、ある夜ジャック・ベニーの家に行った。ジャックの妻で、自身も女優でコメディアンのメアリー・リヴィングストンが催した夕食会に招かれたのだ。P－38ライトニングを製造しているロッキード社の経営幹部たちは、ふたりをハリウッドのマンションで行われているパーティーに何度か招待した。ミッチとランフィアは、エレン・ドリュー、ウォーレス・ビアリー、それに俳優から陸軍航空軍大尉に転じたジミー・スチュワートといった映画スターたちと交流した。スチュワートはB－24リベレーター重爆撃機のパイロットだった。酒や食事をともにしながら、スチュワートはミッチとランフィアにP－38の速さに関するあらゆる質問を浴びせた。夜が更けるころには、みんなでスチュワートを一度ライトニングに乗せてやろうという話がまとまった。ミッチとランフィアには、翌朝サンタ・アナ基地へ出頭して西海岸パイロット訓練司令官と打ち合わせを行うという予定があったのだ。ふたりはスチュワートをともない、打ち合わせが終わるとP－38を操縦させた。ミッチはアニー・リーにくわしく書き送っている。「スチュワートは大喜びだったよ。彼はいいやつだし、一緒にいてすごく楽しかった」[25]

八月には、ミッチはサン・アントニオにいるアニー・リーに会うため、こっそりカリフォルニアを離れた。[26] ある日は近くの基地で飛行機を借りて彼女の両親が住むエル・カンポの家まで飛び、おふざけの低空飛行をしてみせた。別の日にはアニー・リーとふたりで、たまたま近所に来ていた僚機パイロット、ジャック・ジェイコブソンと彼の妻と合流して出かけたりもした。それでも数日後にはミッチは巡業へ戻っていった。今度はカリフォルニアの先、オレゴンやワシントンにまで足を延ばし、それから国を縦断してミシシッピ州グリーンフィールドやグレナダの陸軍航空基地など多数の施設が点在する深南部へ。ミッチはその週末を父親のノアと義理の母であるユーニスと一緒に、イーニッドにある家族の農場で過ごした。父子の再会は数年ぶりだった。ふたりはチェッカーをして遊び、ミッチはノアに戦争の話を聞かせた。

秋も深まったある夜、ミッチは夢を見た。食事から帰宅すると、ルーズヴェルト大統領、国防長官、そして上院議員数名に電話をかけるようにというメッセージが残っていた。「一瞬何のことだかわからなかったけれど、そうだ、名誉勲章をもらう予定だったと気がついた」。目が覚めて、夢だとわかった。レックス・バーバーとトム・ランフィアが新聞記者相手に失態を演じてブル・ハルゼーが怒りを爆発させたという話は、何カ月も前に聞いていた。それに、元々予定されていたものより格の落ちる栄誉はすでに受けていた。授賞式はサンフランシスコに立ち寄った際に、ある将官の執務室で拍子抜けするほど簡素に執り行われた。ミッチとランフィアは「南太平洋軍司令官W・F・ハルゼー提督の権限により」海軍十字章を授かった。[27] 勲章は彼らの「たぐいまれな英雄的行為と傑出した働き」を称え、ミッチのリーダーシップと「日本軍機八機撃墜、およそ一〇〇の作戦行動従事、二〇〇時間の戦闘といった記録」に言及した。それでも、その瞬間はほろ苦いものだった。「もちろん、もらえたことはうれしかったよ」とミッチはアニー・リーに宛てた手紙に書いた。「けれど、ぼくが望んでたのは名誉勲章だ。失望したのはたしかさ」

夢を見たころまでに、ミッチは自分の次の任務を求めるようになっていた。ガダルカナル島を離れたのが六月で、いまはもう一一月だ。五カ月も旅を続けて、しかも仕事のほとんどはP-38の飛行ではなく講演だった。さすがにうんざりしてきた。すると一二月初旬にようやく通達があった。ミューロック空軍基地所属の第四一二戦闘機航空群を指揮する任務だ。[28] ミッチには、これが自分のやりたい仕事だという確信はもてなかった。しゃべってばかりでほとんど動かない生活を何カ月も続けてようやくわかった。自分はもっと戦いたいのだと。

アメリカ軍が山本を具体的な殺害目標に定めた一九四二年四月一八日の攻撃は、史上まれに見る軍事作戦だった。しかし「標的殺害作戦」はその後も多数計画され、ことに二一世紀が幕を開けると勢いを増した。もっとも有名な作戦は二〇一一年五月二日に実行された。その日、アメリカ海軍SEALのチーム6がパキスタン北部アボッターバードの屋敷を急襲して、テロリスト集団アルカイダの創設者兼指導者であるオサマ・ビンラディンを殺害したのだ。衝撃的な真珠湾攻撃の背後に山本がいたように、オサマは二〇〇一年九月一一日に三〇〇〇名近い死者と六〇〇〇名の負傷者を出した同時多発テロ事件の黒幕だった。ハイジャックされた二機の民間航空機がニューヨーク市の世界貿易センタービル二棟に突っ込み、別の一機はワシントンDCの国防総省本庁舎に、さらに四機目がペンシルヴェニア州の草原に墜落した。事件発生後、議会はアルカイダのテロリストたちを追討するために「必要かつ適当なあらゆる力を行使する」幅広い法的権限を大統領に与える「軍事力行使の権限付与」（AUMF）という決議を採択した。それから事実上ひと晩で「強大な影響力をもつ個人の斬首」、つまりテロリスト集団の指導者を標的とする作戦が、ジョージ・W・ブッシュと次のバラク・オバマというふたりの大統領が管轄することになる対テロ戦略において必須要素として組み込まれ、実際に巡航ミサイルや無人のドローンによる攻撃が行われた。

攻撃がたび重なるにつれて批判も起きた。人権監視団体、国際弁護士、アメリカ自由人権協会などは標的殺害作戦の合法性に疑義を呈し、罪のない一般市民を巻き添えにする殺戮行為を非難した。これに対してオバマ政権のエリック・H・ホルダー・ジュニア司法長官が見解を明らかにした。二〇一二年三月五日に、彼はノースウェスタン大学法科大学院で集まった聴衆に

「合衆国の法律、もしくは戦争の原則に関する国際法令に照らしても、アルカイダと関連勢力の上級作戦指導者個人を標的とする行為は完全に適法だ」[29]と述べたうえでこう続けた。「これは新しい概念ではない。実際に第二次世界大戦中、アメリカ軍は真珠湾攻撃とミッドウェー海戦における日本軍の司令官、山本五十六提督が乗った飛行機を追跡した。彼が乗っているからこそ撃墜したのだ」

今日、標的殺害（ターゲテッド・キリング）に関する議論では必ずと言っていいほど山本機撃墜のケースが取り上げられる。単に歴史的な重大事案というだけでなく、成功したからだ。標的殺害に批判的な人々はしばしば、擁護者たちが主張するほど効果がないとしてこの方法に異議を唱える。過去五〇年間に実行された三〇〇件近い事例を分析した学者のジェナ・ジョーダンは、その論文『厳しい制裁を加えるとき――指導者斬首作戦の効果を検証する［When Heads Roll: Assessing the Effectiveness of Leadership Decapitation］』のなかで「指導者殺害が実行されても、その組織が崩壊する可能性が高まるわけではない」[30]と結論づけた。

対照的に、短期間で計画されてジョン・ミッチェル大佐率いる編隊が実行した山本撃墜作戦は標的殺害の見本と言われることも多い。より最近になって作戦を検証したアメリカ空軍のアドニス・C・アーヴァニタキス大佐は「非常に効果的だった」と書いた。理由は、山本が平均的な海軍指導者ではなく、より偉大な存在だったからだ。「一九四三年当時の軍部が認識していて、現代の私たちも同様に理解する必要があるのは、それが単なる指揮系統の一部を切断するという以上の効果をもつ場合に標的殺害は行われるべき、ということだ」[31]とアーヴァニタキスは記した。真珠湾攻撃作戦の振付師は「唯一無二であり、余人をもって代えがたい存在だった。彼を排除したことにより、日本軍の士気と意欲を長期間低下させる効果があった」。しかし、アメリカ軍の指導者たちはさらにしたたかだった、とアーヴァニタキスは書いた。彼らは日本軍の即時崩壊を期待していたのではなく、むしろ山本の殺害が「より大きな累積効果をもたらす」と見なしていたのだ。

ミッチはその累積効果に貢献しつづけたものの、戦闘の現場に戻るにはまだ少し時間を要した。一九四四年が明けると、彼は新たに発足した第四一二戦闘機航空群を任され、その後一八カ月にわたって士官候補生の訓練と飛行機の試験業務を監督した。第四一二航空群は陸軍航空軍に初めて設けられたジェット戦闘機の試験部隊だったので、ミッチはこの仕事をなんとか続けられた。彼と所属パイロットたちがおもに担当したのは、開発中の二種類のターボジェット戦闘機、ロッキード製P－80シューティングスターとベル製P－59エアラコメットだった。ミッチのP－59に対する評価は低く「巨大な失敗作」と称した一方で、P－80には期待がもてると考えた。そして実際に、P－80は陸軍航空軍が採用した初のジェット戦闘機となったのだ。パイロット養成任務については、新しいジェット機の操縦技術を訓練生にしっかり教え込めたことに満足していた。そしてここで彼自身の見せ場ともなったのが、陸軍航空軍パイロットとして初めてジェット機でアメリカ合衆国を横断したことだ。ニューヨーク州バッファローを出発し、ロサンゼルスのすぐ北に位置するカリフォルニア州パームズデールまで飛行した。そのころには中佐への昇進も果たしている。そして一九四五年一月二四日、彼とアニー・リーとの間に待望の第一子が誕生した。テレサ・アン・ミッチェルを、ふたりはテリと呼んだ。

そうした日々のなかでも、ミッチは南太平洋戦線に復帰できるチャンスに飛びついた。テリが生まれた数カ月後、彼の友人で元の指揮官でもあるヴィック・ヴィッチェリオから第一五戦闘機航空群の指揮を手伝う気はあるかと連絡があったのだ。ミッチは日誌に「ヴィッチェリオ大佐の提案を逃すつもりはない」と書いた。荷物をまとめると、アニー・リーと赤ん坊のテリを車でエル・カンポの義父母に預け、一九四五年四月一五日にカリフォルニア州フェアフィールドを出発した。ガダルカナル島に駐留して帰任を期待しているさなかに山本撃墜作戦への召集がかかってから、ちょうど二年が経過していた。

五日後、途中ハワイ、ジョンストン島、クエゼリン環礁、サイパンに立ち寄ってから、ミッチは目的地の硫黄島に到着した。アメリカ海兵隊が日本軍から奪い取ったばかりの火山島だ。「道すがら、考え方や気持ちは揺れつづけた」[32] とミッチは書いた。「戦線に復帰できる喜びをかみしめたかと思えば、愛する妻と小さな赤ん坊をあれほど遠く、人里離れたエル・カンポに残してきたことへの後悔で落ち込んだりしていた」。硫黄島はミッチにとってガダルカナル島よりも居心地のいい場所だった。[33] 兵士たちはゴムのマットレスを敷いた折り畳みベッドで眠ることができた。そして、日記に書いたように、「蚊がいなかった」のだ。なによりありがたいことに、ガダルカナルと違い、硫黄島ではほとんど爆撃を受けなかった。「夜、寝袋にもぐり込んだら、あとは朝までぐっすり寝られた」

それからの数カ月間、ミッチはノース・アメリカン製のP－51ムスタング長距離戦闘機を操縦して、日本の本土に空襲をかけるB－29スーパーフォートレスを護衛した。二十数回の飛行は、いずれも片道約一〇〇〇キロの距離を飛び、六時間以上は続く、ガダルカナル島のときよりもはるかに長時間の任務だった。ここでもまた彼は優れた戦闘能力を発揮し、敵機四機を撃墜した。「零戦（ジーク）を一機落としたけど、もう一機やれたはずだ」[34] と、ある撃墜のあとに書いている。「ろくでなし野郎が脱出しようともがいていたが、結局果たせなかった」

ナチス・ドイツが降伏してヨーロッパ戦勝記念日となった一九四五年五月八日、ミッチは硫黄島にいた。彼は興奮したようすで日記にこう書き残した。「今日はぼくら全員にとってすばらしい日だ」。そして「ここではお祝いはなし。問題は、ジャップがまだ戦いつづけることと降伏のどちらを選ぶかだ」。[35] 日本は単独で戦いつづけることを選択し、三カ月後、アメリカが日本の広島と長崎に原子爆弾を投下した。「うそじゃないかと思った」[36]とミッチは書いた。「でもトルーマン大統領が発表したのだから、きっとそのとおりなんだろう」。日本が降伏したあと、ミッチはテキサスへ帰り、アニー・リーとテリとの再会を果たした。

彼がガダルカナル島で率いた中隊のパイロットたちは、山本撃墜作戦から数カ月以内に軍務を離れていたが、ミッチは残ることを選んだ。しかも終戦までどころか、それよりはるかに後年まで。一九四五年に大佐へ昇進してからの数年間は、異動で勤務先の陸軍基地が変わるたびに家族を連れて移り住んだ。ミシシッピ、アラバマ、ケンタッキー、テキサス、そしてアラスカ。一九四六年一一月四日にはミシシッピで次女のジョアンが誕生した。そして一九四六年六月に朝鮮戦争が始まると、ミッチは前線への派遣を志願した。第五一戦闘機航空団の指揮官として一一〇回の戦闘任務をこなし、その間に北朝鮮軍が使用したソ連製のジェット戦闘機MiG15を四機撃墜している。一九五三年七月下旬に休戦協定が調印されると彼は母国へ帰り、最後はミシガン州バトルクリークにあるフォートカスター訓練センターでデトロイト防空区域の司令官を務めた。彼の息子でビリーの愛称をもつジョン・ウィリアム・ミッチェル・ジュニアが一九五八年一〇月一四日にバトルクリークで生まれてからほどなく、ミッチは二〇年以上にわたった軍務を終えた。ミッチとアニー・リーはサンフランシスコの北方、カリフォルニア州マリン郡に引っ越して、サン・アンセルモに家を購入した。そこは、一九四〇年に士官学校を出たばかりのミッチが飛行訓練を受けて、自分は飛ぶために生まれてきたのだと悟ったハミルトン基地から、わずか一六キロの距離にあった。彼は石油とガスを取り扱う事業を共同で興し、商品取引にもかかわりながら、レックス・バーバー、ダグ・カニング、僚機のジャック・ジェイコブソンといった戦場でともに過ごした多くの仲間たちとの交流を続けた。

山本五十六の撃墜者については、当初トム・ランフィアがファイター・ツーで自らの戦果を主張していたが、日本が降伏したとたん、真の撃墜者をめぐる敵意をはらんだ論争に発展していった。戦争が終わり、もはや軍部もパイロットたちも撃墜作戦についてだんまりを決め込む必要がなくなった。提督の行程を暴いたのが暗号解読者たちであることも、アメリカ軍が無線を傍受したことも、隠さなくていいのだ。そして陸軍航空軍はそのときに備えていた。一九四五年九月一一日に広報リリースを出して、トム・ランフィアが山本を殺害したただひとりのパイロットであり、空中戦の主役だったとする見解を公表した。リリースは、ミッチェルたちが作戦から帰投したあとにファイター・ツーでふたりの情報将校によって作成された、戦闘機迎撃報告書と呼ばれる文書に基づいている。だが、パイロットたちの誰ひとりとしてその報告書を目にしていない。彼らの多くは、ランフィアが文書の作成や事務作業を手伝うと話していたことを覚えていた。ランフィアは、明らかに自分にとって都合よく作業を行っている。

報告書によれば、ランフィアは護衛の零戦と交戦したあと、山本が搭乗していた一機目の一式陸攻を銃撃した。さらにランフィアは「宙返りして、逃げる標的（一式陸攻）をジャングルの上方にまで追跡した。[37] 敵の側面からマシンガンを発射すると、機体は翼が取れて炎を上げながら地上へ突っ込んでいった」。この報告書が歴史的な作戦の公式記録となったのだ。

ランフィア自身も準備を進めていた。かつて新聞記者でもあった彼は、数週間かけて自分の任務を劇的に改作した長文を書き上げていた。陸軍航空軍のリリースと同じ日に、北米新聞連合（かつてアメリカにあった通信社）が六話シリーズの第一話を配信し、全米の新聞が彼の物語を伝えはじめた。その初日、『ニューヨーク・タイムズ』は「彼がいかに山本提督を撃墜したかを解説する」一人称の文章を掲載し、さらに別の記事でランフィアの功績に触れた。一面記事の見出しには「陸軍、山本を撃墜したパイロットを認定する」とあった。本文はこう始まっている。「陸軍航空軍のトーマス・G・ランフィア中佐、二九歳は、本日陸軍省によって、一九四三年四月に日本海軍司令長官の山本五十六提督が乗った飛行機を撃墜したパイロットであると認定された」。[38] 記事ではミッチにも触れてはいるものの、ほかのパイロットたちへの言及はなかった。ランフィアは歴史に名を刻んだように見えた。

ミッチ、レックス・バーバー、そしてほかのパイロットたちはランフィアの連載を読んで激怒した。九月一六日に硫黄島でランフィアの英雄的行為を報じるラジオニュースを聴いたミッチは、「あいつはほら吹き野郎だ」とアニー・リーに書き送った。父親のノアが送ってくれたランフィアの連載を読んで嫌悪感を覚えたミッチは、ランフィアをただの人気取りと呼んだ。「あいつは話題を独り占めしたがるんだ。もちろん、山本を撃ったのはぼくじゃない。でも、あいつなのかバーバーなのかは、あいつ自身にはわからないはずだ」。[39] 反目が生まれ、ランフィアが山本撃墜者として公式認定されてから何十年ものあいだ続いた。航空機製造のコンヴェア社に経営幹部として入社したランフィアは、一九六〇年代には山本機撃墜認定者の肩書きを利用して軍部との人脈のなかで数々の大型契約を成立させた。[40] ランフィアの主張に異議を唱えてきた者たちは苛立ちを募らせた。がちがちの官僚制度を相手にけんかしているようなものだからだ。その後問題はさらに混迷の度を深めた。パイロットたちが帰投後に結論づけ、迎撃報告書にもそう記されたにもかかわらず、山本の視察で使われた一式陸攻は三機ではなかったことが判明したのだ。一九五〇年代に日本政府当局者が公表した情報に基づけば、当時は二機しか飛んでいなかった。そのうち宇垣が乗った一機は海上で撃墜され、山本が乗ったもう一機はジャングルに落ちたという。それまでは、三機のうちジャングルに落ちた二機はランフィアとバーバーの戦果と認定されていた。山本が二機のどちらに乗っていたかを知るすべはなく、自分が山本を撃墜したとするランフィアの主張には疑いがもたれていた。情報が訂正されたことにより、ジャングルに落ちたのは山本を乗せた一機だけだということが明確になった。

当時ランフィアが護衛の零戦三機を追って果敢に向きを変え、その間に自分は一式陸攻を追ってジャングルに向かったとするバーバーの説明を疑う者はこれまでいなかった。日本から出てきた新情報は、山本を撃墜したのがバーバーであり、ランフィアはまったく山本にかかわらなかったか、仮に零戦追撃から戻ったとしてもすでに墜落しかけている壊れた機体に数発を浴びせた程度ではないかという見方に信憑性を与えた。公式な作戦報告書への批判が高まった。これまでバーバーの説を支持してきたミッチやほかの退役軍人たちは、バーバーとともにランフィアの主張が捏造だと主張した。ようやく一九七〇年代に入ってからアメリカ空軍歴史研究部門のふたりの研究者によって再検証が行われ、ジャングルに落ちた一式陸攻は一機だという事実に基づき、バーバーとランフィアが同時に山本機を撃墜したと判断され、殺害の公式認定はふたりに等分された。[41]

だが、新たな認定がパイロット間の対立に終止符を打つことはなかった。ランフィアは自説を曲げず、自分は誤解されており、山本を仕留めたのはあくまでも自分ひとりだと主張しつづけた。[42] 彼は『リーダーズ・ダイジェスト』に「私は山本五十六を撃墜した」という体験記を発表し、さらに一九八〇年代中盤には「命がけの撃墜［At All Costs Reach and Destroy］」と題した自伝の原稿をまとめた。だが、三五二ページにおよぶ原稿を引き受ける出版社は見つからなかった。ランフィアは、一九八七年一一月二六日にカリフォルニア州ラ・ホヤでがんのため亡くなった。七二歳の誕生日を迎える前日だった。一方のレックス・バーバーとミッチら支持者たちは、長い年月をかけて空軍当局者たちにバーバーをただひとりの山本撃墜者として認定するよう働きかけを続けた。退役軍人の集会や討論会などにも出向いて発言し、アメリカ空軍の軍歴訂正委員会など複数の審査会に請求を申し立て、連邦司法裁判所に訴えすら起こした。審査の各段階で、バーバーは自らブーゲンヴィル島を訪れて収集した新証拠を示すなど努力を重ねたが、ひとつの認定を半々に分けるとした裁定が覆ることはなかった。レックス・バーバーは二〇〇一年七月二六日に亡くなった。

一九四三年の春、ジョン・ミッチェルと中隊のパイロットたちは、ファイター・ツーの東側に昇る太陽とともに目覚めていた。陽の光はまず海面を照らし、それから飛行場を見下ろす小さな丘陵に設営されたテントに届いた。七六年後の二〇一九年五月九日、日の出の時刻は午前六時二四分。太陽光線が海面を照らし、ミッチ、レックス・バーバー、トム・ランフィアらパイロットたちが野営していた場所にまで広がった。いまはテントの代わりに小さな家、というより掘っ立て小屋(シャック)が並んでいる。眼下に見えるのは滑走路ではなく緑豊かなホニアラ・ゴルフ・クラブだ。あのころ飛行機が離着陸していた滑走路の端にあたる場所は、人気の地ビール工場になっていた。

ファイター・ツーの跡地にしろ、そこから約三キロ離れたヘンダーソン基地の跡地にしろ、いまでは一九四二年から一九四三年にかけての戦時にアメリカ軍が活動していた痕跡を見つけることは難しい。たしかに、マタニカウ川を見下ろすスカイライン・リッジにはガダルカナルで戦ったアメリカ軍と連合国軍の兵士を称えるガダルカナル記念碑が建立されている。一九四二年八月のアメリカ軍侵攻直後に日本軍が追い詰められた場所よりも先、島の北東岸にはヴィルー戦争博物館がある。とある家族が、壊れて錆びついたP－38ライトニングを含むさまざまな日本軍とアメリカ軍の銃や遺品などを収集した私設の屋外博物館だ。しかし、ヨーロッパ戦線やアメリカの南北戦争などとは異なり、実際の戦場や野営地が遺跡として保存されることはなかった。ガダルカナル島に遺跡がないのは意外なことではない。日本もアメリカも、戦争前にはこの島とかかわりがなく、支配していたわけでもないのだ。太平洋戦争が起きてから、両国の兵士たちがこの島に足を踏み入れ、血を流し合い、去っていった。今日、島の中心部は活気あふれる港町となった。[43] 目抜き通りでは交通渋滞が起き、中央市場では明るい表情の地元住民たちが新鮮な果物や野菜、魚や手工芸品などを商っている。主要港でもあるホニアラは、一四七の有人島を含む九〇〇もの島々から成るソロモン諸島の首都となっている。

ここでミッチがテントから駆け出し、P－38のコクピットによじ登り、みなの眠りを邪魔した毎夜の騒がしい襲撃を終わらせようとウォッシングマシン・チャーリーを追いかけていったことを想像するためには、知識と想像力を動員する必要がある。あるいは、山本撃墜作戦を終えたパイロットたちがブーゲンヴィル島から次々と帰還し、互いを称え合った場面を思い描くことも(もちろん、真の撃墜者をめぐるランフィアとバーバーの論争が勃発する前のことだ)。

あの歴史的な撃墜作戦を振り返るときには、何人かの歴史家が指摘するように、長期にわたった激しい論争の影に隠れた真の英雄たちを見落としてしまいがちでもある。すなわちハイポ支局の暗号解読者たち、ピート・ミッチャー中将のテントで作戦を立案した者たち、そして誰を置いても作戦指揮官のジョン・W・ミッチェルだ。ミッチの担った役割が広く知れ渡っているわけではないが、議論が山本撃墜者の特定することばかりにとらわれがちなのは残念なことだ。「山本撃墜作戦を扱ったどの論考においても、ジョン・ミッチェル少佐の優れた指導力や統率力への言及が少ないように見える」[44]と、ベスビー・ホームズ中佐は一九六〇年代の終わりに『ポピュラー・アヴィエーション』誌への寄稿で指摘した。パイロットのダグ・カニングは一九八八年に行われた「山本撃墜作戦を回顧する」という討論会にパネリストとして参加してこう述べた。「もう一度言っておきたい。歴史上もっとも偉大な戦闘機パイロットはジョン・ミッチェルだ」[45]

ミッチは本来、山本撃墜作戦で挙げた戦果によって名誉勲章の権利を得たはずだった。彼が夢見たその栄誉は、彼のあずかり知らない理由により却下されてしまった。一九八〇年代後半になると、退役軍人たちのなかにその過ちを正そうとする動きが発生し、第二期山本撃墜作戦連合（ＳＹＭＡ）が結成された。支援の手紙も多く寄せられ、グループは一九九三年に、アメリカ下院軍事委員会に所属するフロリダ州選出のマイケル・ビリカキス議員に働きかけて、大統領からミッチに勲章を渡すことを認める法案の通過に向けて尽力してもらった。ミッチが亡くなる前に実現させることが目標だったのだ。八〇歳になるころ、ミッチはすい臓がんを患っていた。下院決議案第三〇一七号の共同提案者には、最終的に与野党からほぼ半分ずつ、計六八名の議員が名を連ねたが、それ以上に勢いづけることは難しく、委員会でも決議には至らなかった。一九九五年一一月一五日、ジョン・Ｗ・ミッチェル大佐はカリフォルニア州サン・アンセルモでその生涯を終えた。八一歳だった。

トム・ランフィアがニュージーランドのゴルフ場での一件について後悔の念を示すことは、最後までなかった。野心的なジャーナリストに情報を漏らしてしまったために、自分だけでなく関係のないミッチたちほかのパイロットまで不利な状況に追い込み、名誉勲章の機会を奪ってしまったにもかかわらず。ランフィアは、ガダルカナル島では誰もが撃墜について話していたし、記者への話も大騒ぎするようなことではないと言って自らの軽率さを認めようとはしなかった。だがレックス・バーバーは違った。彼は罪の意識にさいなまれつづけた。「あれ以来、ずっと後悔の念に駆られている。自分やランフィアにとってではない。あのとき、何も話すべきではなかったのだ」[46]と、彼は一九八九年、歴史家に送った文章のなかで述べている。二〇〇一年に亡くなったバーバーにとっては、ミッチと彼が被った痛手こそがすべてだった。バーバーは、ミッチにはその資格があったと書き、こう締めくくった。「彼は名誉勲章を受賞すべき人間だった。今日に至っても、私は自分の不正義をなんとか正せないものかと考えつづけている」

# 謝辞

第二次世界大戦中に活躍したアメリカ陸軍の戦闘機パイロットで、日本の山本五十六提督迎撃作戦で編隊長を務めたジョン・W・ミッチェルに関するノンフィクションは、ミッチェル家の協力なくしては成立し得なかった。テレサ・〝テリ〟・ミッチェル・クレフと夫のポール、ジョン・W・〝ビリー〟・ミッチェル・ジュニアと妻のステイシー。彼らは自宅を開放し、膨大な一次資料、すなわち真珠湾攻撃前から終戦にかけて彼らの父親が母親に宛てた数百通におよぶ手紙、戦時中母親が彼女のおばに書いた手紙、祖父ノア・ミッチェルが残した数通の手紙、一九四二年一月に父親がカリフォルニアから南太平洋に配属されて以降つけていた日記や飛行メモなどを閲覧させてくれた。テリもビリーも、イリノイ州とカリフォルニア州にあるそれぞれの自宅で私の取材に応じてくれたので、私としてはそれらの、あるいは軍の新聞や写真を含むその他の資料を細かく調べ、ときに複写し、ミシシッピ州とテキサス州の父、母双方の家系をたどることもできた。歴史的な山本撃墜作戦を取り上げた報道において、過去にこれらの資料が使われたことはなかった。

ノースカロライナ大学（UNC）チャペルヒル校のルイス・ラウンド・ウィルソン特別収蔵図書館でバーク・デイヴィス資料集の利用を手助けしてくれたレベッカ・ウィリアムスとティム・ホジダンに感謝する。UNCの歴史学者だったデイヴィスは、五〇年以上前に自身が出版した山本撃墜作戦に関する著作のために広範囲かつ詳細な資料を保管していた。彼は調査の一環としてジョン・ミッチェルほかの関係者に直接インタビューを行っており、もし彼らが今日存命であれば私が聞きたかった多くの質問をしてくれた。編集される前のインタビュー原稿には、彼のすばらしい著作には含まれなかった出来事や人々も多数登場しており、私のノンフィクションでは資料としておおいに活用させてもらった。デイヴィス資料集には数カ月分に相当するミッチェルの日記も残されていたが、ミッチェルの一族が保有するなかには含まれないものだった。

同じく、テキサス大学図書館の特別収蔵品およびアーカイヴス局でC・V・グラインズ資料集を収蔵している航空史料館のパトリシア・ナーヴァに感謝する。グラインズ資料集にはミッチェルやほかのパイロットたちに行ったインタビューややり取りのメモが残っており、ファイター・ツーにおける彼らの生活や作戦に従事するようすを知るうえで参考になった。

テキサス州フレデリックスバーグにある太平洋戦争博物館のニミッツ教育研究センターは、長年にわたって退役軍人たちからオーラル・ヒストリーを録音し、収集してきた。なかでも四つのインタビューは非常に参考になった。レックス・バーバー、ダグ・カニング、ジャック・ジェイコブソン、そして日本の柳谷謙治といったパイロットたちの口述だ。一九八八年のある週末に博物館が催した「山本撃墜作戦を回顧する」というシンポジウムには、ミッチ、バーバー、ほか数名が参加している。当日の討論会における彼らの発言を記録した映像のほか、史料として残っている写真の閲覧を許してくれたアーキヴィストのクリス・マクドゥーガルとリーガン・グラウに感謝する。

写真、映像、工芸品、古い音楽などを専門とし、リサーチのコツを熟知した研究者、リッチ・レムズバーグに感謝する。彼には山本の写真や一九四三年五月に提督の戦死を伝えたラジオニュースの音声資料を提供してもらった。また、テネシー州ベルバックルのウェッブ・スクールでアーキヴィスト兼司書補佐を務めるスーザン・クープ・ハウエルには、ジョン・ミッチェルの父親であるノアの写真や在学中の出席記録などを探してもらった。海兵隊大学歴史局オーラル・ヒストリー課長のフレッド・アリソン博士は、アルヴァ・B・〝レッド〟・ラスウェルのオーラル・ヒストリー記録を提供してくれた。アーカンソー州ピゴットのクリフォード・

〝ジョー〟・コール弁護士とラスウェルの家族はアルヴァ・ラスウェルの履歴資料を共有してくれた。『エア・フォース・マガジン』誌のチェキータ・ウッド編集次長からは、一九四三年三月号の同誌に掲載されたウォレス・ディン中尉の手記を含む、ディンに関係する資料を提供してもらった。いずれも記して感謝する。

私の調査業務を助けてくれた以下の方々に感謝する。一九〇〇年代初頭、ミシシッピ州イーニッドに住んでいたノア・ミッチェルとその家族に関する情報を、ミシシッピ州とテネシー州の古い新聞記事から拾い出してくれたウィリアム・アシュレイ・ヴォーガン。アラバマ州モンゴメリーのマックスウェル空軍基地内にある空軍史料館で、戦闘機編隊に関する資料にあたってくれた首席空軍歴史学者のジョージ・カリー。一九四三年の数カ月間ガダルカナル島から戦況報告を続けたジャーナリスト、マック・モリスの息子、デイヴィッド・モリス。そして私がガダルカナル島を訪れた際に案内役を務め、ジョン・ミッチェルと彼のパイロットたちが駐留したファイター・ツーとヘンダーソン基地周辺を含む第二次世界大戦の史跡を案内してくれたモーゼス・ケニー。

調査を進めるうえでは多くの書物や記事を参照した。なかでも数人の歴史家たちによるものはとくに助けになった。記して感謝する。バーク・デイヴィス、ジョン・ワイブル、キャロル・V・グラインズ、R・カーギル・ホール、ダニエル・ホールマン、イアン・トール、阿川弘之。ジャスティン・タイランが創設、運営しているウェブサイト、「太平洋の史跡［Pacific Wrecks］」は私にとってすばらしい資料だった。

私の友人であり同僚のミッチ・ズーコフにはとくに感謝している。われわれには共著作品があり、著述やジャーナリズムについて果てしない議論を戦わした仲だ。そして長年、互いの仕事について激励し合ってきた。山本の撃墜にまつわる話を最初に教えてくれたのは彼だ。彼はベストセラーとなった『地上の楽園で行方不明に――第二次大戦で本当にあったサバイバル、冒険、そして信じられない救出作戦の話［Lost in Shangri-La: A True Story of Survival, Adventure, and the Most Incredible Rescue Mission of World War II］』の著者であり、執筆の過程で太平洋戦争にまつわるさまざまな話を収集していた。彼の示唆、知見、そして膨大な調査資料がなければ、本作に手をつけることなど思いもよらなかっただろう。

私がジャーナリズムを教えているボストン大学コミュニケーション学部の元学部長、トム・フィードラーに感謝する。学部長を一〇年間務めて二〇一九年に引退したトムを、私は忘れないだろう。彼は、私ばかりでなく全学からみても優れた話し手だった。ジャーナリズム学科の共同学科長、ビル・マッキーンとスーザン・ウォーカー、そしてジェニファー・アンダーヒル、サラ・ケス、マギー・マルヴィヒル、ジョン・ホール、トビー・バーコヴィッツ各氏の支援と友情に感謝する。ジャーナリズム学科の卒業生ふたりは、私の執筆作業の主たる伴走者を務めてくれた。マリヤ・マンジョスはジョン・ミッチェル、レックス・バーバーほかのビデオ映像を文字起こししてくれた。ジョフリー・ラインは冷静な目で原稿を確認してくれた。また学部技術室のメンバーたちは私のラップトップとシステムが円滑に動作するよう助けてくれた。ジャコブ・ブーシェ、スティーヴ・テア、ジョーイ・カンポス、ジェイク・カッセン、トリスタン・オリー。みなさん、ありがとう。

古くからの友人、ビル・コールにも感謝したい。自分のキャンピングカーに私を乗せて南カリフォルニアを走り回ってくれた。おかげでビリー・ミッチェルと彼の妻を訪問できたし、カリフォルニア州チノのプレーンズ・オブ・フェイム航空博物館でひとときを過ごすこともできた。彼が随行してくれたおかげで、自分ひとりで旅するよりもはるかに楽しかった。彼は本書の内容にも非常に興味を示してくれた。しばしば取材のための情報をくれ、あるときはいまでも動かせるP－38ライトニングに私が乗れるようアレンジまでしてくれた。

ビルは私の読者のひとりでもある。やはり長い付き合いのデイヴィッド・ホラハン、私の息子たち、クリスチャンとニック、兄のジョン、ボストン大学ミューガー記念図書館の調査司書であるドナルド・アルツィラーなども同様だ。それぞれの視点が私にとって有益だった。彼らが精読してくれたおかげで、本書はよりよいものとなった。

リチャード・アベートが私の出版エージェントになってくれたことは幸運だった。彼は最高だ。彼と3アーツ・エンタテインメント社のレイチェル・キムは、執筆の最初から最後まで、必要なときはいつでも駆けつけてくれた。私の心からの感謝をハーパー・コリンズ社の担当編集者、ジョナサン・ジャオ、そしてサラ・ハウゲンと担当チームのみなさん、さらに注意深く校正し、ためになる指摘をしてくれたロジャー・ラブリイに。

なによりも、家族に感謝する。息子たち、ニックとクリスチャンは執筆期間を通じて数多くの気づきを与えてくれた。娘たち、ホリーとダナは、日々の生活がおろそかになったり時間の感覚がずれたりしないよう、私を見守ってくれた。そして、妻のカリンはそんな家族の要としてみなを導いてくれた。

本書を私の父、元アメリカ海兵隊二等軍曹のジョン・F・レイアに捧げる。一九四五年四月に入隊したとき、彼は一七歳だった。数カ月後にグアムへ配属され、二年間駐留した。すでに終戦後だったため、戦闘に加わることもなく、占領軍の一員として務めただけだったという。私が子どものころ、父からはあまり軍隊時代の話を聞いたことがなかった。正直に言えば、聞いたとしてもたいして興味を示さなかったのだ。遠い昔に遠いどこかであった話を年長者から聞かされるくらいなら、好きなアイスホッケーや水泳をしたり、あるいは単に自然のなかを走り回ったりするほうがよほど大事だった。いまとなっては後悔している。もっと好奇心をもって尋ねておくべきだった。それに本書の執筆やそのための調査についても彼と話がしたかった。ただ、ひとつだけ思い出されることがある。グアム駐留時に、父はひとりの日本人捕虜と交流をもっていた。コネティカット州のわが家に時折日本から手紙が届くのでそのことを知ったのだ。手紙は元の戦争捕虜からだった。彼と父とは手紙をやり取りする文通仲間になっていた。手紙の内容は知らないし、父が読んでくれることもなかったが、文通の理由については説明してくれた。元戦争捕虜は当時父から受けた扱いに感謝していたのだという。手紙には彼の仕事、家族、日本での生活のようすが書かれており、さらに感謝の言葉がつづられていたそうだ。父は大げさに感じたと言い、少し当惑しているようだった。何もたいしたことはしていない、たまに煙草を一本渡したり言葉の壁を越えて会話を試みたりしたくらいで、本当に単純なことばかりだ。しかし当の捕虜にしてみれば、そうして受けた小さな厚意にとても大きな意味があったのだ。そして私が思うに、それは父が彼を、檻に閉じ込めた卑劣な野蛮人としてではなく、ひとりの人間として扱ったからだろう。本当のところはわからない。なにしろグアム時代の話をほとんど聞かなかったのだから。しかし、そのひとつの記憶、彼らが手紙をやり取りしていた事実は私の頭を離れなかった。単にそうした行為に気持ちが込められていたから、というだけではない。あれほど激しく憎み合った敵国の、ふたりの兵士が、いまでは友人同士になったからだと思っている。

*of Admiral Matome Ugaki, 1941–1945.* Translated by Masataka Chihaya. Pittsburgh: University of Pittsburgh Press, 1991.（『大東亜戦争秘記戦藻録』1968年、原書房〈明治百年史叢書 第50巻〉）

Wels, Susan. *Pearl Harbor: America's Darkest Day.* New York: Time- Life Books, 2001.

Wey, Adam Leong Kok. *Killing the Enemy: Assassination Operations During World War II.* London: I. B. Taurus, 2015.

Wible, John T. "The Yamamoto Mission." *AAHS Journal* no. 3 (Fall 1967): 159–68.

——. *The Yamamoto Mission: Sunday, April 18, 1943.* Fredericksburg, TX: Admiral Nimitz Foundation, 1988.

*Wings at War Series.* No. 3: *Pacific Counterblow.* Washington, DC: Headquarters, Army Air Forces, 1943. New imprint by the Center for Air Force History, Washington, DC, 1992.

Wolf, William. *13th Fighter Command in World War II: Air Combat over Guadalcanal and the Solomons.* Atglen, PA: Schiffer Publishing, 2004.

Yamashita, Samuel Hideo. *Daily Life in Wartime Japan, 1940–1945.* Lawrence: University Press of Kansas, 2015.

Zacharias, Ellis M. *Secret Missions: The Story of an Intelligence Officer.* New York: G. P. Putnam's Sons, 1946.（『日本との秘密戦』1958年、日刊労働通信社）

Fe, CA.
Layton, Edwin T., Roger Pineau, and John Costello. *"And I Was There": Pearl Harbor and Midway— Breaking the Secrets.* New York: William Morrow, 1985. (『太平洋戦争暗号作戦――アメリカ太平洋艦隊情報参謀の証言』1987 年、ティビーエス・ブリタニカ)
McWilliams, Bill. *Sunday in Hell: Pearl Harbor Minute by Minute.* New York: E-Rights/ E- Reads, 2011.
Miller, John, Jr. *Guadalcanal: The First Offensive.* Washington, DC: Center of Military History, United States Army, 1949.
Morison, Samuel Eliot. *History of United States Naval Operations in World War II.* Vol. 5: *The Struggle for Guadalcanal, August 1942–February 1943.* Boston: Little, Brown, 1949. (『アメリカ海軍太平洋作戦史ガダルカナル――1942 年 8 月 -1943 年 2 月』 2011 年、仲台文庫)
— — . *History of United States Naval Operations in World War II.* Vol. 6: *Breaking the Bismarcks Barrier, 22 July 1942–1 May 1944.* Boston: Little, Brown, 1950.
— — . "Six Minutes That Changed the World," *American Heritage* 14, no. 2 (February 1963): 50–56.
Morriss, Mack. *South Pacific Diary, 1942–1943.* Edited by Ronnie Day. Lexington: University Press of Kentucky, 1996.
Morton, Louis. "Japan's Decision for War." *United States Naval Institute Proceedings* 80 (December 1954): 1325–34.
Okumiya, Masatake, Jiro Horikoshi, and Martin Caidin. *Zero!* New York: E. P. Dutton, 1956.

Potter, E. B. *Bull Halsey.* Annapolis, MD: Naval Institute Press, 1985. (『キル・ジャップス!――ブル・ハルゼー提督の太平洋海戦史』 1991 年、光人社)
Prados, John. *Combined Fleet Decoded: The Secret History of American Intelligence and the Japanese Navy in World War II.* New York: Random House, 1995.
— — . *Islands of Destiny: The Solomons Campaign and the Eclipse of the Rising Sun.* New York: NAL Caliber, 2012.
Sledge, E. B. *With the Old Breed: At Peleliu and Okinawa.* New York: Ballantine, 2010. (『ペリリュー・沖縄戦記』 2008 年、講談社)
Smith, Michael. *The Emperor's Code: Breaking Japan's Secret Ciphers.* New York: Arcade, 2000.
Stanaway, John. *P-38 Lightning Aces of the Pacific and CBI.* Oxford, England: Osprey, 1997. (『太平洋戦線の P-38 ライトニングエース』 2001 年、大日本絵画)
Taylor, Blaine. "Ambush in Hostile Skies." *Military History* 5, no. 1 (1988): 42–49.
Taylor, Theodore. *The Magnificent Mitscher.* Annapolis, MD: Naval Institute Press, 1954.
Toland, John. *The Rising Sun: The Decline and Fall of the Japanese Empire, 1936–1945,* vol. 2. New York: Random House, 1970. (『大日本帝国の興亡』、1971 年、毎日新聞社)
Toll, Ian W. *The Conquering Tide: War in the Pacific Islands, 1942–1944.* New York: W. W. Norton, 2015. (『太平洋の試練　ガダルカナルからサイパン陥落まで』［上下巻］ 2016 年、文藝春秋)
— — . *Pacific Crucible: War at Sea in the Pacific, 1941–1942.* New York: W. W. Norton, 2012. (『太平洋の試練　真珠湾からミッドウェイまで』［上下巻］2016 年、文藝春秋)
Twomey, Steve. *Countdown to Pearl Harbor: The Twelve Days to the Attack.* New York: Simon & Schuster, 2016.
Ugaki, Matome. *Fading Victory: The Diary*

行』1976年、原書房）
Davis, Donald. *Lightning Strike: The Secret Mission to Kill Admiral Yamamoto and Avenge Pearl Harbor.* New York: St. Martin's Press, 2005.
Field, James A., Jr. "Admiral Yamamoto." *United States Naval Institute Proceedings* 75, no. 10 (October 1949): 1105–13.
Gamble, Bruce. *Fortress Rabaul: The Battle for the Southwest Pacific, January 1942–April 1943.* Minneapolis: Zenith Press, 2010.
Glines, Carroll V. *Attack on Yamamoto.* Atglen, PA: Schiffer Military History, 1993.（『巨星「ヤマモト」を撃墜せよ！——誰が山本GF長官を殺ったのか⁉』1992年、光文社）
Goldstein, Donald M., and Katherine V. Dillon. *The Pearl Harbor Papers: Inside the Japanese Plans.* New York: Brassey's, 1993.
Grapes, Bryan J., ed. *Japanese American Internment Camps.* San Diego: Greenhaven Press, 2001.
Hader, Victor D. "Decapitation Operations: Criteria for Targeting Enemy Leadership: A Monograph." School of Advanced Military Studies, US Army Command and General Staff College, Fort Leavenworth, KS, 2004.
Hall, R. Cargill, ed. *Lightning over Bougainville: The Yamamoto Mission Reconsidered.* Washington, DC: Smithsonian Institution Press, 1991.
Hammel, Eric. *Aces Against Japan II: The American Aces Speak,* vol. 3. Pacifica, CA: Pacifica Press, 1996.
Haufler, Hervie. *Codebreakers' Victory: How the Allied Cryptographers Won World War II.* New York: New American Library, 2003.
Haulman, Daniel. *Killing Yamamoto: The American Raid That Avenged Pearl Harbor.* Montgomery, AL: NewSouth Books, 2015.
Heppenheimer, T. A. "Yamamoto and the Hijackers." *Defense World* 1, no. 2 (1989): 46–50.
Hersey, John. *Into the Valley: A Skirmish of the Marines.* New York: Schocken Books, 1942.
Hess, William. *Ace Profile* (American Fighter Pilot Series). Vol. 1, no. 2: *Col. Rex T. Barber.* Tucson, AZ: Mustang International, 1993.
Holmes, W. J. *Double- Edged Secrets: U.S. Naval Intelligence Operations in the Pacific During World War II.* Annapolis, MD: Naval Institute Press, 1979.（『太平洋暗号戦史』1980年、ダイヤモンド社）
Honan, William H. *Visions of Infamy: The Untold Story of How Journalist Hector C. Bywater Devised the Plans That Led to Pearl Harbor.* New York: St. Martin's Press, 1991.（『真珠湾を演出した男』1991年、徳間書店）
Horne, Alistair. *Hubris: The Tragedy of War in the Twentieth Century.* New York: Harper Collins, 2015.
Hoyt, Edwin P. *Yamamoto: The Man Who Planned the Attack on Pearl Harbor.* Guilford, CT: Lyons Press, 1990.
Hull, Michael D. "Japan's Naval War Leader," *WWII History* 1, no. 7 (Fall 2012): 26–31.
Kahn, David. *The Codebreakers: The Comprehensive History of Secret Communications from Ancient Times to the Internet.* New York: Scribner, 1996.
Lanphier, Thomas G., Jr. "At All Costs Reach and Destroy." Unpublished manuscript, US Army Military History Institute, 1984–85.
Lasswell, Alvin B. Interviewed by Benis M. Frank, historical division unit chief, Oral History Program, Historical Division, United States Marine Corps, April 1, 1968, at Lasswell's home in Rancho Santa

# 参考文献

## 論文・公文書


Burke Davis Papers (DA), 1920–1987, #4569, Southern Historical Collection, The Wilson Library at the University of North Carolina at Chapel Hill.

C. V. Glines, Jr., Papers (GA), Special Collections and Archives Division, History of Aviation Collection, University of Texas Library, Dallas.

DENSHO Digital Archives, https://www.densho.org/archives/.

Dispatches from *Time* magazine correspondents, first series, 1942–1955, Harvard College Library Special Collections, Houghton Library.

Mitchell Family Papers (MFP): the letters of John Mitchell, Annie Lee Mitchell, and Noah Mitchell, along with diaries, military records, and newspaper clippings.

Nimitz Education and Research Center at the National Museum of the Pacific War, Fredericksburg, Texas: oral histories, 1988 Yamamoto Mission Retrospective.

Rohwer Reconstructed Archive, https://risingabove.cast.uark.edu/archive.

Rosalie Santine Gould– Mabel Jamison Vogel Collection, the Butler Center for Arkansas Studies, Little Rock.


## 書籍・記事等


Agawa, Hiroyuki. *The Reluctant Admiral: Yamamoto and the Imperial Navy.* Translated by John Bester. Tokyo: Kodansha International, 1969.(『山本五十六』改版［上下巻］阿川弘之、1973年、新潮社）

Arvanitakis, Adonis C. “Killing a Peacock: A Case Study of the Targeted Killing of Admiral Isoroku Yamamoto.” Master’s thesis, School of Advanced Military Studies, United States Army Command and General Staff College, Fort Leavenworth, KS, 2015.

Bradt, Hale. *Wilber’s War: An American Family’s Journal Through World War II.* Salem, MA: Van Dorn Books, 2015.

Brieger, James F. *Hometown Mississippi.* Jackson, MS: Town Square Books, 1997.

Carlson, Elliot. *Joe Rochefort’s War: The Odyssey of the Codebreaker Who Outwitted Yamamoto at Midway.* Annapolis, MD: Naval Institute Press, 2011.

Cary, Otis, ed. *From a Ruined Empire: Letters— Japan, China, Korea, 1945–46.* Tokyo: Kodansha International, 1984.

Collie, Craig. *Code Breakers: Inside the Shadow World of Signals Intelligence in Australia’s Two Bletchley Parks.* Sydney, Australia: Allen & Unwin, 2017.

Cook, Haruko Taya, and Theodore F. Cook. *Japan at War: An Oral History.* New York: New Press, 1992.

Davis, Burke. *Get Yamamoto.* New York: Random House, 1969.(『山本五十六死す——山本長官襲撃作戦の演出と実

25, 1943, MFP.
26. John Mitchell, diary, September 1 and 10, 1943, MFP.
27. Public Relations Officer, Fourth Air Force, background material on Mitchell and Lanphier for the July 16, 1943, award of the Navy Cross at Fourth Air Force Headquarters in San Francisco, MFP; John Mitchell, letters to Annie Lee, July 15 and November 3, 1943, MFP.
28. John Mitchell, letter to Annie Lee, November 5, 1943, MFP; Mitchell, diary, December 29, 1943, MFP.
29. Eric H. Holder, Jr., "Attorney General Eric Holder Speaks at Northwestern University School of Law," March 5, 2012, https://www.justice.gov/opa/speech/attorney-general-eric-holder-speaks-northwestern-university-school-law.
30. Jenna Jordan, "When Heads Roll: Assessing the Effectiveness of Leadership Decapitation," *Security Studies* 18, no. 4 (December 2, 2009): 791–95; David Ignatius, "Killing Top Terrorists is Not Enough," *Washington Post*, March 5, 2015; James A. Warren, "The Hit and Miss Record of U.S. Targeted Killing Programs," Daily Beast, May 25, 2018.
31. Arvanitakis, "Killing a Peacock," 43–44.
32. John Mitchell, diary, April 21, 1945, MFP.
33. 同前。
34. John Mitchell, diary, June 27, 1945, MFP.
35. John Mitchell, diary, May 9, 1945, MFP.
36. John Mitchell, diary, August 8, 1945, MFP.
37. "Fighter Command Debriefing," April 18, 1943, quoted in Carroll V. Glines, *Attack on Yamamoto* (Atglen, PA: Schiffer Military History, 1993), 161.（『巨星「ヤマモト」を撃墜せよ！——誰が山本ＧＦ長官を殺ったのか!?』1992 年、光文社）
38. "Yamamoto's Killer Identified by Army: Lieut. Col. T. G. Lanphier Jr., Son of Army Officer, Shot Down Admiral's Plane in Trap," *New York Times*, September 11, 1945.
39. John Mitchell, letters to Annie Lee, September 16 and 27, 1945, MFP.
40. Neil Sheehan, *A Fiery Peace in a Cold War: Bernard Schriever and the Ultimate Weapon* (New York: Random House, 2009), 253–61.
41. Glines, *Attack on Yamamoto*, 148.（『巨星「ヤマモト」を撃墜せよ！——誰が山本ＧＦ長官を殺ったのか!?』1992 年、光文社）
42. Tom Lanphier, "At All Costs Reach and Destroy," autobiography, GA. Note: For a thorough, succinct, and up-to-date account of the credit dispute, see Haulman, *Killing Yamamoto*, 18–23.
43. Author visit to Guadalcanal, May 2019.
44. Besby F. Holmes, "Who Really Shot Down Yamamoto?," *Popular Aviation*, March–April 1967, 64.
45. Doug Canning, videotape as speaker at the Yamamoto Mission Retrospective, Admiral Nimitz Museum, Fredericksburg, TX, April 1988.
46. Rex Barber, letter to Carroll V. Glines, January 5, 1989, GA.

7. Chet Huntley, CBS radio broadcast, May 22, 1943.
8. "Yamamoto Killed; Boasted He'd Dictate Terms in White House," *Washington Post*, May 22, 1943; "Yamamoto Held Among Greatest Japanese Leaders," *Los Angeles Times*, May 22, 1943.
9. Edwin T. Layton, letter to Burke Davis, July 13, 1968, DA.
10. "Gosh!": Ray Brecht, "The President's Press Conference," May 21, 1943, Dispatches from *Time* magazine correspondents: first series, 1942–1955.
11. Grace Tully (FDR's personal secretary), archives, cited in Adonis C. Arvanitakis, "Killing a Peacock: A Case Study of the Targeted Killing of Admiral Isoroku Yamamoto," master's thesis, School of Advanced Military Studies, United States Army Command and General Staff College, Fort Leavenworth, KS, 2015, 41.
12. "Yamamoto Held Among Greatest Japanese Leaders," *Los Angeles Times*, May 22, 1943.
13. Victor D. Hader, "Decapitation Operations: Criteria for Targeting Enemy Leadership: A Monograph," School of Advanced Military Studies, United States Army Command and General Staff College, Fort Leavenworth, KS, 2004, 34.
14. Arvanitakis, "Killing a Peacock," 39, 44. アーヴァニタキスは、一般的に山本殺害作戦を指す「報復作戦」という呼称について、同書四二ページで考察している。彼が航空軍のアーカイヴを調査した結果、この作戦に正式な名称は与えられておらず、ほかにも報復という名がついた作戦は存在していないことを確認した。
15. Burke Davis, interview with John Mitchell, September 27–28, 1967, DA.
16. R. Cargill Hall, ed., *Lightning over Bougainville: The Yamamoto Mission Reconsidered* (Washington, DC: Smithsonian Institution Press, 1991), 26.
17. Burke Davis, interview with Doug Canning, September 24, 1967, DA; Canning, letter to John T. Wible, November 9, 1962, GA.
18. Lieutenant General M. F. Harmon, US Army Air Forces, South Pacific Area, letter to Major John Mitchell, May 26, 1943, MFP; Harmon, letter to Lieutenant General H. H. Arnold, commanding general of the Army Air Forces, Washington, DC, May 26, 1943, MFP.
19. Lieutenant General M. F. Harmon, U.S. Army Air Forces South Pacific Area, letter to Lieutenant General H. H. Arnold, commanding general of the Army Air Forces, Washington, DC, May 1, 1943, MFP.
20. John Mitchell, letter to Annie Lee, May 3, 1943, MFP.
21. Rex Barber, letter to Carroll V. Glines, January 5, 1989, GA.
22. Office of Air Staff Intelligence, copy of confidential interview with Mitchell and Lanphier on June 15, 1943, and prepared on July 30, 1943, during which the pilots discuss the strengths and weaknesses of the P-38 Lightning, MFP; War Department press release, June 17, 1943, Washington, DC; transcript of Mitchell and Lanphier appearance on the "Army Hour," June 15, 1943, Washington, DC.
23. "Lanphier Stars as 'Hot' Pilot in Pacific War," *Washington Post*, June 19, 1943; "P-38s Without Bombs Destroy Two Jap Ships," *Los Angeles Times*, July 24, 1943.
24. "Pilot Will Demonstrate Air Tactics to Cadets," *Los Angeles Times*, August 1, 1943; John Mitchell, diary number two, July 31, 1943, MFP.
25. John Mitchell, letters to Annie Lee, July 20, 22, and 27, 1943; Mitchell, diary, July

41. Colonel Bill Harris, letter to Carroll V. Glines, November 29, 1988, GA, reporting that he had heard Lanphier.
42. Arvanitakis, "Killing a Peacock," 36, quoting a poem from the diary of crew chief Robert Pappake.
43. Burke Davis, interview with John Mitchell, September 29, 1967, DA. 注：海軍士官だったジョン・F・ケネディは、たまたま魚雷艇とともにガダルカナルの港にいて、帰還するP―38を見たとあとになって述べた。Robert J. Donovan, PT 109: *John F. Kennedy in World War II* (New York: McGraw-Hill, 1961), 58. を参照。
44. Besby Holmes, videotaped comments as panelist at the Yamamoto Mission Retrospective, Admiral Nimitz Museum, Fredericksburg, TX, April 1988.
45. Wible, *The Yamamoto Mission,* 20; Wolf, *13th Fighter Command in World War II,* 147; George T. Chandler, videotaped interview with Rex Barber, May 18, 1989, MFP.
46. Lou Kittel, letter to Carroll V. Glines, November 21, 1988, GA.
47. Besby Holmes, videotaped comments as panelist at the Yamamoto Mission Retrospective, Admiral Nimitz Museum, Fredericksburg, TX, April 1988.
48. Burke Davis, Get Yamamoto, 186. (『山本五十六死す――山本長官襲撃作戦の演出と実行』1976年、原書房)
49. John Condon, oral history interview with the US Air Force, Historical Research Center, Office of Air Force History, March 8, 1989, Washington Navy Yard.
50. Wible, *The Yamamoto Mission,* 29.
51. George T. Chandler, videotaped interview with John Mitchell, May 18, 1989, MFP.
52. Mack Morriss, diary, April 18, 1943, *South Pacific Diary, 1942–1943* (Lexington: University Press of Kentucky, 1996).
53. William Halsey, communication to Pete Mitscher, April 18, 1943, with copies going to Mitchell, Viccellio, Barber, Lanphier, and Holmes, MFP.
54. John Mitchell, letter to Annie Lee, May 3, 1943, MFP.

## エピローグ

1. Hiroyuki Agawa, *The Reluctant Admiral* (『山本五十六』改版［上下巻］阿川弘之、1973年、新潮社) *: Yamamoto and the Imperial Navy* (Tokyo: Kodansha International, 1969), 354–58, 366–68; Daniel Haulman, *Killing Yamamoto: The American Raid That Avenged Pearl Harbor* (Montgomery, AL: New South Books, 2015), 18; John T. Wible, *The Yamamoto Mission: Sunday, April 18, 1943* (Fredericksburg, TX: Admiral Nimitz Foundation, 1988), 23–25.
2. Burke Davis, *Get Yamamoto* (New York: Random House, 1969), 200. (『山本五十六死す――山本長官襲撃作戦の演出と実行』1976年、原書房)
3. Donald M. Goldstein and Katherine V. Dillon, *The Pearl Harbor Papers: Inside the Japanese Plans* (New York: Brassey's, 1993), 131–34; Agawa, *The Reluctant Admiral,* 383–84. (『山本五十六』改版［上下巻］阿川弘之、1973年、新潮社)
4. "Yamamoto Killed; Boasted He'd Dictate Terms in White House," *Washington Post,* May 22, 1943; "Japanese Admiral Killed in Combat: Commander of Fleet Had Said He Would Dictate Peace Terms in the White House," *New York Times,* May 21, 1943.
5. Agawa, *The Reluctant Admiral,* 386–92. (『山本五十六』改版［上下巻］阿川弘之、1973年、新潮社)
6. Goldstein and Dillon, *The Pearl Harbor Papers,* 126–33.

Mitchell, September 29, 1967, DA.

33. John Mitchell, letter to John Wible, May 12, 1961, GA; Burke Davis, interview with Mitchell, September 29, 1967, DA; Wible, *The Yamamoto Mission,* 20; Jack Jacobson diary excerpts found online at usmilitariaforum.com in its section on the Yamamoto mission, http:// www.usmilitariaforum.com/forums/index.php?/topic/194018-yamamoto -shoot-down-p-38-handwritten-diary/?hl=%2Byamamoto+%2Bmission. See Wolf, *13th Fighter Command in World War II,* 147. ここでは軍の資料を引用して、ハインの捜索は一九四三年五月二八日に打ち切られ、ミッチェルがハインを最後に見たのは午前九時四〇分ごろだったと述べている。一九四四年二月九日付の別の報告書には「ハインが墜落するところは目撃されていない。飛行機の残骸は見つからなかった」とある。

34. Ugaki, Fading Victory, 354–55, 359. (『大東亜戦争秘記戦藻録』1968年、原書房〈明治百年史叢書 第50巻〉)

35. Agawa, *The Reluctant Admiral,* 353–55. (『山本五十六』改版[上下巻] 阿川弘之、1973年、新潮社)

36. Samuel Eliot Morison, *Breaking the Bismarcks Barrier, 22 July 1942–1 May 1944* (Boston: Little, Brown, 1950), 129, n. 13.

37. First Lieutenant Roger J. Ames, videotaped comments as a panelist at the Yamamoto Mission Retrospective, Admiral Nimitz Museum, Fredericksburg, TX, April 1988; note left at Nimitz Museum reception desk October 6, 1979, by Lieutenant Edward C. Hutcheson, the officer on duty on "Recon," the Guadalcanal fighter director, saying he heard Lanphier yelling those words over the radio as Lanphier approached the airfield; see Glines, *Attack on Yamamoto,* 81. ランフィアは無線で叫んだことは否定しなかったが、このとおりの言葉を言ったことや、自分が撃墜した爆撃機に山本が乗っていたと言ったことは否定している。ランフィアは、一九四五年に書いた新聞記事をはじめとして、その後数年間にわたって異なる説明をしている。一九四五年の記事では、彼が追跡したのは山本の乗った爆撃機だと特定している。爆撃機はジャングルをかすめながらカヒリ（ブイン基地）に向かっていて、その後ランフィアが撃墜し「それが山本五十六最高司令官の最後だった」と書いていた。次は、ランフィアが『リーダーズ・ダイジェスト』の一九六六年一二月号に寄稿した「私が山本を撃墜した」という記事からの抜粋だ。そのなかでランフィアは、自分が零戦から逃れて山本を追っていたときに、零戦と戦っていたバーバーについてこう述べている。「私は、飛行機を宙返りさせて、戦闘のさなかに見失った爆撃機を探した。パニックになったが、バーバーが数機の零戦と戦っていて、別の二機の零戦が私の方へ向かってくるのが、一目ではっきりとわかった。そのとき、ジャングルの上を猛列な速さで動く緑の影が見えた。ジャングルの上をかすめるようにして飛ぶ爆撃機だった。私はその爆撃機を追ってこずえの高さまで降下すると、かなり長いあいだ集中攻撃を浴びせた。右のエンジンと右の翼が吹き飛び、その爆撃機はジャングルに墜落した」

38. Lou Kittel, letter to Carrol V. Glines, November 21, 1988, GA.

39. First Lieutenant Roger J. Ames, videotaped comments as a panelist at the Yamamoto Mission Retrospective, Admiral Nimitz Museum, Fredericksburg, TX, April 1988.

40. Joseph O. Young, letter to George Chandler, September 22, 1988, GA.

23. Burke Davis, *Get Yamamoto,* 157.（『山本五十六死す――山本長官襲撃作戦の演出と実行』1976 年、原書房）
24. Hall, *Lightning over Bougainville,* 45–46; Carroll V. Glines, *Attack on Yamamoto* (Atglen, PA: Schiffer Military History, 1993), 67–69 and 105–06（『巨星「ヤマモト」を撃墜せよ!――誰が山本 GF 長官を殺ったのか!?』1992 年、光文社）。検死報告書には、二発の銃弾が山本の左側から撃ち込まれたとあるので、山本は、銃撃を受けたとき座ったまま左を向いていたことになる。
25. Rex Barber, videotaped comments as panelist at the Yamamoto Mission Retrospective, Admiral Nimitz Museum, Fredericksburg, TX, April 1988; George T. Chandler, videotaped interview with Barber, May 18, 1989, MFP; Burke Davis, interview with Rex Barber, September 29, 1967, DA; John T. Wible, *The Yamamoto Mission: Sunday, April 18, 1943* (Fredericksburg, TX: Admiral Nimitz Foundation, 1988), 19–20.
26. Burke Davis, interview with Rex Barber, September 29, 1967, DA; Davis, interview with Besby Holmes, February 14, 1968, DA. ホームズは、タンクを落とそうと躍起になっていたときに、「敵の戦闘機をやっつけた」と無線で叫ぶバーバーの声を聞いたと語った。
27. Ugaki, Fading Victory, 354（『大東亜戦争秘記戦藻録』1968 年、原書房〈明治百年史叢書 第 50 巻〉）; Agawa, *The Reluctant Admiral,* 358 (『山本五十六』改版［上下巻］阿川弘之、1973 年、新潮社 ); Arvanitakis, "Killing a Peacock," 2, citing an interview with the Japanese army officer who was taken to Yamamoto's crash site the next day.
28. Besby Holmes, videotaped comments as panelist at the Yamamoto Mission Retrospective, Admiral Nimitz Museum, Fredericksburg, TX, April 1988; Burke Davis, interview with Besby Holmes, February 14, 1968, DA.
29. Rex Barber, videotaped comments as panelist at the Yamamoto Mission Retrospective, Admiral Nimitz Museum, Fredericksburg, TX, April 1988; George T. Chandler, videotaped interview with Barber, May 18, 1989, MFP; Besby Holmes, videotaped comments as panelist at the Yamamoto Mission Retrospective, Admiral Nimitz Museum, Fredericksburg, TX, April 1988.
30. 注：のちのインタビューで、バーバー、ホームズ、ランフィアは、戦闘機の撃墜について異なる説明をしている。なかでも注目すべきは、ランフィアが、零戦を攻撃したあと、左に二七〇度方向転換をして、山本機に追いつき撃墜したと語っていることだ。ホームズとバーバーは、海で日本の爆撃機を撃墜したと主張した。三人は、零戦を何機か撃墜したとも言っているが、二機の一式陸攻以外に戦闘機が撃墜されたという証拠はひとつも出てこなかった。ここでは彼らの意見が一致した部分をまとめている。それぞれがした説明の詳細については以下を参照。Wible, *The Yamamoto Mission;* Carroll V. Glines, *Attack on Yamamoto*（『巨星「ヤマモト」を撃墜せよ!――誰が山本 GF 長官を殺ったのか!?』1992 年、光文社）; Daniel Haulman, *Killing Yamamoto: The American Raid That Avenged Pearl Harbor* (Montgomery, AL: New South Books, 2015), or William Wolf, *13th Fighter Command in World War II: Air Combat over Guadalcanal and the Solomons* (Atglen, PA: Schiffer Publishing, 2004).
31. Burke Davis, interview and correspondence with Doug Canning, September 24, 1967, and after, DA.
32. Burke Davis, interview with John

glittering silver.

12. Major Adonis C. Arvanitakis, "Killing a Peacock: A Case Study of the Targeted Killing of Admiral Isoroku Yamamoto," master's thesis, School of Advanced Military Studies, United States Army Command and General Staff College, Fort Leavenworth, KS, 2015, 28.
13. Matome Ugaki, *Fading Victory: The Diary of Admiral Matome Ugaki, 1941–1945* (Pittsburgh: University of Pittsburgh Press, 1991), 353 (『大東亜戦争秘記戦藻録』1968 年、原書房〈明治百年史叢書 第 50 巻〉); Hiroyuki Agawa, *The Reluctant Admiral: Yamamoto and the Imperial Navy* (Tokyo: Kodansha International, 1969), 348.(『山本五十六』改版［上下巻］阿川弘之、1973 年、新潮社)
14. George T. Chandler, videotaped interview with John Mitchell, May 18, 1989, MFP.
15. Burke Davis, interview with Doug Canning, September 24, 1967, DA.
16. Doug Canning, oral history interview, October 4, 2001, National Museum of the Pacific War; Burke Davis, *Get Yamamoto* (New York: Random House, 1969), 155 (『山本五十六死す――山本長官襲撃作戦の演出と実行』1976 年、原書房), quoted Mitchell as saying "Everybody, skin tanks." ミッチが別の表現をしたという報告もあるが、パイロットたちに燃料タンクを投棄させるために「skin」という単語を使ったという点では一致している。
17. Eric Hammel, Aces Against Japan: The American Aces Speak, vol. 1, "The Hawk, Besby Holmes,"3–10.
18. George T. Chandler, videotaped interview with John Mitchell, May 18, 1989, MFP; Mitchell, videotaped comments as panelist at the Yamamoto Mission Retrospective, Admiral Nimitz Museum, Fredericksburg, TX, April 1988.
19. George T. Chandler, videotaped interview with John Mitchell, May 18, 1989, MFP; Burke Davis, interview with Rex Barber, September 29, 1967, DA; Eric Hammel, *Aces Against Japan: The American Aces Speak,* vol. 1, "The Hawk, Besby Holmes," 3–10; Besby Holmes, videotaped comments as panelist at the Yamamoto Mission Retrospective, Admiral Nimitz Museum, Fredericksburg, TX, April 1988。 ホームズは、まずは燃料タンクをなんとかするしかないと思ったと語っている。「戦闘に参加するには、タンクを振り落とさなければならなかった」
20. John Mitchell, letter to Tom Lanphier, July 9, 1984, GA. ミッチェルの発言の全文は以下のとおり。「これだけは、はっきり言える。あのとき、ノックスの来訪時にしたように、日本がカヒリ（ブイン基地）からある程度のところまで五〇機かそこらの迎えを出すものと思い込んでいなかったら、おそらく誰も迎撃するチャンスはなかっただろう。ミッチャーやヴィッチェロやほかの誰が何と言おうと、先頭という攻撃に最適の位置にいた私が、自分で仕留めにいったはずだからだ」
21. Ugaki, *Fading Victory,* 353–57 (『大東亜戦争秘記戦藻録』1968 年、原書房〈明治百年史叢書 第 50 巻〉); interview with bomber pilot Horishi Hayashi, June 1990, in R. Cargill Hall, ed., *Lightning over Bougainville: The Yamamoto Mission Reconsidered* (Washington, DC: Smithsonian Institution Press, 1991), 149–57; interview with Zero pilot Kenji Yanagiya, at the Yamamoto Mission Retrospective, Admiral Nimitz Museum, Fredericksburg, TX, April 1988, in *Lightning over Bougainville,* 111–20.
22. George T. Chandler, videotaped interview with Rex Barber, May 18, 1989, MFP.

Fredericksburg, TX, April 1988.

47. Jay E. Hines, interview with Betty pilot Horishi Hayashi, June 22, 1990, in Japan, in Hall, *Lightning over Bougainville*, 142.
48. Ugaki, *Fading Victory*, 353.（『大東亜戦争秘記戦藻録』1968 年、原書房〈明治百年史叢書 第 50 巻〉）
49. Ugaki, *Fading Victory*, 353（『大東亜戦争秘記戦藻録』1968 年、原書房〈明治百年史叢書 第 50 巻〉）; Agawa, *The Reluctant Admiral*, 358–60(『山本五十六』改版［上下巻］阿川弘之、1973 年、新潮社 ); Arvanitakis, "Killing a Peacock," 28.

## 第一六章　推測航法

1. George T. Chandler, videotaped interview with John Mitchell, May 18, 1989, MFP.
2. D. C. Goerke, letter to Carroll V. Glines, December 15, 1988, GA.
3. Eric Hammel, *Aces Against Japan: The American Aces Speak,* vol. 1, "The Hawk, Besby Holmes,"3–10.
4. Burke Davis, interview with Doug Canning, September 24, 1967, DA.
5. John Mitchell, videotaped comments as panelist at the Yamamoto Mission Retrospective, Admiral Nimitz Museum, Fredericksburg, TX, April 1988.
6. George T. Chandler, videotaped interview with John Mitchell, May 18, 1989, MFP; Mitchell, videotaped comments as panelist at the Yamamoto Mission Retrospective, Admiral Nimitz Museum, Fredericksburg, TX, April 1988.
7. John Mitchell, letter to Burke Davis, January 28, 1968, DA; George T. Chandler, videotaped interview with Mitchell, May 18, 1989, MFP; Mitchell, videotaped comments as panelist at the Yamamoto Mission Retrospective, Admiral Nimitz Museum, Fredericksburg, TX, April 1988; Burke Davis, interview with Jack Jacobson, October 3, 1967, DA.
8. 注：ほとんどすべての報告が、「敵機発見。上方一一時の方向」というカニングの言葉を引用している。カニング自身、一九六七年九月二四日のインタビューのなかで、歴史家のバーク・デイヴィスに、日本の爆撃機を見つけたとき「無線に向かってただ『敵機発見。上方一一時の方向』と叫んだ」と語っている。一九八八年のニミッツ記念博物館でのパネルディスカッションでも、同じ発言をした。だがその後、テキサス州フレデリックスバーグ市にある国立太平洋戦争博物館で、二〇〇一年一〇月四日に行われた口述の歴史インタビューのなかで、自分でそれを訂正している。「多くの書籍などに、私が『敵機発見。一一時の方向』と言ったと書かれているが、私が実際に言ったのは『敵機発見。上方一〇時の方向』だ。一一時の方向では、絶対に間にあわなかっただろう。相手を迎撃するところまで進んでいないことになるからだ。だから上方一〇時の方向でなくてはならなかった」さらに、ミッチの僚機のパイロットであるジャック・ジェイコブソンが、一九六七年一〇月三日のインタビューのなかで、誰か（カニング）が無線封止を破って「一〇時の方向に敵機発見」と叫んだとバーク・デイヴィスに話したことで、カニングの説明を裏づけた。
9. Louis Kittel, letter to Carroll V. Glines, November 21, 1988, GA.
10. Eric Hammel, *Aces Against Japan: The American Aces Speak,* vol. 1, "The Hawk, Besby Holmes,"3–10.
11. George T. Chandler, videotaped interview with John Mitchell, May 18, 1989, MFP; Burke Davis, interview with Rex Barber, September 29, 1967, DA, during which Barber described the bombers as a

手紙に記した内容を歪曲したものだった。
29. Glines, *Attack on Yamamoto*, 36.（『巨星「ヤマモト」を撃墜せよ!──誰が山本GF長官を殺ったのか!?』1992年、光文社）
30. John Mitchell, letter to Carroll V. Glines, November 27, 1988, GA; Glines, *Attack on Yamamoto*, 33.（『巨星「ヤマモト」を撃墜せよ!──誰が山本GF長官を殺ったのか!?』1992年、光文社）
31. 注：日曜の早朝、夜明け前に、ブリーフィングをしたという話もあるが、ミッチは土曜日の夜に飛行中隊にブリーフィングをしたと書いているし、そう話してもいる。ジョン・ミッチェルが一九八八年一一月二七日にキャロル・V・グラインズに出した手紙を見ると、「私は、四月一七日の夜暗くなってから飛行中隊にブリーフィングをしました。ブリーフィングの場所は、我々のテントがある丘の中腹の広場でした」。パイロットのD・C・ゲールケも、一九六八年四月に受けたバーク・デイヴィスによるインタビューで、ミッチェルのブリーフィングが一九四三年四月一七日の夜に行われたと回想している。
32. John Mitchell, videotaped comments as panelist at Yamamoto Mission Retrospective, Admiral Nimitz Museum, Fredericksburg, TX, April 1988.
33. Quoted in Glines, *Attack on Yamamoto*, 38.（『巨星「ヤマモト」を撃墜せよ!──誰が山本GF長官を殺ったのか!?』1992年、光文社）
34. Burke Davis, *Get Yamamoto*, 135.（『山本五十六死す──山本長官襲撃作戦の演出と実行』1976年、原書房）
35. George T. Chandler, videotaped interview with John Mitchell, May 18, 1989, MFP; Wible, *The Yamamoto Mission*, 12.
36. Wible, *The Yamamoto Mission*, 161.
37. Burke Davis, *Get Yamamoto*, 135.（『山本五十六死す──山本長官襲撃作戦の演出と実行』1976年、原書房）
38. Rex Barber, letter to Carroll V. Glines, January 5, 1989, GA.
39. Mack Morriss, *South Pacific Diary, 1942–1943* (Lexington: University Press of Kentucky, 1996), 153.
40. Burke Davis, *Get Yamamoto*, 137.（『山本五十六死す──山本長官襲撃作戦の演出と実行』1976年、原書房）
41. Wible, *The Yamamoto Mission*, 14.
42. John Mitchell, videotaped comments as panelist at the Yamamoto Mission Retrospective, Admiral Nimitz Museum, Fredericksburg, TX, April 1988.
43. John Mitchell, letter to Burke Davis, January 28, 1968, DA; Davis, interview with Mitchell, September 1967, DA; Davis, interview with Rex Barber, September 29–October 1, 1967, DA; Wible, *The Yamamoto Mission*, 16–17; Glines, *Attack on Yamamoto*, 57–60（『巨星「ヤマモト」を撃墜せよ!──誰が山本GF長官を殺ったのか!?』1992年、光文社）; Burke Davis, *Get Yamamoto*, 141–43（『山本五十六死す──山本長官襲撃作戦の演出と実行』1976年、原書房）; Donald Davis, *Lightning Strike*, 251.
44. Ugaki, *Fading Victory*, 352.（『大東亜戦争秘記戦藻録』1968年、原書房〈明治百年史叢書 第50巻〉）
45. 注：時刻を明確にして一貫性を保つために、ガダルカナル時間を採用しているが、タイムゾーンの違いにより、ラバウルで用いられた日本時間よりも二時間進んでいた。つまり、山本はガダルカナル時間の午前八時に出発したが、ラバウル時間では午前六時だった。
46. R. Cargill Hall, interview with Zero pilot Kenji Yanagiya at the Yamamoto Mission Retrospective, Admiral Nimitz Museum,

にミッチェルは異議を唱えた。ミッチェルはランフィアの主張に怒り、一九八四年七月九日、ランフィアに宛てた手紙で次のように記している。「ミッチャーが君の飛行小隊を作戦に加えるべきだと考えていると言ったことは覚えているが、彼が誰を撃墜手にすべきか私に進言するほど分を超えた振る舞いをするはずはなく、彼は実際にそんなことは言わなかった。君を撃墜手にしたのは、熟慮の末、私が下した決断だ」。加えて、「君もよく知っているように、海軍指揮官は、飛行隊の編成や作戦遂行で用いる的確な戦術について、陸軍航空軍部隊の飛行中隊長に口を出す立場にはなく、いかなる場合でも飛行中隊はミッチャーの戦術的な指揮下に置かれることはない」。ミッチェルはこの手紙でさらにこう続けている。「君は、私が飛行中隊長として、私の立てる作戦に干渉を許さないということをよく知っているはずだ」。ランフィアの主張にかかわらず、ミッチャーが、ランフィアの飛行小隊に言及する前に、空中攻撃に関してミッチェルに一任しているという事実が、ミッチェルの発言を裏づけている。

15. the compass in the P-38 cockpit: John Mitchell, videotaped comments as panelist at Yamamoto Mission Retrospective, Admiral Nimitz Museum, Fredericksburg, TX, April 1988; George T. Chandler, videotaped interview with Mitchell, May 18, 1989, MFP.
16. Adonis C. Arvanitakis, "Killing a Peacock: A Case Study of the Targeted Killing of Admiral Isoroku Yamamoto," master's thesis, School of Advanced Military Studies, United States Army Command and General Staff College, Fort Leavenworth, KS, 2015, 26; Burke Davis, *Get Yamamoto*, 124.(『山本五十六死す――山本長官襲撃作戦の演出と実行』1976年、原書房)
17. John Mitchell, letter and résumé in Mitchell album, MFP.
18. Burke Davis, interview with John Mitchell, September 27–28, 1967, DA.
19. John Mitchell, videotaped comments as panelist at Yamamoto Mission Retrospective, Admiral Nimitz Museum, Fredericksburg, TX, April 1988.
20. Burke Davis, interview with Hentry Viccellio, February 12, 1968, DA.
21. Burke Davis, *Get Yamamoto*, 105–07, for which he corresponded with Watanabe.(『山本五十六死す――山本長官襲撃作戦の演出と実行』1976年、原書房)
22. Wible, *The Yamamoto Mission*, 12.
23. Carroll V. Glines, *Attack on Yamamoto* (Atglen, PA: Schiffer Military History, 1993), 38.(『巨星「ヤマモト」を撃墜せよ!――誰が山本GF長官を殺ったのか!?』1992年、光文社)
24. John Mitchell, letter to Tom Lanphier, July 9, 1984, GA.
25. John Mitchell, letters to Carroll V. Glines, November 27, 1988 and April 16, 1989, GA.
26. Burke Davis, interview with John Mitchell, September 27–28, 1967, DA.
27. Wible, *The Yamamoto Mission*, 12, with map on 17; John Mitchell, videotaped comments as panelist at Yamamoto Mission Retrospective, Admiral Nimitz Museum, Fredericksburg, TX, April 1988; Glines, *Attack on Yamamoto*, 35–37(『巨星「ヤマモト」を撃墜せよ!――誰が山本GF長官を殺ったのか!?』1992年、光文社); Burke Davis, interview with Mitchell, September 1967, DA.
28. Burke Davis, interview with Doug Canning, September 24, 1967, DA. 注:カニングは、山本を悪魔に仕立て上げたフレーズを口にしたが、それは、真珠湾攻撃の数ヶ月前に実際に山本がす――山本長官襲撃作戦の演出と実行』1976年、原書房）; Donald Davis, *Lightning Strike*, 234–35, 239–40.

10. George T. Chandler, videotaped interview with John Mitchell, May 18, 1989, MFP; Mitchell, videotaped comments as panelist at the Yamamoto Mission Retrospective, Admiral Nimitz Museum, Fredericksburg, TX, April 1988; Burke Davis, interview with John Mitchell, September 1967, DA; Burke Davis, question/answer with William A. Read, April 29, 1968, DA; Read, oral history, 1964, in John T. Mason, Jr., ed., *The Pacific War Remembered: An Oral History Collection* (Annapolis, MD: Naval Institute Press, 1986); John P. Condon, US Air Forces Oral History Project interview, March 6, 1969; Condon, letter to Tom Lanphier, December 5, 1984, GA; Daniel Haulman, *Killing Yamamoto: The American Raid That Avenged Pearl Harbor* (Montgomery, AL: New South Books, 2015), 10; Burke Davis, *Get Yamamoto*, 115–18.（『山本五十六死す――山本長官襲撃作戦の演出と実行』1976年、原書房）
11. George T. Chandler, videotaped interview with John Mitchell, May 18, 1989, MFP; Mitchell, letter to John Wible, May 12, 1961, GA; Mitchell, letter to Carroll V. Glines, November 17, 1988, GA.
12. Theodore Taylor, *The Magnificent Mitscher* (Annapolis, MD: Naval Institute Press, 1954), 151; バーク・デイヴィスが一九六八年四月二九日にウィリアム・A・リードに行ったインタビューで、リードは、ミッチャーが「たとえパイロットたちが山本提督の飛行機に突っ込むことになっても、成果を欲したのは明らかだ」と語っている。また、フランク・ノックス海軍長官とルーズヴェルト大統領がこの作戦を承認したのかということについて重大な見解の相違があった。ランフィアとコンドンは、ノックスの署名入りの命令書を見たという見解を示した。しかし、ニミッツが承認していない命令書は今まで見つかっていない。命令書にルーズヴェルト大統領の署名は見ていないが、ミッチャーがいた地下壕で初めに命令を受けたとき、命令書にノックスの署名を見たと、ミッチェルはバーク・デイヴィスに語った。しかし、ミッチェルはこれに関しては確信がないとも語った。さらに、ミッチたちパイロットが、全員が出席した集まりで、アメリカが山本の視察について知った方法を口外しないよう、明確に命令を受けたかについても考慮するべき意見の食い違いがある。ミッチェルは、山本が標的だということは機密だと言われて解散したのは確かだが、沿岸警備隊が山本の搭乗している飛行機を見つけたので要撃することになったという、ニミッツとレイトンが暗号解読能力を秘匿するためにでっちあげたつくり話を、任務の前に伝えられたかどうか思い出せなかった。
13. John Mitchell, videotaped comments as panelist at Yamamoto Mission Retrospective, Admiral Nimitz Museum, Fredericksburg, TX, April 1988; George T. Chandler, videotaped interview with Mitchell, May 18, 1989, MFP; Burke Davis, interview with Mitchell, September 1967, DA; John Mitchell, letter to John Wible, May 12, 1961, GA; John T. Wible, *The Yamamoto Mission: Sunday, April 18, 1943* (Fredericksburg, TX: Admiral Nimitz Foundation, 1988), 11–12.
14. 注：数年後、山本撃墜作戦のさまざまな解釈のなかでも、最初のブリーフィングでミッチャーがミッチェルに、ランフィアを、いわゆる攻撃隊の撃墜手にするよう指示していたと、ランフィアが主張したこと

33. Quoted in Burke Davis, *Get Yamamoto*, 112.（『山本五十六死す――山本長官襲撃作戦の演出と実行』1976年、原書房）
34. 同前, 20.
35. 同前, 118; Haulman, *Killing Yamamoto*, 10; Prados, *Combined Fleet Decoded*, 460; Donald Davis, *Lightning Strike*, 232; E. B. Potter, *Bull Halsey* (Annapolis, MD: Naval Institute Press, 1985), 214.（『キル・ジャップス！：ブル・ハルゼー提督の太平洋海戦史』1991年、光人社）
36. Burke Davis, interview with Henry Viccellio, February 12, 1968, DA; Burke Davis, *Get Yamamoto*, 160.（『山本五十六死す――山本長官襲撃作戦の演出と実行』1976年、原書房）

## 第一五章　決行前日

1. John Mitchell, letter to Annie Lee, April 16, 1943, MFP.
2. Burke Davis, *Get Yamamoto* (New York: Random House, 1969), 121（『山本五十六死す――山本長官襲撃作戦の演出と実行』1976年、原書房）; Burke Davis, interview with Henry Viccellio, February 12, 1968, DA.
3. Burke Davis, correspondence with Mitscher's widow, Frances Mitscher, 1968, DA, along with Davis's research notes about Mitscher; *Life*, October 23, 1944, profile photograph of Mitscher, 27.
4. Matome Ugaki, *Fading Victory: The Diary of Admiral Matome Ugaki, 1941–1945* (Pittsburgh: University of Pittsburgh Press, 1991), 328.（『大東亜戦争秘記戦藻録』1968年、原書房〈明治百年史叢書 第50巻〉）
5. 同前, 329; Burke Davis, *Get Yamamoto*, 105（『山本五十六死す――山本長官襲撃作戦の演出と実行』1976年、原書房）; Donald Davis, *Lightning Strike: The Secret Mission to Kill Admiral Yamamoto and Avenge Pearl Harbor* (New York: St. Martin's Press, 2005), 233.
6. Ugaki, *Fading Victory*, 352–53.（『大東亜戦争秘記戦藻録』1968年、原書房〈明治百年史叢書 第50巻〉）
7. Jay E. Hines, interview with Betty pilot Horishi Hayashi, June 22, 1990, in Japan, in R. Cargill Hall, ed., *Lightning over Bougainville: The Yamamoto Mission Reconsidered* (Washington, DC: Smithsonian Institution Press, 1991), 148; Hall, interview with Zero pilot Kenji Yanagiya, April 15, 1988, in Fredericksburg, TX, in *Lightning over Bougainville*, 110–11, during which Yanagiya said there had been no question in his mind that the first stop was to be Buin. 注：のちにパイロットたちのインタビューから最初の訪問予定地がブインだと明らかになったとき、暗号解読者が解読を間違えて、最初の訪問予定地をバラレと言ったに違いない、という人がいた。しかし、暗号解読者は行き先符牒を知っていたので、最初の訪問予定地を間違えたとは考えづらい。むしろ、インタビューでの林の口ぶりから、暗号解読時点と視察時点のあいだに、訪問予定が若干変更されたという説明のほうが納得がいく。
8. John Mitchell, letter to Carroll V. Glines, April 16, 1989, GA.
9. Ugaki, *Fading Victory*, 331（『大東亜戦争秘記戦藻録』1968年、原書房〈明治百年史叢書 第50巻〉）; John T. Wible, *The Yamamoto Mission: Sunday, April 18, 1943* (Fredericksburg, TX: Admiral Nimitz Foundation, 1988), 15; Hiroyuki Agawa, *The Reluctant Admiral*(『山本五十六』改版［上下巻］阿川弘之、1973年、新潮社): *Yamamoto and the Imperial Navy* (Tokyo: Kodansha International, 1969), 347; Burke Davis, *Get Yamamoto*, 104–05, including footnote, 105（『山本五十六死

(Montgomery, AL: New South Books, 2015), 9.

19. Toll, *The Conquering Tide*, 202–04.（『太平洋の試練　ガダルカナルからサイパン陥落まで』［上下巻］2016 年、文藝春秋）; Prados, *Combined Fleet Decoded*, 460–61; Davis, *Get Yamamoto*, 7–9.（『山本五十六死す――山本長官襲撃作戦の演出と実行』1976 年、原書房）; Wible, *The Yamamoto Mission*, 9–10. See also Joseph E. Persico, *Roosevelt's Secret War: FDR and World War II Espionage* (New York: Random House, 2001), 240:「ニミッツは殺害作戦の実施命令を出す前にＦＤＲの許可を求めたと推測されている。しかし、この決断についてはフランク・ノックス海軍長官も承知したことはわかっているものの、ルーズヴェルトへの承認要請を裏づける書類は存在していない。果たしてＦＤＲは作戦を後押ししたのか、それとも事後的に知らされたのか……」
20. Davis, *Get Yamamoto*, 7–9.（『山本五十六死す――山本長官襲撃作戦の演出と実行』1976 年、原書房）
21. Edwin Layton, letter to Burke Davis, April 4, 1968, DA.
22. Davis, *Get Yamamoto*, 7–9.（『山本五十六死す――山本長官襲撃作戦の演出と実行』1976 年、原書房）; Kahn, *The Codebreakers*, 599.
23. Davis, *Get Yamamoto*, 7.（『山本五十六死す――山本長官襲撃作戦の演出と実行』1976 年、原書房）; Haulman, *Killing Yamamoto*, 9; Toll, *The Conquering Tide*, 203.（『太平洋の試練　ガダルカナルからサイパン陥落まで』［上下巻］2016 年、文藝春秋）
24. Wey, *Killing the Enemy*, 29–30.
25. Davis, *Get Yamamoto*, 9.（『山本五十六死す――山本長官襲撃作戦の演出と実行』1976 年、原書房）
26. Layton, *And I Was There*, 475.（『太平洋戦争暗号作戦：アメリカ太平洋艦隊情報参謀の証言』1987 年、ティビーエス・ブリタニカ）; Davis, *Get Yamamoto*, 13.（『山本五十六死す――山本長官襲撃作戦の演出と実行』1976 年、原書房）
27. Hiroyuki Agawa, *The Reluctant Admiral*（『山本五十六』改版［上下巻］阿川弘之、1973 年、新潮社）*: Yamamoto and the Imperial Navy* (Tokyo: Kodansha International, 1969), 344–45; Davis, *Get Yamamoto*, 103.（『山本五十六死す――山本長官襲撃作戦の演出と実行』1976 年、原書房）; Donald Davis, *Lightning Strike: The Secret Mission to Kill Admiral Yamamoto and Avenge Pearl Harbor* (New York: St. Martin's Press, 2005), 221.
28. Davis, *Get Yamamoto*, 104.（『山本五十六死す――山本長官襲撃作戦の演出と実行』1976 年、原書房）
29. Masatake Okumiya, Jiro Horikoshi, and Martin Caidin, *Zero!* (New York: E. P. Dutton, 1956), 245.
30. Donald Davis, *Lightning Strike*, 231; Burke Davis, *Get Yamamoto*, 104–6.（『山本五十六死す――山本長官襲撃作戦の演出と実行』1976 年、原書房）
31. Agawa, *The Reluctant Admiral*, 346–47.（『山本五十六』改版［上下巻］阿川弘之、1973 年、新潮社）; Matome Ugaki, *Fading Victory: The Diary of Admiral Matome Ugaki*, 1941–1945 (Pittsburgh: University of Pittsburgh Press, 1991), 328–60.（『大東亜戦争秘記戦藻録』1968 年、原書房＜明治百年史叢書　第 50 巻＞）; Burke Davis, *Get Yamamoto*, 105.（『山本五十六死す――山本長官襲撃作戦の演出と実行』1976 年、原書房）; Donald Davis, *Lightning Strike*, 222, 234.
32. Interview with USN Vice Admiral William A. Read, *The Pacific War Remembered*, ed. John T. Mason, Jr. (Annapolis, MD: Naval Institute Press, 1986), 160–67.

されていた。カーンは著作のためにラスウェルへのインタビューを書面で要請したが、返事をもらえなかった。結果として、ミッドウェー海戦や山本の暗号解読においてラスウェルが担った主な役割は、その後も長く表に現れなかった。そうした情報の掲載について、ラスウェルは折に触れて自分への連絡を求めたが、一度もそういうことはなかったと語っている。そもそも彼は諜報関連の話をすることには消極的だった。オーラル・ヒストリーの記録に応じた際に、ラスウェルは山本電文の解読に自分の役割が記されていないとしてカーンを強く非難している。「これは私自身がひと晩で解読したものだ」

7. Prados, *Combined Fleet Decoded*, 459; Smith, 183; Toll, 203; Davis, *Get Yamamoto*, 8–9.(『山本五十六死す——山本長官襲撃作戦の演出と実行』1976年、原書房)
8. Red Lasswell, oral history, 38–39, Oral History Project, Historical Division, Headquarters, U.S. Marine Corps, Washington, D.C., 1968.
9. Adam Leong Kok Wey, "Case Study of Operation Flipper," in *Killing the Enemy: Assassination Operations During World War II* (London: I. B. Taurus, 2015), 131–58.
10. Holmes, *Double-Edged Secrets*, 136.(『太平洋暗号戦史』1980年、ダイヤモンド社);Edwin T. Layton, *And I Was There—Pearl Harbor and Midway—Breaking the Secrets* (New York: William Morrow, 1985), 473–75.(『太平洋戦争暗号作戦:アメリカ太平洋艦隊情報参謀の証言』1987年、ティビーエス・ブリタニカ)
11. Red Lasswell, oral history, 34–35, Oral History Project, Historical Division, Headquarters, U.S. Marine Corps, Washington, D.C., 1968.
12. John Mitchell, letter to Annie Lee, April 3, 1943, MFP.
13. Copy of April 11, 1943 "secret" dispatch from Mitscher to various squadron commanders, including Mitchell, passing along Halsey's rhymed congratulatory comment, MFP.
14. Davis, *Get Yamamoto*, 113.(『山本五十六死す——山本長官襲撃作戦の演出と実行』1976年、原書房);Rex Barber was also cited for his use of belly tanks as bombs in various unit histories; see, e.g., 70th Fighter Squadron, "Historical Record of Organization," July 1, 1943, covering the period January 1, 1943, to June 30, 1943, 5, n.: "Capt.am Lanphier and Lt. Barber originated the use of the belly tank as a bomb." See also Jim Shepley, "Lanphier," memorandum of May 21, 1943, Dispatches from Time magazine correspondents: first series, 1942–1944, Harvard College Library, Special Collections, Houghton Library; "Fliers Resourceful in Firing Enemy Ship," *New York Times*, July 23, 1943.
15. John Mitchell, letter to Annie Lee, April 3, 1943, MFP.
16. Burke Davis, interview with Edward T. Layton, April 1968, DA; Davis, *Get Yamamoto*, 3–7.(『山本五十六死す——山本長官襲撃作戦の演出と実行』1976年、原書房);Toll, *The Conquering Tide*, 203–04.(『太平洋の試練 ガダルカナルからサイパン陥落まで』[上下巻]2016年、文藝春秋)
17. Adonis C. Arvanitakis, "Killing a Peacock: A Case Study of the Targeted Killing of Admiral Isoroku Yamamoto," master's thesis, School of Advanced Military Studies, United States Army Command and General Staff College, Fort Leavenworth, KS, 2015, 4.
18. Daniel Haulman, *Killing Yamamoto: The American Raid That Avenged Pearl Harbor*

日新聞社）; Toll, *The Conquering Tide*, 203.（『太平洋の試練　ガダルカナルからサイパン陥落まで』［上下巻］2016年、文藝春秋）; Agawa, *The Reluctant Admiral*, 345–46.（『山本五十六』改版［上下巻］阿川弘之、1973年、新潮社）; Hoyt, *Yamamoto*, 243–45.

## 第一四章　あと五日

1. Ian Toll, *The Conquering Tide: War in the Pacific, 1941–1942* (New York: W. W. Norton, 2015), 203.（『太平洋の試練　ガダルカナルからサイパン陥落まで』［上下巻］2016年、文藝春秋）; Burke Davis, *Get Yamamoto* (New York: Random House, 1969), 9–12.（『山本五十六死す――山本長官襲撃作戦の演出と実行』1976年、原書房）; Edwin Hoyt, *Yamamoto: The Man Who Planned the Attack on Pearl Harbor* (Guilford, CT: Lyons Press), 248; John Prados, *Combined Fleet Decoded: The Secret History of American Intelligence and the Japanese Navy in World War II* (New York: Random House, 1995), 459.
2. Red Lasswell, oral history, 32–33, Oral History Project, Historical Division, Headquarters, U.S. Marine Corps, Washington, D.C., 1968.
3. スティーヴンスは後年、伝記作家ビル・バーンハート（二〇一〇年）、ニューヨーカー誌のジェフリー・トゥービン（二〇一〇年）、作家でジャーナリストのミッチェル・ズーコフ（二〇一二年）とのインタビューで山本撃墜作戦について語っている。彼は、レッド・ラスウェルたちが「地下牢」で山本の一九四三年四月一八日の視察行程に関する電文を解読した夜の当直ではなかったものの、二三歳の誕生日を迎える二日前である四月一八日、傍受無線解析の任務中に日本の提督を殺害したというアメリカ軍の無線を受信した。スティーヴンスは「ちょうど当直中に、パイロットたちから一羽のクジャク（山本）と二羽のスズメを仕留めたという無線を受信した」とバーンハートに語った。その内容は、将来の連邦最高裁判事を長期間にわたって悩ませることになった。ラスウェルと同様、スティーヴンスは戦時中の敵軍指導者殺害行為が倫理的に許されるか否かという問題と向き合った。最後は山本殺害が正当な行為だったと自ら結論づけたものの、だからといって生来の道徳的ジレンマから逃れたわけではなかった。「当時は複雑な思いを抱いていた」と語ったスティーヴンスは、バーンハートにさらにこう続けた。「なぜならこれは、一方では重要かつ成功裏に終わった作戦だが、もう一方では無名の誰かではなく特定の個人を意図的に殺害したものだからだ」
4. Hervie Haufler, *Codebreakers' Victory: How the Allied Cryptographers Won World War II* (New York: New American Library, 2003), 206–07.
5. Wilber Jasper Holmes, *Double-Edged Secrets: U.S. Naval Intelligence Operations in the Pacific During World War II* (Annapolis, MD: Naval Institute Press, 1979), 64.（『太平洋暗号戦史』1980年、ダイヤモンド社）
6. Davis, *Get Yamamoto*, 6–7.（『山本五十六死す――山本長官襲撃作戦の演出と実行』1976年、原書房）; David Kahn, *The Codebreakers: The Comprehensive History of Secret Communications from Ancient Times to the Internet* (New York: Scribner, 1996), 598; John T. Wible, *The Yamamoto Mission: Sunday, April 18, 1943* (Fredericksburg, TX: Admiral Nimitz Foundation, 1988), 7–8. メッセージには、当日山本の視察を受ける際に着用すべき制服の指定も含まれており、さらに悪天候の場合は一日延期されるとも記

その仕事はとても厳しいだろうけれど
ずっと続けてほしい
私の大好きな軍服に身を包み
銀の翼をまとっている
ふたりで出かければ私は鼻高々
彼が休暇で戻るたびに
あなたの軍服には翼がついて
私の服には幸せがついて
でもあなたが行ってふたりが離れ離れになると
明日はどうなるのだろうと不安に思うこともある
私に幸せをくれたあのいかれたやつを愛しているから
銀の翼をまとうあなた
私に幸せをくれたあのいかれたやつを愛しているから
銀の翼をまとうあなた

32. Burke Davis, interviews with Rex Barber, September 29 and October 1, 1967, DA.
33. Morriss, *South Pacific Diary*, 148.
34. Robert Cromie, "Marines Obtain Peace in a New Flanders Field," *Chicago Tribune*, January 15, 1943; Morriss, *South Pacific Diary*, 146. この墓地はルンガ岬墓地、あるいはガダルカナル島アメリカ軍墓地とも呼ばれた。https://www.pacificwrecks.com/cemetery/solomons-lunga-cemetery.html によれば、墓地は第二次世界大戦の終結後に掘り起こされ、遺体はアメリカ合衆国、あるいはマニラ・アメリカン・セメタリーか国立太平洋記念墓地に運ばれた。ガダルカナル島の墓地はその後閉鎖された。
35. Tom Lanphier, unpublished autobiography, 164, DA.
36. Burke Davis, interviews with John Mitchell, September 27–28, 1967, DA.
37. Adonis C. Arvanitakis, "Killing a Peacock: A Case Study of the Targeted Killing of Admiral Isoroku Yamamoto," master's thesis, School of Advanced Military Studies, United States Army Command and General Staff College, Fort Leavenworth, KS, 2015, 24.
38. George T. Chandler, videotaped interviews with John Mitchell and Rex Barber, May 18, 1989, MFP; Tom Lanphier, unpublished autobiography, 166–74, DA; account by Major General Robert L. Petit, USAF, https://www.pacificwrecks.com/airfields/solomons/shortland/mission-3–29–43.html.
39. "Capt. Lanphier Cited in Fight on Jap Vessel," *Washington Post*, May 13, 1943; Jim R. Shepley, "Lanphier," *Time* correspondent memorandum, May 21, 1943, Dispatches from *Time* magazine correspondents: first series, 1942–1955, Harvard College Library, Special Collections, Houghton Library, 1955.
40. Hoyt, *Yamamoto*, 242.
41. Masatake Okumiya, Jiro Horikoshi, and Martin Caidin, *Zero!* (New York: E. P. Dutton, 1956), 242–44.
42. Morriss, *South Pacific Diary*, 131.
43. Davis, *Get Yamamoto*, 114–15.(『山本五十六死す――山本長官襲撃作戦の演出と実行』1976 年、原書房)
44. Toll, *The Conquering Tide*, 202–03.(『太平洋の試練　ガダルカナルからサイパン陥落まで』[上下巻] 2016 年、文藝春秋);Hoyt, *Yamamoto*, 242–45; Agawa, *The Reluctant Admiral*, 344–45.(『山本五十六』改版 [上下巻] 阿川弘之、1973 年、新潮社)陸軍航空軍のP – 38 編隊は戦闘中に二人のパイロットを失った。四月六日にはランフィア、バーバーとともに飛んだジョージ・G・トポル中尉が記憶に残る三月二七日の作戦で、そして四月七日にはウォルドン・ウィリアムズ少佐が、それぞれ戦死した。
45. John Toland, *The Rising Sun: The Decline and Fall of the Japanese Empire, 1936–1945* (New York: Random House, 1970), 553.(『大日本帝国の興亡』、1971 年、毎

Agawa, *The Reluctant Admiral*, 338.（『山本五十六』改版［上下巻］阿川弘之、1973年、新潮社）

9. Agawa, *The Reluctant Admiral*, 338.（『山本五十六』改版［上下巻］阿川弘之、1973年、新潮社）; Toll, *The Conquering Tide*, 201–02.（『太平洋の試練　ガダルカナルからサイパン陥落まで』［上下巻］2016年、文藝春秋）
10. Agawa, *The Reluctant Admiral*, 336–37.（『山本五十六』改版［上下巻］阿川弘之、1973年、新潮社）
11. Edwin Hoyt, *Yamamoto: The Man Who Planned the Attack on Pearl Harbor* (Guilford, CT: Lyons Press), 240–41; Haufler, *Codebreakers' Victory*, 214; Toll, *The Conquering Tide*, 202–03.（『太平洋の試練　ガダルカナルからサイパン陥落まで』［上下巻］2016年、文藝春秋）; Agawa, *The Reluctant Admiral*, 339.（『山本五十六』改版［上下巻］阿川弘之、1973年、新潮社）
12. Isoroku Yamamoto, letter to Chiyoko Kawai, April 2, 1943, quoted in Donald M. Goldstein and Katherine V. Dillon, *The Pearl Harbor Papers: Inside the Japanese Plans* (New York: Brassey's, 1993), 131; Agawa, *The Reluctant Admiral*, 340–42.（『山本五十六』改版［上下巻］阿川弘之、1973年、新潮社）
13. Victor Dykes, "Air Command Solomon Islands," diaries, memoirs, articles, declassified materials from the Army Air Forces Historical Archives, Maxwell Air Force Base, Alabama; Burke Davis, interviews with Rex Barber, September 29 and October 1, 1967, during which Barber drew a map of Fighter Two, DA.
14. Davis, *Get Yamamoto*, 109–12.（『山本五十六死す――山本長官襲撃作戦の演出と実行』1976年、原書房）; Admiral Marc A. Mitscher, USNR, "Biographies in Naval History," Naval History & Heritage Command.
15. John Mitchell, letter to Annie Lee, February 12, 1943, MFP.
16. General Orders Number 56, Headquarters USAFISPAC, APO 502, March 9, 1943, MFP.
17. John Mitchell, letter to Annie Lee, March 31, 1943, MFP.
18. John Mitchell, letter to Annie Lee, February 12, 1943, MFP.
19. Burke Davis, interview with Besby Holmes, February 14, 1968, DA.
20. Tom Lanphier, unpublished autobiography, 147, DA; Burke Davis, interview with Lanphier, January 25, 1968, DA.
21. Burke Davis, interview with Henry Viccellio, February 12, 1968, DA.
22. United Press International, "Surprised Our Men on Guadalcanal," *New York Times*, March 3, 1943.
23. John Mitchell, letter to Annie Lee, January 22, 1943, MFP.
24. John Mitchell, letter to Annie Lee, February 18, 1943, MFP.
25. 同前。
26. John Mitchell, letter to Annie Lee, November 2, 1942, MFP.
27. John Mitchell, letters to Annie Lee, September 19, October 22, and October 29, 1942, MFP.
28. Annie Lee, letter to Aunt Ludma, December 6, 1942, MFP.
29. John Mitchell, letters to Annie Lee, January 7, January 22, and February 12, 1943, MFP.
30. John Mitchell, letter to Annie Lee, March 12, 1943, MFP; "Narrative History of the 339th Fighter Squadron Two Engine from Activation until December 31, 1943," archives of the Army Air Forces Historical Office, declassified September 1958, 7.
31. 歌詞の続きは以下のとおり。

DA.
66. Burke Davis, interviews with John Mitchell, September 27–28, 1967, DA.
67. 同前。
68. 同前。
69. 同前。
70. John Mitchell, letter to Annie Lee, January 7, 1943, MFP.
71. George T. Chandler, videotaped interview with John Mitchell and Rex Barber, May 18, 1989, MFP; Burke Davis, interviews with Mitchell, September 27–28, 1967, DA; Morriss, *South Pacific Diary*, 76. ウォッシングマシン・チャーリーはミッチェルにとって七機目の「戦果」となった。五機目と六機目はその二日前、一月二七日にＰ－38 六機編隊を率いたガダルカナル島上空での戦闘で記録している。このときは推計三〇機の零戦に対して数のうえでは劣勢だったものの、ミッチェルは二機を撃墜した。ミッチェルはのちにバーク・デイヴィスのインタビューに応えて、自分が「チャーリー」を仕留めたあと、この「敵をいら立たせる任務」は別の日本軍パイロットに引き継がれ、頻度は減ったものの来襲は続いたと語った。新たな「チャーリー」は別のパイロットが撃墜し、その後もさらに引き継がれたが、ミッチェルによれば冬の終わりまでには「チャーリーたちはいなくなっていた」

## 第一三章　ガダルカナルにかかる月

1. Franklin D. Roosevelt, State of the Union address, January 7, 1943, https://millercenter.org/the-presidency/presidential-speeches/january-7-1943-state-union-address; Robert De Vore, "Roosevelt Sees Allies Nearing Victory in '43," *Washington Post*, January 8, 1943.
2. Isoroku Yamamoto, letter to Koga Mineichi, January 6, 1943, and letter to Niwa Michi, February 1943, quoted in Hiroyuki Agawa, *The Reluctant Admiral: Yamamoto and the Imperial Navy* (Tokyo: Kodansha International, 1969), 335 and 336, respectively.(『山本五十六』改版［上下巻］阿川弘之、1973 年、新潮社)
3. Agawa, *The Reluctant Admiral*, 342.(『山本五十六』改版［上下巻］阿川弘之、1973 年、新潮社)；Ian Toll, *The Conquering Tide: War in the Pacific, 1941–1942* (New York: W. W. Norton, 2015), 186–87.(『太平洋の試練　ガダルカナルからサイパン陥落まで』［上下巻］2016 年、文藝春秋)；John Miller, Jr., *Guadalcanal: The First Offensive* (Washington, DC: US Army Center of Military History, 1949), 350.
4. O Toll, *The Conquering Tide*, 182–86.(『太平洋の試練　ガダルカナルからサイパン陥落まで』［上下巻］2016 年、文藝春秋)；Agawa, *The Reluctant Admiral*, 338–39.(『山本五十六』改版［上下巻］阿川弘之、1973 年、新潮社)；Hervie Haufler, *Codebreakers' Victory: How the Allied Cryptographers Won World War II* (New York: New American Library, 2003), 209; Miller, *Guadalcanal*, 337.
5. Burke Davis, *Get Yamamoto* (New York: Random House, 1969), 72.(『山本五十六死す――山本長官襲撃作戦の演出と実行』1976 年、原書房)；Agawa, *The Reluctant Admiral*, 338.(『山本五十六』改版［上下巻］阿川弘之、1973 年、新潮社)
6. "Guadalcanal," *Washington Post*, February 11, 1943.
7. Mack Morriss, *South Pacific Diary, 1942–1943* (Lexington: University Press of Kentucky, 1996), 91.
8. Toll, *The Conquering Tide*, 201.(『太平洋の試練　ガダルカナルからサイパン陥落まで』［上下巻］2016 年、文藝春秋)；

6, 1942, MFP; Burke Davis, interviews with Mitchell, September 27–28, 1967, DA; Mack Morriss, *South Pacific Diary, 1942–1943* (Lexington: University Press of Kentucky, 1996), 31 ff.
40. Hervie Haufler, *Codebreakers' Victory: How the Allied Cryptographers Won World War II* (New York: New American Library, 2003), 208–09.
41. Toll, *The Conquering Tide*, 174. (『太平洋の試練　ガダルカナルからサイパン陥落まで』［上下巻］2016 年、文藝春秋)
42. Annie Lee, letter to Aunt Ludma, December 6, 1942, MFP.
43. John Mitchell, cable to Annie Lee, November 24, 1942, MFP.
44. Annie Lee, letter to Aunt Ludma, December 6, 1942, MFP.
45. John Mitchell, letter to Annie Lee, December 21, 1942, MFP.
46. Toll, *The Conquering Tide*, 178. (『太平洋の試練　ガダルカナルからサイパン陥落まで』［上下巻］2016 年、文藝春秋)
47. John Mitchell, letter to Annie Lee, December 10, 1942, MFP.
48. Hiroyuki Agawa, *The Reluctant Admiral: Yamamoto and the Imperial Navy* (Tokyo: Kodansha International, 1969), 334–35. (『山本五十六』改版[上下巻] 阿川弘之、1973 年、新潮社)
49. "Halsey Sees 'Absolute Defeat' for Axis Forces This Year: 'We're Just Starting,' " *Los Angeles Times*, January 3, 1943.
50. *Washington Post*, December 7, 1942.
51. John Mitchell, letter to Annie Lee, December 21, 1942, MFP.
52. Eric Hammel, *Aces Against Japan II: The American Aces Speak*, vol. 3 (Pacifica, CA: Pacifica Press, 1996), 106.
53. Questionnaire submitted by A. J. Buck, January 21, 1968, DA; "Narrative History of the 339th Fighter Squadron Two Engine from Activation Until December 31, 1943," archives of the Army Air Forces Historical Office, declassified September 1958, 5.
54. George T. Chandler, videotaped interviews with John Mitchell and Rex Barber, May 18, 1989, MFP.
55. Burke Davis, interviews with Rex Barber, September 29 and October 1, 1967, DA; William Hess, *Ace Profile* (American Fighter Pilot Series), vol. 1, no. 2: *Col. Rex T. Barber* (Tucson, AZ: Mustang International Publishers, 1993).
56. Thomas Lanphier, Jr., "At All Costs Reach and Destroy," unpublished manuscript, circa 1984–85, 143–48.
57. Burke Davis, interviews with Rex Barber, September 29 and October 1, 1967, DA.
58. George T. Chandler, videotaped interview with Mitchell and Rex Barber, May 18, 1989, MFP.
59. Questionnaire submitted by A. J. Buck, January 21, 1968, DA.
60. Robert Cromie, "Tribune Writer Flies over Japs' Solomon Bases," *Chicago Tribune*, January 10, 1943; John G. Norris, "Yanks on Guadalcanal to Feast at Christmas Dinner Today," *Washington Post*, December 24, 1942.
61. "Narrative History of the 339th Fighter Squadron Two Engine from Activation until December 31, 1943," 4.
62. John P. Condon, US Air Forces Oral History Project interview, March 6, 1989.
63. 同前。
64. Burke Davis, interviews with John Mitchell, September 27–28, 1967, DA; Burke Davis, *Get Yamamoto*, 88. (『山本五十六死す――山本長官襲撃作戦の演出と実行』1976 年、原書房)
65. George T. Chandler, videotaped interview with John Mitchell and Rex Barber, May 18, 1989, MFP; Burke Davis, interviews with Mitchell, September 27–28, 1967,

8. Miller, *Guadalcanal*, 150; *Wings at War Series*, no. 3, *Pacific Counterblow*, 40, 67.
9. Mitchell, Combat Report, December 6, 1942; Burke Davis, interviews with John Mitchell, September 27–28, 1967, DA; Miller, *Guadalcanal*, 151.
10. Miller, *Guadalcanal*, 151–55.
11. 同前。
12. John Wukovits, "'Dear Admiral Halsey,'" *Naval History Magazine* 30, no. 2 (April 2016).
13. Samuel Eliot Morison, *History of United States Naval Operations in World War II*, vol. 5: *The Struggle for Guadalcanal, August 1942–February 1943* (Boston: Little, Brown, 1958), 183.（『アメリカ海軍太平洋戦争作戦史ガダルカナル：1942年8月-1943年2月』2011年、仲台文庫）
14. John Mitchell, letter to Annie Lee, October 29, 1942, MFP.
15. John Mitchell, letter to Annie Lee, October 22, 1942, MFP.
16. "Land and Naval Forces in Lead Role at Solomons: Arrival of More Men and Artillery for Foe Tends to Change Situation on Guadalcanal," *Los Angeles Times*, October 17, 1942.
17. Annie Lee, letter to Aunt Ludma, October 18, 1922, MFP.
18. Wukovits, "'Dear Admiral Halsey.'"
19. Burke Davis, *Get Yamamoto* (New York: Random House, 1969),86.（『山本五十六死す——山本長官襲撃作戦の演出と実行』1976年、原書房）; Miller, *Guadalcanal*, 161–66; *Wings at War Series*, no. 3, *Pacific Counterblow*, 42, 67.
20. Mitchell, Combat Report, December 6, 1942, MFP.
21. 同前。
22. Burke Davis, interviews with John Mitchell, September 27–28, 1967, DA.
23. E. B. Sledge, *With the Old Breed: At Peleliu and Okinawa* (New York: Ballantine, 2010), 118.（『ペリリュー・沖縄戦記』2008年、講談社）
24. Ian Toll, *The Conquering Tide: War in the Pacific, 1941–1942* (New York: W. W. Norton, 2015), 196.（『太平洋の試練　ガダルカナルからサイパン陥落まで』［上下巻］2016年、文藝春秋）
25. "There are all sorts of things to be learned": John Mitchell, letter to Annie Lee, November 2, 1942, MFP.
26. Mitchell, Combat Report, December 6, 1942, MFP.
27. George T. Chandler, videotaped interviews with John Mitchell and Rex Barber, May 18, 1989, MFP.
28. John Mitchell, letter to Annie Lee, November 2, 1942, MFP.
29. Robert Cromie, "Guadalcanal's Worst Day: Rain of Bomb and Shells," *Chicago Daily Tribune*, November 11, 1942.
30. Julius "Jack" Jacobson, oral history, May 4, 1994, National Museum of the Pacific War, Fredericksburg, TX.
31. Mitchell, Combat Report, December 6, 1942, MFP.
32. 同前。
33. Miller, *Guadalcanal*, 164.
34. Robert Cromie, "Tribune Writer Tells of 6 Day Solomon Battle," *Chicago Daily Tribune*, November 10, 1942.
35. Miller, *Guadalcanal*, 168–69; *Wings at War Series*, no. 3, *Pacific Counterblow*, 44–45.
36. Mitchell, Combat Report, December 6, 1942, MFP.
37. Lieutenant Wallace S. Dinn, "My Solomons Canoe Trip," *Air Force*, March 1943, 23–24; John Mitchell, pilot diary, October 28, 1942, MFP; Mitchell, Combat Report, December 6, 1942, MFP.
38. John Mitchell, letter to Annie Lee, November 2, 1942, MFP.
39. John Mitchell, Combat Report, December

12. Burke Davis, interview with John Mitchell, September 27– 28, 1967, DA; Davis, interview with Doug Canning, September 24, 1967, DA; Mack Morriss, South Pacific Diary, 1942–1943 (Lexington: University Press of Kentucky, 1996), 52; *Wings at War Series*, no. 3, *Pacific Counterblow: The 11th Bombardment Group and the 67th Fighter Squadron in the Battle for Guadalcanal, an Interim Report* (Washington, DC: Center for Air Force History, 1992), 28.
13. John Hersey, *Into the Valley: A Skirmish of the Marines* (New York: Schocken Books, 1942), xvi–xvii.
14. John Hersey, "The Marines on Guadalcanal," *Life*, November 1942, 56; Hersey, *Into the Valley*, xxii.
15. Hersey, *Into the Valley*, 47.
16. George T. Chandler, videotaped interview with John Mitchell, May 18, 1989, MFP; Captain John Mitchell, 339th Fighter Squadron, Combat Report, December 6, 1942, MFP.
17. Burke Davis, interview with Henry Viccellio, February 12, 1968, DA; Davis, interview with Rex Barber, September 29 and October 1, 1967, DA; Doug Canning, oral history interview, October 4, 2001, National Museum of the Pacific War.
18. Burke Davis, interview with John Mitchell, September 27–28, 1967, DA; Doug Canning, oral history interview, October 4, 2001, National Museum of the Pacific War; report that "Pistol Pete" began on October 12, 1942, in *Wings at War Series*, no. 3, *Pacific Counterblow*, 37.
19. George T. Chandler, videotaped interview with John Mitchell, May 18, 1989, MFP.
20. 同前。
21. Burke Davis, interview with John Mitchell, September 27–28, 1967, DA.
22. George T. Chandler, videotaped interview with John Mitchell, May 18, 1989, MFP; Burke Davis, interviews with Rex Barber, September 29 and October 1, 1967, DA.
23. Doug Canning, oral history interview, October 4, 2001, National Museum of the Pacific War.
24. George T. Chandler, videotaped interview with John Mitchell, May 18, 1989, MFP.
25. "the Guadalcanal, or 1,000-yard stare": Mack Morriss, diary, December 2, 1942, in *South Pacific Diary: 1942–1943*, 52.
26. Robert Cromie, "Tribune Writer Tells of 6 Day Solomon Battle," *Chicago Tribune*, November 10, 1942.
27. Burke Davis, interview with John Mitchell, September 27–28, 1967, DA.
28. George T. Chandler, videotaped interviews with John Mitchell and Rex Barber, May 18, 1989, MFP.

## 第一二章　忘れじの夜

1. John Miller, Jr., *Guadalcanal: The First Offensive* (Washington, DC: US Army Center of Military History, 1949), 141–56; *Wings at War Series*, no. 3, *Pacific Counterblow: The 11th Bombardment Group and the 67th Fighter Squadron in the Battle for Guadalcanal, an Interim Report* (Washington, DC: Center for Air Force History, 1992), 36–40.
2. Burke Davis, interviews with John Mitchell, September 27–28, 1967, 13, DA.
3. 同前。
4. *Wings at War Series*, no. 3, *Pacific Counterblow*, 34.
5. Miller, *Guadalcanal*, 151; *Wings at War Series*, no. 3, *Pacific Counterblow*, 37.
6. Miller, *Guadalcanal*, 150.
7. Doug Canning, oral history interview, October 4, 2001, National Museum of the Pacific War; Burke Davis, interview with Canning, DA.

32. Burke Davis, interview with Doug Canning, September 24, 1967, DA.
33. John Mitchell, letter to Annie Lee, August 19, 1942, MFP.
34. John Mitchell, diary, August 14, 1942, MFP.
35. Questionnaire submitted by D. C. "Doc" Strother, December 7, 1966, DA.
36. Burke Davis, interview with Jack Jacobson, October 3, 1967, DA.
37. George T. Chandler, videotaped interview with John Mitchell, May 18, 1989, MFP.
38. John Mitchell, diary entry, September 19, 1942, MFP; Burke Davis, interviews with John Mitchell, September 27 and 28, 1967, DA.
39. General Millard F. Harmon, letter to Admiral Robert Ghormley, October 6, 1942, quoted in Miller, *Guadalcanal*, 140.
40. John Hersey, notes from October 18, 1942, wired to his editor at *Time*, Dispatches from *Time* magazine correspondents, first series, 1942–1955, Harvard College Library, Special Collections, Houghton Library.
41. Doug Canning, oral history interview, October 4, 2001, National Museum of the Pacific War; Burke Davis, interview with Henry "Vic" Viccellio, February 12, 1968, DA; Robert Cromie, "Picture of War on Guadalcanal by Tribune Man," *Chicago Tribune*, October 28, 1942; Hersey, *Into the Valley*, xvi.

## 第一一章　初めての撃墜

1. Digitized autobiographies of teenage internees at Rohwer: Mary Kobayashi and Alyce Okamura, Rising Above, https://risingabove.cast.uark.edu/archive/item/50; Mary Kobayashi, "My Autobiography," December 10, 1942, Rohwer Reconstructed, https://risingabove.cast.uark.edu/archive/item/53.
2. N. B. Mitchell, "Don't Disgrace the Church," *Mississippi Sun*, July 30, 1931.
3. Edward Y. Inouye (a Rohwer detainee), letter to Rosalie S. Gould, May 3, 1991, Rosalie Santine Gould– Mabel Jamison Vogel Collection, Butler Center for Arkansas Studies, Little Rock, AR.
4. Mary Kobayashi, "My Autobiography," December 10, 1942, Rohwer Reconstructed, https://risingabove.cast.uark.edu/archive/item/53.
5. Nobuko Hamzawa, "Autobiography," December 1, 1942, Rohwer Reconstructed, https://risingabove.cast.uark.edu/archive/item/58.
6. Takeo Shibata, "Autobiography," December 15, 1942, Rohwer Reconstructed, https://risingabove.cast.uark.edu/archive/item/51. このアーカイヴサイトには、当時一〇代の彼らがローワー収容所での抑留生活を終えたあとに送った人生に関する情報は載っていない。
7. Hiroyuki Agawa, *The Reluctant Admiral: Yamamoto and the Imperial Navy* (Tokyo: Kodansha International, 1969), 331.（『山本五十六』改版［上下巻］阿川弘之、1973 年、新潮社）
8. *The First Offensive* (Washington, DC: US Army Center of Military History, 1949), 135–46.
9. Quoted in Burke Davis, *Get Yamamoto* (New York: Random House, 1969), 71.（『山本五十六死す――山本長官襲撃作戦の演出と実行』1976 年、原書房）
10. Agawa, *The Reluctant Admiral*, 331.（『山本五十六』改版［上下巻］阿川弘之、1973 年、新潮社）
11. Julius "Jack" Jacobson, oral history, May 4, 1994, National Museum of the Pacific War, Fredericksburg, TX.

記者になることだった」ジョン・ミッチェルは、八月二六日と八月三一日の日記に、零戦を撃墜したというランフィアの話を羨んで「運のいいやつだ！」と書いている。だが、ランフィアが山本を殺害したとは一度も認めなかった。

12. John Mitchell, diary, August 10, 1942, MFP.
13. John Mitchell, letter to Annie Lee, July 2, 1942, MFP.
14. Phil Stack, "Victory for a Soldier," *Esquire*, June 1942; John Mitchell, letter to Annie Lee, July 13, 1942, MFP. ジーンは「ヴァルガ・ガール」として知られるようになり、彼女の肖像が、ヴァルガのピンナップ・ポートレートのなかでは一番多く複製された。兵士のなかには、彼女の肖像を幸運のお守りとして飛行機に写しとった者もいた。戦後何年もたった一九七五年に、『シカゴ・トリビューン』紙が、第二次世界大戦の退役軍人の記憶に、何が最も強く残っているかを調査したところ、グレン・ミラー楽団とヴァルガ・ガールという回答が多かった。
15. John Mitchell, diary, June 23, 1942, MFP.
16. John Mitchell, letter to Annie Lee, July 7, 1942, MFP; Burke Davis, interviews with Rex Barber, September 29 and October 1, 1967, DA; Davis, interview with Doug Canning, September 24, 1967, DA; questionnaire submitted by A. J. Buck, January 1, 1968, DA.
17. Burke Davis, interviews with Rex Barber, September 29 and October 1, 1967, DA; Davis, interview with Doug Canning, September 24, 1967, DA; questionnaire submitted by A. J. Buck, January 1, 1968, DA; John Mitchell, letters to Annie Lee, July 2 and July 7, 1942, MFP.
18. John Miller, Jr., *Guadalcanal: The First Offensive* (Washington, DC: US Army Center of Military History, 1949), 6–8.
19. E. B. Sledge, *With the Old Breed: At Peleliu and Okinawa* (New York: Ballantine, 2010), 33–34. (『ペリリュー・沖縄戦記』2008 年、講談社）; John Prados, *Islands of Destiny: The Solomons Campaign and the Eclipse of the Rising Sun* (New York: NAL Caliber, 2012), 90–91; John Wukovits, "The Ill-Fated Goettge Patrol," Warfare History Network, October 16, 2016, https://warfarehistorynetwork.com/daily/the-ill-fated-goettge -patrol.
20. John Mitchell, diary, August 10 and August 14, 1942, MFP.
21. Questionnaire submitted by D. C. "Doc" Strother, December 7, 1966, DA.
22. Hiroyuki Agawa, *The Reluctant Admiral: Yamamoto and the Imperial Navy* (Tokyo: Kodansha International, 1969), 326.(『山本五十六』改版［上下巻］阿川弘之、1973 年、新潮社 )
23. Questionnaire submitted by D.C. "Doc" Strother, December 7, 1966, DA.
24. John Mitchell, diary, August 31, 1942, MFP.
25. Julius "Jack" Jacobson, oral history, National Museum of the Pacific War, Fredericksburg, TX, May 4, 1994.
26. Mack Morriss, *South Pacific Diary, 1942–1943* (Lexington: University Press of Kentucky, 1996), 31, 40–43.
27. John Mitchell, diary, August 15, 1942, MFP.
28. John Mitchell, diary, September 19, 1942, MFP.
29. John Hersey, *Into the Valley: A Skirmish of the Marines* (New York: Schocken Books, 1942), xvii.
30. Miller, *Guadalcanal*, 148.
31. General Millard F. Harmon, letter to Admiral Robert Ghormley, October 6, 1942, quoted in Miller, *Guadalcanal*, 140.

34. Prados, *Combined Fleet Decoded*, 329–30; Haufler, *Codebreakers' Victory*, 150–51; Alistair Horne, *Hubris: The Tragedy of War in the Twentieth Century* (New York: HarperCollins, 2015), 258–59.
35. Haufler, *Codebreakers' Victory*, 152.
36. Prados, *Combined Fleet Decoded*, 326.
37. Agawa, *The Reluctant Admiral*, 316.(『山本五十六』改版［上下巻］阿川弘之、1973 年、新潮社）
38. Yeoman Noda from *Yamato*, quoted in Prados, *Combined Fleet Decoded*, 330–31.
39. Agawa, *The Reluctant Admiral*, 320.(『山本五十六』改版［上下巻］阿川弘之、1973 年、新潮社）
40. Haufler, *Codebreakers' Victory*, 156; Prados, *Combined Fleet Decoded*, 330–35; Agawa, *The Reluctant Admiral*, 319–22.(『山本五十六』改版［上下巻］阿川弘之、1973 年、新潮社）; Horne, *Hubris*, 274–75.
41. Agawa, *The Reluctant Admiral*, 321–22.(『山本五十六』改版［上下巻］阿川弘之、1973 年、新潮社）; Prados, *Combined Fleet Decoded*, 340; Horne, *Hubris*, 274.
42. "Jap Fleet Blasted in Midway Battle," *Boston Globe*, June 5, 1942; "Jap Fleet Smashed by U.S.," *Chicago Sunday Tribune*, June 7, 1942, 1.
43. Stanley Johnston, "Navy Had Word of Jap Plan to Strike at Sea," *Chicago Sunday Tribune*, June 7, 1942.
44. Isoroku Yamamoto, letter to Chiyoko Kawai, June 21, 1942, quoted in Goldstein and Dillon, *The Pearl Harbor Papers*, 131.
45. Prados, *Combined Fleet Decoded*, 341–43; Smith, *The Emperor's Code*, 142–43.
46. John Mitchell, letter to Annie Lee, June 13, 1942, MFP.

## 第一〇章　ミッチェルの出動

1. John Mitchell, letter to Annie Lee, July 7, 1942, MFP; Burke Davis, interviews with Rex Barber, September 29 and October 1, 1967, DA; Davis, interview with Doug Canning, September 24, 1967, DA; questionnaire submitted by A. J. Buck, January 1, 1968, DA.
2. John Mitchell, letter to Annie Lee, August 31, 1942, MFP.
3. John Mitchell, diary entry, July 22, 1942, MFP.
4 . Associated Press, Washington, DC, June 7, 1942, in the *Chicago Daily Tribune* and elsewhere, June 8, 1942.
5. Hervie Haufler, *Codebreakers' Victory: How the Allied Cryptographers Won World War II* (New York: New American Library, 2003), 206.
6. Burke Davis, interview with Rex Barber, September 29 and October 1, 1967, DA.
7. John Mitchell, letters to Annie Lee, June 18 and July 13, 1942, MFP; Mitchell, diary entry, July 22, 1942, MFP.
8. Burke Davis, interview with Henry "Vic" Viccellio, February 12, 1968, DA; Burke Davis, *Get Yamamoto* (New York: Random House, 1969), 78–79.(『山本五十六死す——山本長官襲撃作戦の演出と実行』1976 年、原書房)
9. Questionnaire submitted by D. C. "Doc" Strother, December 7, 1966, DA; John Mitchell, diary, July 22, 1942, MFP.
10. John Mitchell, diary, August 15, 1942, MFP.
11. Rex Barber, letter to Carroll V. Glines, January 19, 1989, GA; Burke Davis, correspondence with Rex Barber and Tom Lanphier, DA. ランフィアは、一九六九年七月一二日の手紙でバーバーの記憶を否定し、政治家になる野心をもったことはないと述べた。「太平洋での当時の私の望みは、みごとに戦って、無事に帰国し、その後すぐに結婚して、戦争が終わりしだい軍を離れて優秀な新聞

*the Allied Cryptographers Won World War II* (New York: New American Library, 2003), 149–50; Carlson, *Joe Rochefort's War*, 276–81.
3. Alva B. "Red" Lasswell, oral history, Historical Division, US Marine Corps, Marine Corps Historical Center, 2.
4. Carlson, *Joe Rochefort's War*, 100–03.
5. Carlson, *Joe Rochefort's War*, diagram of Dungeon in photograph insert, 103; John Prados, *Combined Fleet Decoded: The Secret History of American Intelligence and the Japanese Navy in World War II* (New York: Random House, 1995), 315.
6. Joe Rochefort, oral history, US Naval Intelligence, 102, quoted in Carlson, *Joe Rochefort's War*, 104.
7. Lasswell, oral history, 16; Haufler, *Codebreakers' Victory*, 119.
8. Haufler, *Codebreakers' Victory*, 118–19.
9. Lasswell, oral history, 17.
10. Lasswell, oral history, 23. ラスウェルはのちに、ミッドウェーの暗号解読を、戦時における自身の最大の成果と呼んだ。
11. Haufler, *Codebreakers' Victory*, 128.
12. Lasswell, oral history, 30.
13. Haufler, *Codebreakers' Victory*, 119–20; Carlson, *Joe Rochefort's War*, 359.
14. Carlson, *Joe Roche fort's War*, 302.
15. Lasswell, memoir, 42–44, courtesy of Joe Cole and the Lasswell family.
16. Carlson, *Joe Rochefort's War*, 302.
17. Michael Smith, *The Emperor's Code: Breaking Japan's Secret Ciphers* (New York: Arcade, 2000), 125; John Prados, *Combined Fleet Decoded: The Secret History of American Intelligence and the Japanese Navy in World War II* (New York: Random House, 1995), 316; Carlson, *Joe Rochefort's War*, 359.
18. Carlson, *Joe Rochefort's War*, 341.
19. Carlson, *Joe Rochefort's War*, 307, 317; Smith, *The Emperor's Code*, 138.
20. Carlson, *Joe Rochefort's War*, 325.
21. Lasswell, memoir, 42; Haufler, *Codebreakers' Victory*, 151.
22. Lasswell, oral history, 37.
23. Lasswell, oral history, 36.
24. Wilber Jasper Holmes, *Double-Edged Secrets: U.S. Naval Intelligence Operations in the Pacific During World War II* (Annapolis, MD: Naval Institute Press, 1979), 91.(『太平洋暗号戦史』1980年、ダイヤモンド社)
25. Carlson, *Joe Rochefort's War*, 99, 333–36; Prados, *Combined Fleet Decoded*, 317; Haufler, *Codebreakers' Victory*, 150–52.
26. Lasswell, oral history, 37.
27. Hiroyuki Agawa, *The Reluctant Admiral: Yamamoto and the Imperial Navy* (Tokyo: Kodansha International, 1969), 311–12(『山本五十六』改版［上下巻］阿川弘之、1973年、新潮社); Carlson, *Joe Rochefort's War*, 342, 378.
28. Donald M. Goldstein and Katherine V. Dillon, *The Pearl Harbor Papers Inside: the Japanese Plans* (New York: Brassey's, 1993), 129; Agawa, *The Reluctant Admiral*, 309.(『山本五十六』改版［上下巻］阿川弘之、1973年、新潮社)
29. Goldstein and Dillon, *The Pearl Harbor Papers*, 130; Agawa, *The Reluctant Admiral*, 309.(『山本五十六』改版［上下巻］阿川弘之、1973年、新潮社)
30. Isoroku Yamamoto, letter to Chiyoko, May 27, 1942, quoted in Goldstein and Dillon, *The Pearl Harbor Papers*, 130.
31. Goldstein and Dillon, *The Pearl Harbor Papers*, 130.
32. Isoroku Yamamoto, letter to Chiyoko, May 27, 1942, quoted in Goldstein and Dillon, *The Pearl Harbor Papers*, 130.
33. Agawa, *The Reluctant Admiral*, 312, 321.(『山本五十六』改版［上下巻］阿川弘之、1973年、新潮社); Prados, *Combined Fleet Decoded*, 329–30.

11. Susan Wels, Pearl Harbor: *America's Darkest Day* (New York: Time-Life Books, 2001), 133–34.
12. Carroll V. Glines, *Attack on Yamamoto* (Atglen, PA: Schiffer Military History, 1993), 52. (『巨星「ヤマモト」を撃墜せよ！——誰が山本 GF 長官を殺ったのか⁉』1992 年、光文社）; Hiroyuki Agawa, *The Reluctant Admiral: Yamamoto and the Imperial Navy* (Tokyo: Kodansha International, 1969), 264.(『山本五十六』改版［上下巻］阿川弘之、1973 年、新潮社 )
13. Edwin Hoyt, *Yamamoto: The Man Who Planned the Attack on Pearl Harbor* (Guilford, CT: Lyons Press), 139.
14. Burke Davis, interview with Henry Viccellio, February 12, 1968, DA.
15. Agawa, *The Reluctant Admiral*, 288.(『山本五十六』改版［上下巻］阿川弘之、1973 年、新潮社 )
16. Samuel Hideo Yamashita, *Daily Life in Wartime Japan, 1940–1945* (Lawrence: University Press of Kansas, 2015), 18.
17. Isoroku Yamamoto, letter to Chiyoko Kawai, January 8, 1942, quoted in Donald M. Goldstein and Katherine V. Dillon, *The Pearl Harbor Papers: Inside the Japanese Plans* (New York: Brassey's, 1993), 129.
18. Roger Pineau, "Admiral Isoroku Yamamoto," in *The War Lords: Military Commanders of the Twentieth Century,* ed. Sir Michael Carver (Boston: Little, Brown, 1976), 390–403, at 398.
19. 同前。
20. Agawa, *The Reluctant Admiral*, 292.(『山本五十六』改版［上下巻］阿川弘之、1973 年、新潮社 )
21. Bill McWilliams, Sunday in Hell: *Pearl Harbor Minute by Minute* (New York: E-rights/E-Reads, 2011), 283.
22. Hoyt, *Yamamoto,* 137; Agawa, *The Reluctant Admiral*, 262–64.(『山本五十六』改版［上下巻］阿川弘之、1973 年、新潮社 ); H. P. Willmott, *Pearl Harbor* (London, UK: Cassell, 2001), 161.
23. Glines, *Attack on Yamamoto*, 53(『巨星「ヤマモト」を撃墜せよ！——誰が山本 GF 長官を殺ったのか⁉』1992 年、光文社)
24. Agawa, *The Reluctant Admiral*, 288.(『山本五十六』改版［上下巻］阿川弘之、1973 年、新潮社 )
25. Arthur Krock, "Six Months After Pearl Harbor," *New York Times*, June 7, 1942.
26. *Washington Post*, October 10, 1942.
27. John Mitchell, letter to Annie Lee, April 22, 1942, MFP.
28. Isoroku Yamamoto, letter to Niwa Michi, exact date unknown, but written in days following Doolittle attack, April 18, 1942, quoted in Agawa, *The Reluctant Admiral*, 299.(『山本五十六』改版［上下巻］阿川弘之、1973 年、新潮社 )
29. William H. Honan, *Visions of Infamy: The Untold Story of How Journalist Hector C. Bywater Devised the Plans That Led to Pearl Harbor* (New York: St. Martin's Press, 1991), 262. (『真珠湾を演出した男』1991 年、徳間書店)
30. 同前。
31. Pineau, "Admiral Isoroku Yamamoto," 398–99.
32. 同前 399.
33. Hervie Haufler, *Codebreakers' Victory: How the Allied Cryptographers Won World War II* (New York: New American Library, 2003), 150.

## 第九章　ミッドウェー——山本の嘆き

1. Eliot Carlson, *Joe Rochefort's War: The Odyssey of the Codebreaker Who Outwitted Yamamoto at Midway* (Annapolis, MD: Naval Institute Press, 2011), 279.
2. Hervie Haufler, *Codebreakers' Victory: How*

autobiography, 110.
25. John Mitchell, diary, March 8, 1942, MFP; John Mitchell, letter to Annie Lee, March 29, 1942, MFP.
26. John Mitchell, letters to Annie Lee, March 28 and May 12, 1942, MFP.
27. John Mitchell, letter to Annie Lee, March 29, 1942, MFP.
28. John Mitchell, letter to Annie Lee, June 13, 1942, MFP.
29. John Mitchell, letters to Annie Lee, April 27, May 13, and May 26, 1942, MFP.
30. Wilmott Ragsdale, "New Caledonia," *Time*, March 26, 1942, 2.
31. John Mitchell, diary, April 7 and April 27, 1942, MFP.
32. John Mitchell, letter to Annie Lee, May 13, 1942, MFP.
33. 同前。
34. Colonel C. V. Glines, "Some Little Known Facts About the Doolittle Raid," *Popular Aviation*, March–April 1967, 16–21; Dan Sewall, "75 Years After the Doolittle Raid, the Last Survivor Remembers How the US Struck Back at Japan in WWII," Associated Press, April 18, 2017. 空襲に参加した八〇人——パイロット、副操縦士、爆撃手、航行針路係、砲撃機関士の五人からなるチームが一六組——のうちの三人が中国へ向かう途中で死亡し、八人が日本の兵士に捕らえられた。そのうち三人が処刑され、ひとりが拘束されているあいだに死亡。残りの四人は生還した。
35. Lanphier, "Fighter Pilot," 121.
36. Glines, "Some Little Known Facts About the Doolittle Raid."
37. Alistair Horne, *Hubris: The Tragedy of War in the Twentieth Century* (New York: HarperCollins, 2015), 245.
38. John Mitchell, letter to Annie Lee, June 13, 1942, MFP.

## 第八章　やり残した仕事

1. "Giant Submarine Cruiser May Have Attacked Oil Field," *Los Angeles Times*, February 24, 1942; "Coast Alert for New Raids: Army Vigilant for Sub Return," *Los Angeles Times*, February 25, 1942.
2. "Faulty Shells Blast Homes," "Chilly Throng Watches Shells Bursting in Sky," "Five Deaths Laid to Blackouts," "Plane Signaling Suspects Seized," *Los Angeles Times*, February 26, 1942; Evan Andrews, "History Stories: World War II's Bizarre 'Battle of Los Angeles,'" March 7, 2019, https:// www.history.com/news/world-war-iis-bizarre-battle-of-los-angeles.
3. Bill McWilliams, *Sunday in Hell: Pearl Harbor Minute by Minute* (New York: E-rights/E-Reads, 2011), 519. その日本人パイロットは、やがて捕らえられて殺害され、パイロットをかくまった地元の日系アメリカ人（二世）は自殺した。
4. Michiko Kakutani, "When History Repeats," *New York Times Sunday Review*, July 15, 2018, 1.
5. "How to Tell Your Friends from the Japs," *Time*, December 22, 1942, 33.
6. "Immediate Evacuation of Japanese Demanded: Southern Californians Call for Summary Action by Army After Submarine Attack," *Los Angeles Times*, February 25, 1942.
7. "'I'll Capture White House,' Jap Admiral Bragged Year Ago," *Washington Post*, December 17, 1941.
8. "Japan's Aggressor: Admiral Yamamoto," *Time*, December 22, 1941.
9. Willard Price, "America's Enemy No. 2: Yamamoto," *Harper's Magazine*, April 1942, 449–58.
10. James A. Field, Jr., "Admiral Yamamoto," *United States Naval Institute Proceedings* 75, no. 10 (October 1949): 1105–13.

Kawai, December 28, 1941, quoted in Goldstein and Dillon, *The Pearl Harbor Papers*, 129.

40. Isoroku Yamamoto, letter to Sankichi Takahashi, December 19, 1941, quoted in Goldstein and Dillon, *The Pearl Harbor Papers*, 120.
41. Noda Mitsuharu, oral history on *Nagato*, quoted in Cook and Cook, *Japan at War*, 81.

## 第七章　ウェディング・ベルと太平洋の憂鬱

1. John Mitchell, diary, January 22, 1942, MFP; John Mitchell– Annie Lee Miller marriage certificate, San Antonio, TX, December 13, 1941.
2. John Mitchell, letter to Annie Lee, December 17, 1941, MFP.
3. John Mitchell, letter to Annie Lee, December 19, 1941, MFP.
4. John Mitchell, diary, January 22, 1942, MFP.
5. Burke Davis, interview with Henry Viccellio, February 12, 1968, DA; John Mitchell, diary, January 22, 1942, MFP.
6. John Mitchell, diary, January 22, 1942, MFP.
7. 同前。
8. Burke Davis, interviews with Rex Barber, September 29 and October 1, 1967, DA; John Mitchell, diary, January 29, 1942, MFP; Doug Canning, oral history interview at Nimitz National Museum of the Pacific War, October 4, 2001.
9. Burke Davis, interview with Doug Canning, September 24, 1967, DA; Doug Canning, oral history interview at Nimitz National Museum of the Pacific War, October 4, 2001.
10. John Mitchell, diary, February 12, 1942, MFP; John Mitchell, letter to Annie Lee, March 29, 1942, MFP; Burke Davis, interview with Rex Barber, September 29 and October 1, 1967, DA; Burke Davis, *Get Yamamoto* (New York: Random House, 1969), 73.（『山本五十六死す――山本長官襲撃作戦の演出と実行』1976年、原書房）
11. John Mitchell, diary, February 12, 1942, MFP.
12. John Mitchell, diary, January 27, 1942, MFP.
13. John Mitchell, diary, February 12, 1942, MFP.
14. Burke Davis, interview with Henry Viccellio, February 12, 1968, DA.
15. John Mitchell, diary, February 12, 1942, MFP.
16. John Mitchell, diary, March 1, 1942, MFP.
17. Jeanne T. Heidler, *Daily Lives of Civilians in Wartime Modern America* (Westport, CT: Greenwood, 2007), 89; Mark Harris, *Five Came Back: A Story of Hollywood and the Second World War* (New York: Penguin, 2014), 1–5.
18. John Mitchell, diary, February 14, 1942, MFP.
19. John Mitchell, diary, February 12 and 14, 1942, MFP.
20. John Mitchell, diary, February 12, 1942, MFP.
21. John Mitchell, diary, May 26, 1942, MFP; Burke Davis, interview with Henry Viccellio, February 12, 1968, DA; Davis, interview with Doug Canning, September 24, 1967, DA.
22. Burke Davis, interview with Doug Canning, September 24, 1967, DA.
23. John Mitchell, diary, March 17, 1942, MFP; John Mitchell, letter to Annie Lee, March 20, 1942, MFP.
24. DA: Lanphier, unpublished

15. Kusaka, memoir, quoted in Goldstein and Dillon, *The Pearl Harbor Papers*, 159.
16. 同前。
17. McWilliams, *Sunday in Hell*, 6, 198; Kusaka, memoir, quoted in Goldstein and Dillon, *The Pearl Harbor Papers*, 159.
18. McWilliams, *Sunday in Hell*, 199, 209.
19. Burke Davis, *Get Yamamoto* (New York: Random House, 1969), 40（『山本五十六死す——山本長官襲撃作戦の演出と実行』1976 年、原書房）; Agawa, *The Reluctant Admiral*, 256–57(『山本五十六』改版［上下巻］阿川弘之、1973 年、新潮社 ); McWilliams, *Sunday in Hell*, 279.
20. Interview with Besby Holmes, in Eric Hammel, *Aces Against Japan II: The American Aces Speak*, vol. 3 (Pacifica, CA: Pacifica Press, 1996), 5.
21. Burke Davis, interview with Besby Holmes, February 14, 1968, DA; Davis, *Get Yamamoto*, 47（『山本五十六死す——山本長官襲撃作戦の演出と実行』1976 年、原書房）; interview with Besby Holmes, in Hammel, *Aces Against Japan II*, 3.
22. Interview with Besby Holmes, in Hammel, *Aces Against Japan II*, 4–5.
23. 同前 ; Burke Davis, interview with Besby Holmes, February 14, 1968, DA; Davis, *Get Yamamoto*, 46.（『山本五十六死す——山本長官襲撃作戦の演出と実行』1976 年、原書房）
24. Burke Davis, interview with Rex T. Barber, October 1, 1967, DA.
25. 同前 ; Davis, *Get Yamamoto*, 51–52.（『山本五十六死す——山本長官襲撃作戦の演出と実行』1976 年、原書房）
26. Burke Davis, interview with Thomas G. Lanphier, Jr., via correspondence, January 25, 1968, DA.
27. Davis, *Get Yamamoto*, 55（『山本五十六死す——山本長官襲撃作戦の演出と実行』1976 年、原書房）; Burke Davis, interview with Thomas G. Lanphier, Jr., January 25, 1983, DA; Lanphier, unpublished autobiography, 65, 75–76, 87–88, DA.
28. Lanphier, unpublished autobiography, 46, DA.
29. Lanphier, unpublished autobiography, 91–92, DA.
30. Davis, *Get Yamamoto*, 57（『山本五十六死す——山本長官襲撃作戦の演出と実行』1976 年、原書房）; Lanphier, unpublished autobiography, 95, DA.
31. Burke Davis, interview with Henry Viccellio, February 12, 1968, DA; Lanphier, unpublished autobiography, 99, DA.
32. John Mitchell, letter to Annie Lee, December 4, 1941, MFP.
33. Susan Wels, *Pearl Harbor: America's Darkest Day* (New York: Time-Life Books, 2001), 133–34.
34. Davis, *Get Yamamoto*, 49（『山本五十六死す——山本長官襲撃作戦の演出と実行』1976 年、原書房）; Burke Davis, interview with John Mitchell, September 27–28, 1967, DA.
35. Agawa, *The Reluctant Admiral*, 258–59(『山本五十六』改版［上下巻］阿川弘之、1973 年、新潮社 ); Hoyt, *Yamamoto*, 133.
36. Hoyt, *Yamamoto*, 134–35; Glines, *Attack on Yamamoto*, 52–53.（『巨星「ヤマモト」を撃墜せよ!——誰が山本 GF 長官を殺ったのか⁉』1992 年、光文社）
37. J. A. Field, Jr., "Admiral Yamamoto," *United States Naval Institute Proceedings* 75, no. 10 (October 1949): 1105–06.
38. Noda Mitsuharu, oral history on *Nagato*, quoted in Haruko Taya Cook and Theodore F. Cook, *Japan at War: An Oral History* (New York: New Press, 1992), 81.
39. Isoroku Yamamoto, letter to Chiyoko

*II* (London: I. B. Taurus & Co., 2015), 131–58.
34. John Mitchell, letter to Annie Lee, November 11, 1924, MFP.
35. John Mitchell, letter to Annie Lee, October 28, 1941, MFP.
36. John Mitchell, letter to Annie Lee, October 25, 1941, MFP.
37. John Mitchell, letter to Annie Lee, November 3, 1941, MFP.
38. John Mitchell, letter to Annie Lee, November 26, 1941, MFP.
39. John Mitchell, letter to Annie Lee, November 24, 1941, MFP.
40. John Mitchell, letter to Annie Lee, November 30, 1941, MFP.
41. John Mitchell, letters to Annie Lee, December 1 and December 4, 1941, MFP.
42. Burke Davis, *Get Yamamoto* (New York: Random House, 1969), 40.（『山本五十六死す──山本長官襲撃作戦の演出と実行』1976 年、原書房）

## 第六章　バラの花びらが散るころ

1. Hiroyuki Agawa, *The Reluctant Admiral: Yamamoto and the Imperial Navy* (Tokyo: Kodansha International, 1969), 257–58.(『山本五十六』改版［上下巻］阿川弘之、1973 年、新潮社)
2. Carroll V. Glines, *Attack on Yamamoto* (Atglen, PA: Schiffer Military History, 1993), 51（『巨星「ヤマモト」を撃墜せよ！──誰が山本 GF 長官を殺ったのか⁉』1992 年、光文社）; Agawa, 243.
3. Isoroku Yamamoto, letter to Chiyoko Kawai, December 5, 1941 (Tokyo time), quoted in Donald M. Goldstein and Katherine V. Dillon, *The Pearl Harbor Papers: Inside the Japanese Plans* (New York: Brassey's, 1993), 129.
4. Agawa, *The Reluctant Admiral*, 250–51.(『山本五十六』改版［上下巻］阿川弘之、1973 年、新潮社)
5. Louis Morton, "The Japanese Decision for War," *United States Naval Institute Proceedings* 80, no. 12 (December 1954): 8–9; Agawa, *The Reluctant Admiral*, 272–73.(『山本五十六』改版［上下巻］阿川弘之、1973 年、新潮社)
6. Agawa, *The Reluctant Admiral*, 278–79(『山本五十六』改版［上下巻］阿川弘之、1973 年、新潮社); Morton, "The Japanese Decision for War," 9–10; Bill McWilliams, *Sunday in Hell: Pearl Harbor Minute by Minute* (New York: E-rights/E-Reads, 2011), 177–83.
7. Edwin Hoyt, *Yamamoto: The Man Who Planned the Attack on Pearl Harbor* (Guilford, CT: Lyons Press), 131; Vice Admiral Ryunosuke Kusaka, memoir, quoted in Donald M. Goldstein and Katherine V. Dillon, *The Pearl Harbor Papers: Inside the Japanese Plans* (New York: Brassey's, 1993), 155.
8. Agawa, *The Reluctant Admiral*, 253(『山本五十六』改版［上下巻］阿川弘之、1973 年、新潮社); Kusaka, memoir, quoted in Goldstein and Dillon, *The Pearl Harbor Papers*, 155.
9. Kusaka, memoir, quoted in Goldstein and Dillon, *The Pearl Harbor Papers*, 156; Agawa, *The Reluctant Admiral*, 254.(『山本五十六』改版［上下巻］阿川弘之、1973 年、新潮社)
10. Letters between Isoruko Yamamoto and Chiyoko Kawai, quoted in Goldstein and Dillon, *The Pearl Harbor Papers*, 129.
11. Kusaka, memoir, quoted in Goldstein and Dillon, *The Pearl Harbor Papers*, 154.
12. 同前 , 155.
13. Agawa, *The Reluctant Admiral*, 254.(『山本五十六』改版［上下巻］阿川弘之、1973 年、新潮社)
14. McWilliams, *Sunday in Hell*, 196.

月二日に「ニイタカヤマノボレ」という電文を送信したが、ハワイでは、一二月一日だった。

## 第五章　戦争の経験

1. John Mitchell, letter to Annie Lee, April 20, 1941, MFP.
2. 同前。
3. Annie Lee Miller, letter to Aunt Ludma, April 8, 1941, MFP.
4. Annie Lee Miller, letter to Aunt Ludma, May 27, 1941, MFP.
5. Noah Mitchell, letter to Annie Lee, May 1941, MFP.
6. John Mitchell, letter to Annie Lee, April 22, 1941, MFP.
7. John Mitchell, letter to Annie Lee, April 23, 1941, MFP. See https://www.pacificwrecks.com/aircraft/p-38/tech.html.
8. John Mitchell, letter to Annie Lee, April 25, 1941, MFP.
9. John Mitchell, letter to Annie Lee, May 11, 1941, MFP.
10. John Mitchell, letter to Annie Lee, May 25, 1945, MFP.
11. Copy of Fleming's hotel registration in William Thomas, "Birthplace of James Bond," St. Catharine Standard, March 12, 2013, https://www.thejamesbonddossier.com/content/james-bond-where-it-all-began.htm.
12. John Mitchell, letter to Annie Lee, May 25, 1941, MFP.
13. John Mitchell, letter to Annie Lee, June 9, 1941, MFP.
14. Noah Mitchell, letter to John Mitchell, May 25, 1941, MFP.
15. John Mitchell, letter to Annie Lee, June 9, 1941, MFP.
16. John Mitchell, letters to Annie Lee, June 9 and July 7, 1941, MFP.
17. John Mitchell, letters to Annie Lee, June 9 and June 17, 1941, MFP.
18. John Mitchell, letter to Annie Lee, June 23, 1941, MFP.
19. 同前。
20. 同前。
21. John Mitchell, letter to Annie Lee, July 20, 1941, MFP; Burke Davis, interview with John Mitchell, September 1967, DA. ミッチェルがイギリス海峡を渡った飛行の話は、時間が経つにつれて誇張された。なかには、ミッチがイギリスに戻る前にドイツの戦闘機を撃墜したという、ドラマチックだが不確かな噂話もある。
22. John Mitchell, letter to Annie Lee, July 4, 1941, MFP.
23. Burke Davis, interview with John Mitchell, September 1967, DA.
24. John Mitchell, letter to Annie Lee, June 23, 1941, MFP.
25. Annie Lee Miller, letter to Aunt Ludma, July 22, 1941, MFP.
26. John Mitchell, letter to Annie Lee, September 25, 1941, MFP.
27. John Mitchell, letter to Annie Lee, October 6, 1941, MFP.
28. John Mitchell, letter to Annie Lee, October 20, 1941, MFP.
29. John Mitchell, letter to Annie Lee, October 28, 1941, MFP.
30. "Lightning-Fast Plane Plunges to Earth Near Here, Killing Promising Young Army Pilot," *Desert Sun of Palm Springs, California*, November 14, 1941.
31. "Pilot Killed as P-38 Crashes into House: Experimental Plane Loses Tail Assembly at 400 M.P.H." *Los Angeles Daily Mirror*, November 5, 1941.
32. John Mitchell, letter to Annie Lee, November 14, 1941, MFP.
33. Adam Leong Kok Wey, "Case Study of Operation Flipper," in *Killing the Enemy: Assassination Operations During World War*

41. Pineau, "Admiral Isoroku Yamamoto," 397.
42. 同前, 396–97.
43 Isoroku Yamamoto, letter to Mitsuari Takamura, November 4, 1940, quoted in Goldstein and Dillon, *The Pearl Harbor Papers*, 114.
44. Isoroku Yamamoto, letter to Navy Minister Koshiro Oikawa, January 7, 1941, quoted in Goldstein and Dillon, *The Pearl Harbor Papers*, 115; Hoyt, *Yamamoto*, 108; Honan, *Visions of Infamy*, 252–53.（『真珠湾を演出した男』1991年、徳間書店）
45. Glines, *Attack on Yamamoto*, 51（『巨星「ヤマモト」を撃墜せよ！――誰が山本GF長官を殺ったのか⁉』1992年、光文社）; Honan, *Visions of Infamy*, 254（『真珠湾を演出した男』1991年、徳間書店）; Hoyt, *Yamamoto*, 109.
46. Hoyt, *Yamamoto*, 109.
47. Goldstein and Dillon, *The Pearl Harbor Papers*, 1–2.
48. James A. Field, Jr., "Admiral Yamamoto," *United States Naval Institute Proceedings* 75, no. 10 (October 1949): 1006–07; Agawa, *The Reluctant Admiral*, 291.（『山本五十六』改版［上下巻］阿川弘之、1973年、新潮社）注：一九四一年一月二四日に山本が書いた手紙の内容は、阿川の著書では若干異なり、以下のとおりである。「日米開戦に至らば己が目ざすところ、素よりグアム、フィリピンに非ず、はたまたハワイ、香港に非ず、*実にワシントンのホワイトハウスでの和平条約である*」（イタリックは著者）
49. Pineau, "Admiral Isoroku Yamamoto," 396–97.
50. Isoroku Yamamoto, letter to Rear Admiral Teikichi Hori, November 11, 1941, quoted in James A. Field, Jr., "Admiral Yamamoto," *United States Naval Institute Proceedings* 75, no. 10 (October 1949): 1112; Yamamoto, letter to Hori, although this source dates the letter as October 11, 1941, quoted in Goldstein and Dillon, *The Pearl Harbor Papers*, 124. 本書が引用した堀少将への山本の手紙は、『Pearl Harbor Papers』で引用された内容と若干異なる。『Pearl Harbor Papers』では以下のとおりである。「自分の個人的な考えと正反対だとしても、任務をいったん引き受けたからには、全力を尽くすつもりである。悲しいかな、これがおれの運命だ」
51. Honan, *Visions of Infamy*, 256–57（『真珠湾を演出した男』1991年、徳間書店）; Morton, "The Japanese Decision for War," 5–6.
52. Isoroku Yamamoto, letter to Vice Admiral Shigetaro Shimada, October 24, 1941, quoted in Goldstein and Dillon, *The Pearl Harbor Papers*, 118.
53. Pineau, "Admiral Isoroku Yamamoto," 398; Glines, *Attack on Yamamoto*, 51–52（『巨星「ヤマモト」を撃墜せよ！――誰が山本GF長官を殺ったのか⁉』1992年、光文社）; Honan, *Visions of Infamy*, 253（『真珠湾を演出した男』1991年、徳間書店）; Goldstein and Dillon, *The Pearl Harbor Papers*, 148.
54. Hoyt, *Yamamoto*, 128–29.
55. Ian W. Toll, "A Reluctant Enemy," *New York Times*, December 6, 2011.
56. Isoroku Yamamoto, letters to Chiyoko Kawai, December 1941, quoted in Goldstein and Dillon, *The Pearl Harbor Papers*, 128–29; Agawa, *The Reluctant Admiral*, 242–47(『山本五十六』改版［上下巻］阿川弘之、1973年、新潮社); Vice Admiral Ryunosuke Kusaka, memoir, quoted in Goldstein and Dillon, *The Pearl Harbor Papers*, 154.［注／一貫性を期してわかりやすくするために、日時は太平洋標準時（PST）を採用している。たとえば、山本は、日本時間の一二

15. Charles A. Selden, "Davis Says Japan Upsets Security of All in Pacific; Fears Costly Naval Race," *New York Times*, December 7, 1934.
16. Special to the *New York Times*, "Japan and Britain to Halt Navy Talk," *New York Times*, December 29, 1934; Charles A. Selden, "Davis Leaves London," *New York Times*, December 30, 1934.
17. Agawa, *The Reluctant Admiral*, 49–50(『山本五十六』改版［上下巻］阿川弘之、1973 年、新潮社 ); 124; Edwin Hoyt, *Yamamoto: The Man Who Planned the Attack on Pearl Harbor* (Guilford, CT: Lyons Press), 84.
18. Agawa, *The Reluctant Admiral*, 51.(『山本五十六』改版［上下巻］阿川弘之、1973 年、新潮社 )
19. 同前 , 52.
20. 同前 , 53; Hoyt, *Yamamoto*, 84–85.
21. Quoted in Agawa, *The Reluctant Admiral*, 56–58.(『山本五十六』改版［上下巻］阿川弘之、1973 年、新潮社 )
22. Quoted in 同前 , 64.
23. Hoyt, *Yamamoto*, 85; Agawa, *The Reluctant Admiral*, 90, 95.(『山本五十六』改版［上下巻］阿川弘之、1973 年、新潮社 )
24. Carroll V. Glines, *Attack on Yamamoto* (Atglen, PA: Schiffer Military History, 1993), 47（『巨星「ヤマモト」を撃墜せよ！──誰が山本 GF 長官を殺ったのか⁉』1992 年、光文社）; Hoyt, *Yamamoto,* 85–87.
25. Agawa, *The Reluctant Admiral*, 119.(『山本五十六』改版［上下巻］阿川弘之、1973 年、新潮社 )
26. 同前 , 65, 204–207.
27. Louis Morton, "The Japanese Decision for War," *United States Naval Institute Proceedings* 80, no. 12 (December 1954): 1325–35.
28. 同前 , 1326.
29. Samuel Hideo Yamashita, *Daily Life in Wartime Japan*, 1940–1945 (Lawrence: University Press of Kansas, 2015), 11.
30. Captain Roger Pineau, "Admiral Isoroku Yamamoto," in *The War Lords: Military Commanders of the Twentieth Century*, ed. Sir Michael Carver (Boston: Little, Brown, 1976), 390–403, at 396.
31. Morton, "The Japanese Decision for War," 1326–27.
32. Agawa, *The Reluctant Admiral*, 186(『山本五十六』改版［上下巻］阿川弘之、1973 年、新潮社 ); Glines, *Attack on Yamamoto*, 49.（『巨星「ヤマモト」を撃墜せよ！──誰が山本 GF 長官を殺ったのか⁉』1992 年、光文社）
33. Agawa, *The Reluctant Admiral*, 125.(『山本五十六』改版［上下巻］阿川弘之、1973 年、新潮社 )
34. Pineau, "Admiral Isoroku Yamamoto," 396.
35. Agawa, *The Reluctant Admiral*, 5–6, 169–71.(『山本五十六』改版［上下巻］阿川弘之、1973 年、新潮社 )
36. 同前 , 9–11; Hoyt, *Yamamoto*, 2–3, 104.
37. Agawa, *The Reluctant Admiral*, 174, 179.(『山本五十六』改版［上下巻］阿川弘之、1973 年、新潮社 )
38. Burke Davis, Get Yamamoto (New York: Random House, 1969), 32.（『山本五十六死す──山本長官襲撃作戦の演出と実行』1976 年、原書房）
39. Glines, *Attack on Yamamoto*, 49–50（『巨星「ヤマモト」を撃墜せよ！──誰が山本 GF 長官を殺ったのか⁉』1992 年、光文社）; Pineau, "Admiral Isoroku Yamamoto," 396.
40. Glines, *Attack on Yamamoto*, 50（『巨星「ヤマモト」を撃墜せよ！──誰が山本 GF 長官を殺ったのか⁉』1992 年、光文社）; Davis, Get Yamamoto, 32（『山本五十六死す──山本長官襲撃作戦の演出と実行』1976 年、原書房）(quoting Yamamoto slightly differently).

39. John Mitchell, letters to Annie Lee, September 4, 6, 13, 19, 20, and 23, 1940, MFP.
40. John Mitchell, letters to Annie Lee, September 27 and 29, 1940, MFP.
41. John Mitchell, letter to Annie Lee, January 13, 1941, MFP.
42. John Mitchell, letter to Annie Lee, December 17 and 18, 1940, MFP.
43. John Mitchell, letter to Annie Lee, August 20, 1940, MFP.
44. Annie Lee, letter to Aunt Ludma, November 3, 1940, MFP.
45. John Mitchell, letter to Annie Lee, October 21, 1940, MFP.
46. John Mitchell, letter to Annie Lee, September 29, 1940, MFP.
47. John Mitchell, letters to Annie Lee, November 20 and November 22, 1940, MFP.
48. John Mitchell, letters to Annie Lee, December 13 and December 17, 1940, MFP.
49. John Mitchell, letter to Annie Lee, January 4, 1941, MFP.
50. John Mitchell, letter to Annie Lee, December 20, 1940, MFP.
51. 同前。
52. Annie Lee, letter to Aunt Ludma, March 3, 1941, MFP.
53. John Mitchell, letter to Annie Lee, December 17, 1940, MFP.
54. John Mitchell, letter to Annie Lee, April 4, 1941, MFP.

## 第四章　尋常ならざる戦略

1. Hiroyuki Agawa, *The Reluctant Admiral: Yamamoto and the Imperial Navy* (Tokyo: Kodansha International, 1969), 24.(『山本五十六』改版［上下巻］阿川弘之、1973 年、新潮社 )
2. "Japan Will Urge Big Cut in Navies," *New York Times*, October 9, 1934.
3. "Yamamoto Declines to Reveal Proposal," *New York Times*, October 8, 1934.
4. "Japan Will Urge Big Cut in Navies."
5. Agawa, *The Reluctant Admiral*, 25–26(『山本五十六』改版［上下巻］阿川弘之、1973 年、新潮社 ); "Deadlock Feared in Talks on Navies," *New York Times*, October 17, 1934.
6. Associated Press, "Naval Building Race Threatens," *Boston Globe*, October 23, 1934, 11.
7. William H. Honan, *Visions of Infamy: The Untold Story of How Journalist Hector C. Bywater Devised the Plans That Led to Pearl Harbor* (New York: St. Martin's Press, 1991), 225.（『真珠湾を演出した男』1991 年、徳間書店）
8. Agawa, *The Reluctant Admiral*, 36.(『山本五十六』改版［上下巻］阿川弘之、1973 年、新潮社 )
9. Honan, *Visions of Infamy*, 224.（『真珠湾を演出した男』1991 年、徳間書店）
10. Agawa, *The Reluctant Admiral*, 40.(『山本五十六』改版［上下巻］阿川弘之、1973 年、新潮社 )
11. 同前 , 38–44; Honan, *Visions of Infamy*, 222.（『真珠湾を演出した男』1991 年、徳間書店）
12. Isoroku Yamamoto, letter to Chiyoko Kawai, September 1935, quoted in Donald M. Goldstein and Katherine V. Dillon, *The Pearl Harbor Papers: Inside the Japanese Plans* (New York: Brassey's, 1993), 128; letter of May 1, 1935, Agawa, *The Reluctant Admiral*, 58.(『山本五十六』改版［上下巻］阿川弘之、1973 年、新潮社 )
13. Honan, *Visions of Infamy*, 223–26.（『真珠湾を演出した男』1991 年、徳間書店）
14. 同前 , 223–25; Hector C. Bywater, "U.S. Policy in Naval Talks: Firm Line Urged Upon Britain," *Daily Telegraph*, December 4, 1934.

37. 同前 , 127.
38. 同前 , 127–28.
39. Isoroku Yamamoto, letter to Chiyoko Kawai, May 1935, quoted in *The Reluctant Admiral*, 128.(『山本五十六』改版［上下巻］阿川弘之、1973 年、新潮社)

## 第三章　イーニッドの飛行機乗り

1. John Mitchell, letter to Annie Lee, September 13, 1940, MFP.
2. John Mitchell, letter to Annie Lee, September 11, 1940, MFP.
3. John Mitchell, letter to Annie Lee, October 2, 1940, MFP.
4. John Mitchell, letter to Annie Lee, October 10, 1940, MFP.
5. John Mitchell, letter to Annie Lee, October 2, 1940, MFP.
6. John Mitchell, letter to Annie Lee, October 22, 1940, MFP.
7. John Mitchell, letter to Annie Lee, December 17, 1940, MFP.
8. John Mitchell, letter to Annie Lee, January 20, 1941, MFP.
9. John Mitchell, letter to Annie Lee, September 25, 1940, MFP.
10. John Mitchell, letters to Annie Lee, October 20 and October 21, 1940, MFP.
11. John Mitchell, letter to Annie Lee, March 12, 1941, MFP.
12. John Mitchell, letter to Annie Lee, September 25, 1940, MFP.
13. John Mitchell, letter to Annie Lee, October 10, 1940, MFP.
14. John Mitchell, letters to Annie Lee, October 9 and October 10, 1940, MFP.
15. John Mitchell, letter to Annie Lee, January 8, 1941, MFP.
16. John Mitchell, letter to Annie Lee, October 9, 1940, MFP.
17. John Mitchell, letter to Annie Lee, November 5, 1940, MFP.
18. John Mitchell, letter to Annie Lee, October 2, 1940, MFP.
19. John Mitchell, letter to Annie Lee, October 20, 1940, MFP.
20. 同前。
21. John Mitchell, letter to Annie Lee, November 5, 1940, MFP.
22. John Mitchell, letter to Annie Lee, November 18, 1940, MFP.
23. Burke Davis, interview with John Mitchell, September 27–28, 1967, DA.
24. John Mitchell, letter to Annie Lee, November 18, 1940, MFP.
25. Burke Davis, interview with Henry Viccellio, February 12, 1968, DA.
26. John Mitchell, letters to Annie Lee, December 3 and December 12, 1940, MFP.
27. John Mitchell, letter to Annie Lee, January 16, 1941, MFP.
28. John Mitchell, letter to Annie Lee, January 27, 1941, MFP.
29. John Mitchell, letter to Annie Lee, January 16, 1941, MFP.
30. John Mitchell, letter to Annie Lee, January 24, 1941, MFP.
31. John Mitchell, letter to Annie Lee, March 26, 1941, MFP.
32. John Mitchell, letter to Annie Lee, April 13, 1941, MFP.
33. John Mitchell, letters to Annie Lee, December 3 and December 15, 1940, MFP.
34. John Mitchell, letter to Annie Lee, January 6, 1941, MFP.
35. John Mitchell, letter to Annie Lee, December 6, 1940, MFP.
36. John Mitchell, letter to Annie Lee, December 15, 1940, MFP.
37. John Mitchell, letter to Annie Lee, February 3, 1941, MFP.
38. John Mitchell, letter to Annie Lee, October 11, 1940, MFP.

長官を殺ったのか⁉』1992年、光文社)
10. Horne, Hubris, 105–107.
11. Agawa, *The Reluctant Admiral* (『山本五十六』改版[上下巻]阿川弘之、1973年、新潮社)
12. Glines, *Attack on Yamamoto*, 44(『巨星「ヤマモト」を撃墜せよ!——誰が山本GF長官を殺ったのか⁉』1992年、光文社)
13. Price, "America's Enemy No. 2," 458.
14. Agawa, *The Reluctant Admiral*, 65. (『山本五十六』改版[上下巻]阿川弘之、1973年、新潮社)
15. 同前, 85.
16. Glines, *Attack on Yamamoto*, 46(『巨星「ヤマモト」を撃墜せよ!——誰が山本GF長官を殺ったのか⁉』1992年、光文社)
17. Agawa, *The Reluctant Admiral*, 75. (『山本五十六』改版[上下巻]阿川弘之、1973年、新潮社)
18. Burke Davis, *Get Yamamoto* (New York: Random House, 1969), 25 (『山本五十六死す——山本長官襲撃作戦の演出と実行』1976年、原書房); Glines, *Attack on Yamamoto*, 45. (『巨星「ヤマモト」を撃墜せよ!——誰が山本GF長官を殺ったのか⁉』1992年、光文社); Agawa, *The Reluctant Admiral*, 72, 76-82. (『山本五十六』改版[上下巻]阿川弘之、1973年、新潮社)
19. Ellis M. Zacharias, *Secret Missions: The Story of an Intelligence Officer* (New York: G. P. Putnam's Sons, 1946), 93. (『日本との秘密戦』1958年、日刊労働通信社)
20. 同前, 92.
21. William H. Honan, *Visions of Infamy: The Untold Story of How Journalist Hector C. Bywater Devised the Plans That Led to Pearl Harbor* (New York: St. Martin's Press, 1991), xiii–xv. (『真珠湾を演出した男』1991年、徳間書店)
22. 同前, 168, 172.
23. 同前, 177; Glines, *Attack on Yamamoto*, 50. (『巨星「ヤマモト」を撃墜せよ!——誰が山本GF長官を殺ったのか⁉』1992年、光文社)
24. Zacharias, *Secret Missions*, 94. (『日本との秘密戦』1958年、日刊労働通信社)
25. Agawa, *The Reluctant Admiral*, 86. (『山本五十六』改版[上下巻]阿川弘之、1973年、新潮社)
26. Zacharias, *Secret Missions*, 91. (『日本との秘密戦』1958年、日刊労働通信社)
27. Honan, *Visions of Infamy*, 185.
28. 同前, 184–86.
29. Davis, *Get Yamamoto*, 27. (『山本五十六死す——山本長官襲撃作戦の演出と実行』1976年、原書房); Glines, *Attack on Yamamoto*, 46. (『巨星「ヤマモト」を撃墜せよ!——誰が山本GF長官を殺ったのか⁉』1992年、光文社)
30. Glines, *Attack on Yamamoto*, 46(『巨星「ヤマモト」を撃墜せよ!——誰が山本GF長官を殺ったのか⁉』1992年、光文社); Agawa, *The Reluctant Admiral*, 88. (『山本五十六』改版[上下巻]阿川弘之、1973年、新潮社)
31. Burke Davis, interview with Edwin T. Layton, April 10, 1968, 1–5; Layton, interview, Oral History Program of the United States Naval Institute, May 1970, from edited transcript available in 1975, 58–59.
32. Hervie Haufler, *Codebreakers' Victory: How the Allied Cryptographers Won World War II* (New York: New American Library, 2003), 118–19.
33. Agawa, *The Reluctant Admiral*, 12ff. (『山本五十六』改版[上下巻]阿川弘之、1973年、新潮社)
34. Yoshimasa Yamamoto, quoted in *The Reluctant Admiral*, 69.
35. 同前。
36. Donald M. Goldstein, and Katherine V. Dillon, *The Pearl Harbor Papers: Inside the Japanese Plans* (New York: Brassey's, 1993), 126–27.

April 16, 1945, MFP.
29. Burke Davis, interview with John Mitchell, September 27–28, 1967, DA.
30. John Mitchell, letter to Annie Lee Mitchell, October 28, 1941, MFP.
31. Various family history records and, in particular, an unpublished memoir by Joe H. Miller titled "My Story," MFP.
32. Miller "My Story," MFP.
33. "Comments on The 1933 Seniors," *The Rice Bird*, El Campo High School, May 25, 1933, MFP.
34. Letters; Lehr interviews with Terri Mitchell and Billy Mitchell, 2017, MFP.
35. Annie Lee, letter to Aunt Ludma, April 9,1940, MFP.
36. Annie Lee, letters to Aunt Ludma, April 8, June 20, and June 29, 1940, MFP.
37. John Mitchell, letter to Annie Lee, December 11, 1940, MFP. Note: The United States Army Air Corps became the United States Army Air Forces (USAAF) in June 1941.
38. John Mitchell, letter to Annie Lee, July 26, 1945, MFP.
39. John Mitchell, letter to Annie Lee, October 21, 1940, MFP.
40. John Mitchell, letter to Annie Lee, August 26, 1940, MFP.
41. 同前。
42. Burke Davis, interview with John Mitchell, September 27–28, 1967, DA.
43. John Mitchell, letter to Annie Lee, September 4, 1940, MFP.
44. John Mitchell, letter to Annie Lee, September 13, 1940, MFP.

## 第二章　五十六・飛行機・芸者

1. Willard Price, "America's Enemy No. 2: Yamamoto," *Harper's Magazine*, April 1942, 449–58; Alistair Horne, Hubris: The Tragedy of War in the Twentieth Century (New York: HarperCollins, 2015), 23.
2. Price, "America's Enemy No. 2," 450.
3. 同前。
4. Hiroyuki Agawa, *The Reluctant Admiral: Yamamoto and the Imperial Navy* (Tokyo: Kodansha International, 1969), 122-23 (『山本五十六』改版[上下巻] 阿川弘之、1973 年、新潮社)
5. Michael D. Hull, briefly by Japanel D. Hull, briefly by *WWII History*, Vol. 11, No. 7 (Fall 2012): 28; Carroll V. Glines, *Attack on Yamamoto* (Atglen, PA: Schiffer Military History, 1993) (『巨星「ヤマモト」を撃墜せよ！——誰が山本 GF 長官を殺ったのか !?』1992 年、光文社), 42; Agawa, *The Reluctant Admiral* (『山本五十六』改版［上下巻］阿川弘之、1973 年、新潮社), 75. 注：プライスは自身の記事「アメリカの第二の敵」のなかで、山本が子どものころから「アメリカを軽蔑する」よう教育を受けていたと書いた。プライスによると、山本の父はアメリカ人のことを「肉ばかり食べているせいで動物のようなにおいを発する毛深い野蛮人」と言い表したという。だが、山本がアメリカ人に対して好意を持ち、戦前に数多くのアメリカ人と交友関係を築いていたことは、数々の資料から明らかになっている。ほとんどの歴史家は、「山本の父親がアメリカ人のことを〝野蛮人〟と呼んだのが本当だとしても、山本自身はそれを真に受けなかったのだろう」と述べている。
6. Glines, *Attack on Yamamoto*, 42.(『巨星「ヤマモト」を撃墜せよ！——誰が山本 GF 長官を殺ったのか !?』1992 年、光文社)
7. Horne, *Hubris*, 22-23.
8. 同前 , Glines, *Attack on Yamamoto*, 42. (『巨星「ヤマモト」を撃墜せよ！——誰が山本 GF 長官を殺ったのか !?』1992 年、光文社)
9. Glines, *Attack on Yamamoto*, 43.(『巨星「ヤマモト」を撃墜せよ！——誰が山本 GF

articles/175/mississippi-soldiers-in-the-civil-war.
6. Burke Davis, interview with John Mitchell, September 27–28, 1967, DA.
7. イーニッドの住民アイリーン・カーケンダル・ゲインズが 1965 年に書いた手記より。1993 年に H・メイビスが集めたイーニッドに関する資料の 3 ページ目に残されていた。ミッチェル家の厚意により参照させてもらった。
8. ウェッブ・スクールとその創設者、そしてノアの学校生活に関する情報は、アーキヴィストのスーザン・ハウエルによる提供（2018 年 1 月）。
9. Lehr, interview with Terri Mitchell Cleff, MFP.
10. Noah Mitchell, letter to Annie Lee Miller, May 1941, MFP.
11. Mississippi History Timeline, online.
12. "Enid," *Mississippi Sun*, September 18, 1924.
13. Noah Mitchell, "Around Home" MFP.
14. "A Glimpse into the Enid Emporium History," compiled by Mavis H. Newton in 1993 from interviews and previously written materials, MFP.
15. Mitchell Yockelson, "America Enters the Great War," Prologue Magazine 49, no. 1 (Spring 2017), https://www.archives.gov/publications/prologue/2017/spring/wwi-america-enters.
16. Noah Mitchell, World War I draft registration card, MFR. Draft statistics from Mississippi from Richard V. Damms, "World War I: Loyalty and Dissent in Mississippi During the Great War," Mississippi History Now, http://mshistorynow.mdah.state.ms.us/articles/237/World-War-I-the-great-war-1917–1918-loyalty-and-dissent-in-mississippi.
17. Louie Matrisciano, "Spanish Influenza in Mississippi (1918)," Historical Text Archive, http://www.hancockcountyhistoricalsociety.com/vignettes/the-influenza-epidemic-of-1918/.
18. エリザベス・ミッチェルの死因に関する情報は、公的な記録にもミッチェル家の記録にも残されていない。リリアン・ミッチェルの死因については、テネシー州保険局が発行した死亡診断書に記載がある。Bureau of Vital Statistics, File No. 472, February 17, 1922. See also No. 472,*Mississippi Sun*, February 23, 1922.
19. Ned McIntosh, *Atlanta Constitution*, December 7, 1915.
20. Quoted in Ray Hill, "The White Chief: James K. Vardaman of Mississippi," Knoxville Focus, March 10, 2013.
21. Newspaper clipping of the poem in the family Bible, MFP.
22. "Miss Edith Mitchell Hostess Dinner-Dance," *Mississippi Sun*, December 8, 1927.
23. "Mitchell-Massey, *Mississippi Sun*, July 19, 1928.
24. Herbert Hoover,"Principles and Ideals of the United States Government," October 22, 1928, https://millercenter.org/the-presidency/presidential-speeches/october-22-1928-principles-and-ideals-united-states-government.
25. George T. Chandler, interview with John Mitchell, May 18, 1989, MPF. The unpublished videotaped interview was provided to the author.
26. "Award Scholarship," Mississippi Sun, July 30, 1931, 5; "John W. Mitchell of Enid Wins Columbia University Award," Mississippi Sun, October 1, 1931, 1.
27. Major General Andrew Hero, Jr., "New Year's Greeting," January 1930, https://sill-www.army.mil/ada-online/coast-artillery-journal/_docs/1930/1/Jan%20 1930.pdf.
28. John Mitchell, letter to Annie Lee Miller,

メキシコのフランシスコ・〝パンチョ〟・ヴィリャを討伐するために組織された作戦である。いずれも公式な交戦期間中には行われておらず、アメリカ軍が戦時中に行った殺害作戦としては山本に対するものが最初のケースとなる。アギナルド捕獲作戦は一八九八年にアメリカがスペインを破った米西戦争の終結後に実行された。アギナルドはフィリピン独立を目指すゲリラ活動を率いており、アメリカ軍との衝突、あるいは「戦争」は一九〇二年まで三年間続いた。アギナルドは一九〇一年の初めに捕獲され、アメリカへの忠誠を誓ったあとに釈放された。〝パンチョ〟・ヴィリャはアメリカの指導者たちから米墨関係に対する脅威と見なされ、無法者の革命家として狙われた。ヴィリャがアメリカとの国境を越えてニューメキシコ州を襲撃したことを受けて、当時のウッドロウ・ウィルソン大統領がヴィリャを捕らえようと「懲罰のための遠征部隊」をメキシコ国内に派遣したが、一年にわたる作戦は失敗に終わった。

22. Timelines found at rohwer.astate.edu and encyclopedia.densho.org.
23. "How to Tell Your Friends From the Japs," *Time* magazine, December 22, 1941, 33.
24. E. B. Sledge, *With the Old Breed: At Peleliu and Okinawa* (New York: Ballantine, 2010), 33.(『ペリリュー・沖縄戦記』2008 年、講談社)
25. Victor Davis Hanson, Sledge, introduction to Sledge, *With the Old Breed*, xix.(『ペリリュー・沖縄戦記』2008 年、講談社)
26. Isoroku Yamamoto, letter to Yoshiki Takamura, December 22, 1941, in Adam Leong Kok Wey, *Killing the Enemy: Assassination Operations During World War II* (London: I. B. Taurus, 2015), 129.

## 第一章　ジョニー・ビルと月

1. この詩が書かれた具体的な日付は明らかになっていないが、1942 年の終わりから 1943 年初めにかけての時期だと考えられる。全文は以下のとおり(当時ミッチェルが妻に送った手紙を参照した)。

   私の心に虹がかかっている
   たもとの壺に入っているのは金ではない
   壺には希望が詰まっている
   愛しいわが子が帰ってくるように

   虹は神との契約のしるし
   天が与えてくれた約束
   その希望はけっして失われない
   心から愛する者のために

   だから毎日虹を眺める
   美しい金色と青色とともに
   そのたびに私は思いを新たにする
   おまえと過ごすすばらしい時間を願って

   希望のアーチが輝いている
   その光が薄らぐことなかれ
   私の心から消えることなかれ
   息子を愛するこの気持ちが

   この残酷な戦争が終わったら
   息子が無事に帰ってきたら
   こんな希望を持ちつづけよう
   もうどんな戦争も起こらないと
2. James F. Brieger, *Hometown Mississippi* (Jackson, MS: Town Square Books, 1997), 673.
3. US Census; W. C. Mitchell's, gravestone in Enid Oakhill Cemetery.
4. Burke Davis, interview with John Mitchell, September 27–28, 1967, DA.
5. John F. Marszalek and Clay Williams, "Mississippi Soldiers in the Civil War," Mississippi History Now, 2009, http://mshistorynow.mdah.state.ms.us/

# 原注

## プロローグ　あの日


1. Susan Wels, *Pearl Harbor: America's Darkest Day* (New York: Time-Life Books, 2001), 138.
2. 同前 , 115.
3. Bill McWilliams, *Sunday in Hell: Pearl Harbor Minute by Minute* (New York: E-rights / E-Reads, 2011), 280
4. 同前 , 324
5. 同前 , 286
6. Wels, *Pearl Harbor*, 118.
7. McWilliams, *Sunday in Hell*, 326–28.
8. 同前 , 431.
9. Wels, *Pearl Harbor*, 166–67.
10. "Knox Twice Bombed on Trip," *Boston Globe*, February 1, 1943.
11. John Miller, Jr., *Guadalcanal: The First Offensive* (Washington, DC: Center of Military History, United States Army, 1949), 140.
12. John Hersey, *Into the Valley: A Skirmish of the Marines* (New York: Schocken Books, 1942), xvi–xvii.
13. John Mitchell, letter to Annie Lee, April 16, 1943, MFP.
14. Burke Davis, interview with Edwin T. Layton, April 8, 1968, DA.
15. Burke Davis, *Get Yamamoto* (New York: Random House, 1969), 100.（『山本五十六死す――山本長官襲撃作戦の演出と実行』1976 年、原書房）
16. Isoroku Yamamoto, letter to his older brother, circa 1917, quoted in Hiroyuki Agawa, *The Reluctant Admiral: Yamamoto and the Imperial Navy* (Tokyo: Kodansha International, 1969), 67.（『山本五十六』改版［上下巻］阿川弘之、1973 年、新潮社）
17. 同前 , 18; Carroll V. Glines, *Attack on Yamamoto*, 44. (Atglen, PA: Shiffer Military History, 1993)（『巨星「ヤマモト」を撃墜せよ！――誰が山本ＧＦ長官を殺ったのか!?』1992 年、光文社）
18. Glines, *Attack on Yamamoto*（『巨星「ヤマモト」を撃墜せよ！――誰が山本ＧＦ長官を殺ったのか!?』1992 年、光文社）, 52; Agawa, *The Reluctant Admiral*, 264.（『山本五十六』改版［上下巻］阿川弘之、1973 年、新潮社）; Wels, *Pearl Harbor*, 133–34.
19. John Toland, *The Rising Sun: The Decline and Fall of the Japanese Empire*, 1936–1945 (New York: Random House, 1970), 553.（『大日本帝国の興亡』、1971 年、毎日新聞社）
20. Agawa, *The Reluctant Admiral*, 347.（『山本五十六』改版［上下巻］阿川弘之、1973 年、新潮社）
21. Lieutenant Commander Victor D. Hyder, US Navy, School of Advanced Military Studies, United States Army Command and General Staff College, Fort Leavenworth, KS, "Decapitation Operations: Criteria for Targeting Enemy Leadership." 論文でハイダーは二〇世紀中にアメリカ軍が企てた五件の指導者殺害作戦を検証したが、その内二件は山本撃墜作戦以前に行われている。ひとつは一九〇一年にフィリピンのエミリオ・アギナルド将軍を追跡し、捕獲した作戦で、もうひとつは一九一六年に

【表紙写真提供】
AP／アフロ（山本五十六）
毎日新聞社／時事通信フォト（真珠湾攻撃）

【著者】ディック・レイア（Dick Lehr）
ボストン大学ジャーナリズム学教授、ジャーナリスト。著書『ブラック・スキャンダル』は『ニューヨーク・タイムズ』紙ベストセラー、エドガー賞を受賞。『ボストン・グローブ』紙の記者時代にピュリッツァー賞最終候補。ハーヴァード大学とコネティカット大学ロースクールで学位を取得。ボストン近郊在住。

【訳者】
芝瑞紀（しば・みずき）
英語翻訳者。青山学院大学総合文化政策学部卒。訳書にエプスタイン『シャンパンの歴史』、ピアス『世界の核被災地で起きたこと』（共訳）などがある。

三宅康雄（みやけ・やすお）
英語翻訳者。早稲田大学商学部卒。広告代理店勤務を経て翻訳に携わる。訳書にハーベイ『1％の生活習慣を変えるだけで人生が輝き出すカイゼン・メソッド』がある。

小金輝彦（こがね・てるひこ）
英語・仏語翻訳者。早稲田大学政治経済学部卒。ラトガース・ニュージャージー州立大学MBA。訳書にスキアット『シャドウ・ウォー』などがある。

飯塚久道（いいづか・ひさみち）
英語翻訳者。大阪外国語大学外国語学部卒。

DEAD RECKONING
by Dick Lehr

Published by arrangement with HarperCollins Publishers
through Japan UNI Agency, Inc., Tokyo

# アメリカが見た山本五十六

## 「撃墜計画」の秘められた真実

## 下

●

2020年8月5日　第1刷

著者…………ディック・レイア

訳者…………芝瑞紀、三宅康雄、小金輝彦、飯塚久道

装幀…………一瀬錠二（Art of NOISE）

発行者…………成瀬雅人
発行所…………株式会社原書房

〒160-0022 東京都新宿区新宿 1-25-13
電話・代表 03（3354）0685
http://www.harashobo.co.jp
振替・00150-6-151594

印刷…………新灯印刷株式会社
製本…………東京美術紙工協業組合


ISBN978-4-562-05782-5, Printed in Japan